Die Macht der Clans

Band 2

von

Gabi Büttner

Bibliografische Information der Deutschen Nationalbibliothek: Die Deutsche Nationalbibliothek verzeichnet diese Publikation in der Deutschen Nationalbibliografie; detaillierte bibliografische Daten sind im Internet über http://dnb.dnb.de abrufbar.

© 2017 Gabi Büttner
Lektorat: Oliver Jung-Kostick
Coverillustration: Juan Paplo Roldan
Coverdesign: Nina Döllerer

Gesetzt aus der Vollkorn von Friedrich Althausen
www.Vollkorn-typeface.com

Herstellung und Verlag: BoD – Books on Demand, Norderstedt

ISBN: 978-3-744818568

Inhalt

Die Erde ist unbewohnbar.

Nach jahrelanger Odyssee durch das All fand die Menschheit im Pictor-System eine neue Heimat. In Gedenken an die Erde wurde dem Planeten der Name Terra Zwei gegeben.

Der Weltrat, unter Führung des Großherrschers, schickte die letzten, funktionstüchtigen Raumkreuzer zur Erde, um weitere Überlebende zu bergen. Keiner von ihnen kehrte je wieder nach Terra zwei zurück. Dreihundert Jahre nach der Besiedelung regieren Clans diese Welt.

Die einfache Bevölkerung leidet unter der willkürlichen Herrschaft und der unersättlichen Gier der Clanführer. Wer die geforderten Abgaben nicht zahlen kann, wird deportiert und zur Zwangsarbeit verpflichtet. Hunger, Ausbeutung und öffentliche Hinrichtungen bestimmen den Alltag der Bürger.

Widerstand regt sich. Die Rebellen kennen nur ein Ziel: Die grausame Clanherrschaft auf Terra beenden und der Bevölkerung zur Freiheit zu verhelfen.

Chris Collins ist einer dieser Widerstandskämpfer.

Bei einem Undercover-Auftrag lernt er die Studentin Larissa McIngless kennen. Während Chris aus der Unterschicht stammt und als Kind mitansehen musste, wie Clankrieger seine Eltern töteten, wuchs Larissa behütet in der Oberschicht auf.

Erdrückt von den Zwängen ihrer Herkunft, ringt sie ihrem Vater die Erlaubnis zum Studium ab. Der einzige, von dem sie sich verstanden fühlt, ist ihr Leibwächter Lance Cooper, der sie seit Jahren unterstützt.

Als Chris plötzlich aus ihrem Leben verschwindet, findet Larissa heraus, dass Gari, Neffe und Nachfolger des Clanlords Hiereon, gegen ihn intrigierte.

Aus Zorn über diese Entdeckung demütigt Larissa Gari öffentlich. Daraufhin lässt er Lance versetzten und zwingt Larissa, einen Ehevertrag mit ihm zu unterzeichnen.

In der Nacht ihrer Verlobung flieht sie, um der Hochzeit zu entgehen, und Chris zu suchen. Sie spürte ihn auf und erfährt, dass er die Rebellen im Quan-Gebirge anführt. Obwohl es sich weder Chris noch Larissa eingestehen wollen, entwickeln sie Gefühle füreinander, die zu stark sind, um sie zu ignorieren. Gari hingegen kann die Schmach wegen Larissas Flucht nicht verwinden. Unter einem Vorwand lässt er Lance Cooper inhaftieren, um sie zur Rückkehr zu zwingen. Obwohl Larissa weiß, in welche Gefahr sie nicht nur sich, sondern alle Bewohner der Rebellenbasis bringt, kann sie ihren ehemaligen Leibwächter nicht seinem Schicksal überlassen und verlässt Chris, um Lance zu retten ...

Prolog

12. Januar 328 nach Besiedelung:
Mondstation Atlantis 2 Sitz des Großherrschers
Alarith Zerros 22:37 Uhr

Die schlanke, in Schwarz gekleidete Gestalt stand bewegungslos in der Mitte des großen Saales. Seine Ausbilder hatten ihn Selbstbeherrschung gelehrt, woran er sich noch immer hielt. So ließ er sich seine Gefühle nicht anmerken. Es war keine bewusste Entscheidung, sondern ein Verhalten, das im Laufe der Jahre zu einer Gewohnheit geworden war, die er einfach nicht ablegen konnte. Nur ein Muskel unterhalb seines rechten Auges zuckte leicht. Ein kaum merkliches Zeichen des Zorns, der in ihm tobte.

Um seine Handgelenke wie auch um seine Fußknöchel spannten sich massive metallene Fesseln. Dennoch hätte er es gewagt, den Mann der mit ihm sprach, anzugreifen.

Was den Schwarzgekleideten davon abhielt, war nicht das halbe Dutzend Wachen, die in diesem Raum postiert waren. Es war noch keine zwei Wochen her, da hörten sie auf seine Befehle. Nun genossen sie es, ihn in Ketten zu sehen. Belauerten ihn, Straßenkötern gleich, die die Schwächen ihrer Beute witterten, bereit, ihn zu zerfleischen. Sie fürchteten ihn immer noch und das mit Recht.

Er zweifelte nicht daran, sie besiegen zu können, wenn auch auf Kosten seines Lebens.

Selbst in der undurchdringlichen Finsternis, die außerhalb des blendenden Lichtkreises herrschte, war er in der Lage, genau zu bestimmen, wo sich die Wachen aufhielten.

Das leise Rascheln ihrer Kleidung verriet sie. Sie fühlten sich zu sicher, um in der absoluten Bewegungslosigkeit zu verharren, die ihnen antrainiert worden war. Selbst das Geräusch ihres Atems, kaum lauter als ein Hauch, würde ihm ausreichen, um sie aufzuspüren und zu eliminieren. Was ihn daran hinderte, war schlichte Neugier.

Alarith Zerros hielt sich nicht umsonst seit Jahrzehnten auf seinem Platz als Großherrscher. Nicht immer schienen seine Handlungen sinnvoll, aber er tat niemals etwas ohne Grund.

Doch auch die Furcht lauerte in dem Gefangenen. Kalt brannte sie in seinem Inneren, paarte sich mit Wut. Es drängte ihn, sie herauszuschreien, dem Verlangen nachgegeben, auf etwas einzuschlagen. Vorzugsweise auf das Gesicht des Mannes, der gerade mit ihm sprach. Er schloss die Augen und zwang sich, gleichmäßig zu atmen, um seine Beherrschung zu erhalten.

Verdammt wollte er sein, ließe er zu, dass Zerros ihn brach.

Als ihm die Richter die einzelnen Anklagepunkte vorlasen, hätte er beinahe gelacht. Hochverrat? Jahrelang hatte er genau das gefürchtet und nun, wo er sich in Sicherheit glaubte, klagten sie ihn an. Seine Hinrichtung würde im Morgengrauen stattfinden und alles zerstören, was er sich über Jahre hinweg aufgebaut hatte.

Nicht etwa, weil er gescheitert war, sondern aus der Laune eines greisen Mannes heraus, den nur der pure Trotz davon abhielt, endlich zu sterben, um den Platz auf dem Thron frei zu machen. Auch wenn das nichts geändert hätte. Der Gefangene zweifelte daran, dass irgendein Mensch, der seinen Arsch auf den Weltenthron pflanzte, anders war als sein Vorgänger. Das einfache Volk interessierte die Herrschenden wenig, solange es ihnen selbst gut ging.

»Es ist von dringender Notwendigkeit für ganz Terra«, wiederholte der Großherrscher und riss den Schwarzgekleideten damit aus seinen Grübeleien.

Die Wachen mochten nachlässig sein, Zerros war es nicht. Nicht einmal anhand der Stimme konnte der Gefangene erkennen, wo sich der Großherrscher aufhielt. Die Worte hallten, elektronisch verzerrt, durch den Raum, schienen synchron aus verschiedenen Richtungen zu kommen. Zerros mochte alt sein, aber er war kein solcher Narr, seinem Gefangenen ohne entsprechenden Schutz gegenüberzutreten.

Der Schwarzgekleidete wusste um seinen eigenen Ruf. Er galt im Vergleich zu den anderen Kriegern als schneller, härter, rücksichtsloser. Sein Aufstieg in die Führungsriege war innerhalb kürzester Zeit erfolgt. Viele munkelten, er hätte einen Gönner. Jemanden, der ihn die Karriereleiter hinaufschob. Was für ein Schwachsinn. Alles was er erreicht hatte, verdankte er seinem eisernen Willen. Niemals verlor er sein Ziel aus den Augen. Dennoch kam er gerade von seiner eigenen Gerichtsverhandlung, die eine Farce gewesen war.

»Wichtig für Terra oder für Euch und Euren verfluchten Rat?«, antwortete er verspätet auf die Aussage des Großherrschers.

»Für Terra und den Rat. Aber in erster Linie für das Volk. Der alte Clanführer war listig und durchtrieben, während sein Sohn grausam und skrupellos ist. Sollte er noch mächtiger werden, könnte er in der Lage sein, selbst dem Rat gefährlich zu werden. Wenn dies geschieht, wird er eine Schreckensherrschaft auf Terra errichten, die du dir nicht einmal vorstellen kannst.«

»Ich kann mir nichts vorstellen, was schlimmer sein könnte als Ihr und Euer verdammter Rat.«

»Ich verstehe deinen Zorn. Du fühlst dich ungerecht behandelt und damit hast du sogar Recht. Es ist mir nicht leicht gefallen, deine Verhaftung zu veranlassen, aber ich musste tun, was getan werden musste.«

»Tun was getan werden musste?!« Der Gefangene schnaubte. »Gehört dazu auch, mich wegen Verbrechen zu verurteilen, die ich nicht begangen habe?«

»Ja«, bekannte Zerros mit überraschender Offenheit. »Ich habe Jahre gebraucht, um alles vorzubereiten. Ebenso lange beobachte ich dich bereits.«

Nach dieser Eröffnung herrschte minutenlanges Schweigen. Der Gefangene versuchte, gegen die Hoffnungslosigkeit anzukämpfen.

So viele Menschen. So viele Leben, die er zu schützen geschworen hatte. Und die er, wie er nun wusste, dem Großherrscher in die Hände gespielt hatte.

»Warum? Wozu das ganze Theater? Ihr hättet mich fragen können. So wie Ihr es schon immer getan habt. «

»Ich verfolge dasselbe Ziel wie du. Freiheit und Gerechtigkeit für alle Menschen Terras.«

»Ihr habt mich also all die Jahre benutzt, um für Euch die Drecksarbeit zu erledigen! Ich hoffe, es bereitete Euch Freude, Euch eine persönliche Streitmacht heranzuzüchten.«

Das Schnauben des Großherrschers klang ungeduldig. »Sei es drum. Dennoch brauche ich dich jetzt.«

»Mich? Oder die Vernichtungsmaschine, die Ihr mit mir herangezüchtet habt?«

»Du weißt selbst, dass du nichts mehr zu verlieren hast. Wenn du dieses Zimmer verlässt, dann entweder als mein Beauftragter oder als ein Mann, der in der Giftgaskammer endet. Aber um mich deiner Loyalität zu versichern, biete ich dir mehr. Ich garantiere Schutz und Sicherheit für alle, die du um dich herum versammelt hast. Und Rache.«

Der Schwarzgekleidete spannte sich. Er war sicher, dass dies Zerros nicht entgangen war, denn der Großherrscher fuhr mit einer Mischung aus Verständnis und Zorn in der Stimme fort: »Es ist ein einmaliges Angebot, für das ich deine Antwort sofort benötige. Du wirst einzig mir unterstellt sein. Doch der Preis dafür ist hoch. Du wirst Opfer bringen müssen. Dinge tun, die du niemals tun wolltest. Menschen zurücklassen, die du liebst. Bist du erfolgreich, biete ich dir mehr, als du dir je erträumt hast.«

»Ihr seid nicht in der Lage, mir zurückzugeben, was ich mir wünsche.«

»Niemand kann Tote wieder lebendig machen.« Zerros gab sich alle, Mühe, das Messer in der niemals verheilten Wunde aus Trauer, Schmerz und Schuldgefühl noch einmal zu drehen. Doch es waren seine nächsten Worte, die den Gefangenen erschütterten.

»Ich habe keine Kinder, die ich zu meinen Nachfolgern ernennen könnte. Wenn ich sterbe, wird ein Machtkampf um meine Amtsübernahme entbrennen. Es sei denn, ich ernenne rechtzeitig einen Erben. Dich! Dann wirst du es sein, der die Ungerechtigkeit auf Terra beendet.«

»Warum ich? Was könnte ich tun, wozu Ihr nicht imstande seid? Ihr verfügt über eine Verteidigungsstation, die imstande ist, von diesem Mond aus jedes Ziel auf Terra anzugreifen und notfalls zu zerstören.«

»Fürwahr eine mächtige Waffe, deren Einsatz einstimmig vom Rat genehmigt werden muss. Doch diese Narren sind so uneins, dass sie vergessen haben, wofür diese Waffe einst erschaffen wurde. Nachdem ihre ersten Luxushotels hier oben fertiggestellt waren, interessierte es sie nicht länger welche Unruhe auf Terra herrscht. Auch nicht, dass Aufstände, durch den Einsatz dieser Waffe, bereits im Keim erstickt werden können. Nun geht es ihnen nur noch um die Einheiten, die die Oberschicht durch den Bau ihrer exklusiven Feriendomizile und den Aufenthalt in den Hotels in ihre Kassen spülen. Sie verabschieden Gesetze, die der Obrigkeit nutzen und verlieren dabei die restliche Bevölkerung aus den Augen. Die ist ja auch nicht in der Lage, die Börsen der Senatoren zu füllen.«

»Soweit dazu, dass Bestechungen geahndet werden.«

»Das werden sie, wenn wir sie nachweisen können. Doch auch dazu ist ein Ratsbeschluss notwendig.«

»Wie soll ich dann etwas ändern können?«

»Ich bin ein alter Mann, der des Kämpfens müde ist. Du hingegen verfügst über den Idealismus der Jugend. Mir ist durchaus bewusst, was du auf Terra vorhast. Mit der Macht, die ich dir übertragen kann, wirst du imstande sein, jedes deiner Ziele zu erreichen. Ich behaupte nicht, dass es leicht wird. Im Gegenteil, es wird dein schwerster Kampf. Aber du kannst ihn gewinnen. Du musst nur zustimmen. Unterstütze mich! Befolge meine Befehle und eines Tages wirst du es sein, der anderen befiehlt.«

Es war nie Macht, wonach der Gefangene strebte. Doch die Aussicht auf das, was er tun könnte, auf das, was möglich wäre, nahm ihm den Atem. Er wollte es nicht! Gott, er wollte weder diese Macht, noch dieser elenden Versuchung nachgeben. Dennoch nickte er.

Erst Jahre später sollte er erfahren, dass dieses Nicken, diese unscheinbare Bewegung, die tagtäglich tausendfach ausgeübt wurde, den Kriegern im Saal das Leben gekostet hatte. Zerros ließ den Raum mit giftigem Gas fluten, kaum dass er ihn zusammen mit dem Schwarzgekleideten verlassen hatte. Zeugen konnte sich der Großherrscher nicht leisten.

Kapitel 1

Acht Jahre später ...
31. Oktober 336: Clansitz Hiereon – Krankenstation
6:02 Uhr

Larissa lag reglos auf der Schwebeliege, mit der sie durch die Gänge des Clansitzes geschoben wurde. Sie widerstand der Versuchung, die Augen eine Winzigkeit zu öffnen, um sich zu orientieren. Es gab nur zwei Möglichkeiten, wo die Krieger, die sie vor den Toren Makaohs abgeholt hatten, sie hinbringen könnten. Entweder auf die Krankenstation oder direkt in den Gefangenentrakt.

Bei dem Gedanken an Letzteres beschleunigte sich ihr Herzschlag, was in ihrer derzeitigen Situation nicht von Vorteil sein mochte. Sie musste den Anschein erwecken, ihre Ohnmacht wäre das Zeichen tiefer Erschöpfung. Je besser ihr das gelang, umso höher war die Wahrscheinlichkeit, nicht sofort in einer Zelle zu landen, was das Ende ihrer Pläne bedeuten würde. Mit seiner Entscheidung, sie gehen zu lassen, hatte Chris ihr das Leben jedes Menschen in der Rebellenbasis anvertraut. Sie durfte sein Vertrauen nicht enttäuschen.

Das unverwechselbare Zischen der sich automatisch öffnenden Türen riss sie aus ihren Gedanken. Sie zwang sich, gleichmäßig weiter zu atmen, als sich kurz darauf eine kühle Hand auf ihre Stirn legte.

»Sie ist es. Etwas zerzaust, sichtlich erschöpft und besinnungslos, aber eindeutig Eure Tochter«, erklang die Stimme von Doktor Tomassi.

Larissa erkannte sie sofort. Der Arzt war ihr von Kindesbeinen an vertraut. Sie musste sich zusammenreißen, um weiterhin reglos liegen zu bleiben, als eine zweite Stimme ertönte. *Gari.* Warum war er hier?

»Wann wird sie kräftig genug sein, eine Befragung zu überstehen, ohne dass notwendige Verhörtechniken sofort zu ihrem Tod führen?«, erkundigte er sich bei dem Doktor.

Zumindest glaubte Larissa, dass er mit dem Arzt sprach. Die Furcht, die während des ganzen Morgens im Hintergrund lauerte, erhob sich brüllend. Niemand musste ihr erklären, wie eine Befragung durch Gari aussehen würde. In den knapp zwei Monaten, die sie bei den Rebellen verbracht hatte, war ihr zu oft von Betroffenen geschildert worden, auf welche Art sie durchgeführt wurden.

»Es ist an Eurem Onkel ein Verhör durchzuführen, nicht an Euch«, erklang die Stimme ihres Vaters. Entschlossenheit lag darin, die Larissa mit Erleichterung erfüllte. Auch wenn sie wusste, er hatte nicht die Befugnisse sich Gari in den Weg zu stellen.

»Die Spur des Fahrzeugs, das Eure Tochter gestohlen hat, verlor sich vor der verbotenen Zone. Seid gewiss, ich werde herausfinden, wo sie die letzten Wochen verbrachte. Versucht nicht mich aufzuhalten! Ansonsten werdet Ihr neben Eurer Tochter auf der Anklagebank sitzen.«

»Sie ist nicht mehr meine Tochter.«

Obwohl Larissa mit einer ähnlichen Reaktion gerechnet hatte, fuhr ihr ein Stich durchs Herz. Aber was hatte sie erwartet? Ihr Verschwinden entehrte sie. Gleichgültig, ob es freiwillig oder erzwungen gewesen war. An keinen Angehörigen der Oberschicht war sie länger gewinnbringend zu verheiraten. Somit galt sie als nutzlos. Sie biss die Zähne zusammen, um die Trauer und Furcht nicht weiter an sich heranzulassen. Zu spät bemerkte sie, wie unklug das war. Trotz des Medikaments fuhr ihr ein Ziehen durch den beschädigten Backenzahn. Der unbekannte Schmerz ließ sie leise aufstöhnen. Zahnschmerzen ... Sie hatte davon gehört. Auf der alten Erde sollte das Normalität gewesen sein. Auf Terra zwei war so etwas, dank Spezialversiegelung der bleibenden Zähne, annähernd unbekannt. Nun, vermutlich ließ sich auch kaum jemand bereitwillig den Zahn aufbohren, so wie sie es getan hatte.

Der kalte Schweiß, der ihr auf die Stirn trat, schien ihre Vorstellung glaubwürdiger zu machen, denn Dr. Tomassi wies die Wachen an, ihre Liege an eines der Untersuchungsterminals anzuschließen. Dort wurden automatisch alle wichtigen Körperwerte gemessen und an den medizinischen Com übermittelt.

»Wie ich es vermutet habe. Ihre Werte sind nahezu normal. Herzschlag und Puls etwas erhöht, ebenso wie die Körpertemperatur. Aber das ist nichts Ernstes. Ich werde Eurer To... Larissa etwas zur Stärkung verabreichen und sie schlafen lassen. Das wird ihren Zustand rasch normalisieren.«

Garis Stimme klang kühl, als er sagte: »Rufen Sie mich, sobald sie aufwacht. Ich werde schnellstmöglich mit ihrem Verhör beginnen.«

»Euer Onkel sicherte mir eine faire Verhandlung zu.« Ihr Vater schien nicht bereit nachzugeben.

»Die ihr zusteht, sobald ich Antworten auf meine Fragen bekommen habe«, zischte Gari. »Doktor, Sie informieren ausschließlich mich über das Erwachen dieser Frau!«

Nachdem Doktor Tomassi die Anweisung, ohne zu zögern bestätigte, entfernten sich die Schritte einer Person.

Beinahe hätte Larissa nun doch die Augen aufgerissen. Sie musste wissen, ob ihr Vater gegangen war. Hatte er sie allein mit Gari und dem Doktor zurückgelassen?

Flüchtig streifte eine Hand die ihre. Die Berührung war ebenso vertraut wie tröstend und half ihr sich zu beruhigen. Zeigte sie doch, ihr Vater hatte sie nicht komplett aufgegeben.

Vergangenheit: 31.Oktober 336: Clansitz Hiereon – Audienzraum 12:03 Uhr

Außer dem Clanführer war Larissa die einzige, die in dem Raum saß, in den die beiden Wachen sie gebracht hatten. Ihre Hände umklammerten die Armlehnen ihres Stuhls, als könne ihr das Halt geben.

Garis Drohung sie einem Verhör zu unterziehen schwebte wie ein unsichtbares Fallbeil über ihr. Daran änderte auch die Tatsache nichts, dass Larissa nach ihrem gespielten Erwachen die Erlaubnis bekommen hatte zu duschen und frische Kleidung anzuziehen die jemand, vermutlich ihr Vater, hatte bereit legen lassen.

Sofort im Anschluss führten zwei Wachen sie ab. Es kostete sie alles an Kraft, Haltung zu bewahren. In Erwartung der kommenden Befragung krampfte sich ihr Magen zusammen. Zu ihrer Überraschung wurde sie direkt in den Verhandlungsraum geführt.

Larissas Blick wanderte durch den Saal. Fast alles war in Weiß gehalten. Die Wände, der Fußboden, die Kleidung der Anwesenden. Die Eintönigkeit wurde nur von dem Schreibtisch, auf dem der Com des Schreibers stand, und der Erhöhung, auf der der Sessel des Clanführers thronte, unterbrochen. Diese war aus ebenso dunklem Material, wie der Sessel selbst. Massig mit hoher Lehne und so schwarz, dass er das Licht zu verschlucken schien.

Er wirkte auf Larissa beinahe so finster, wie die Blicke, die Gari ihr zuwarf. Er stand rechts neben seinem Onkel und starrte sie an.

Larissa kannte ihn gut genug, um seine mühsam gezügelte Wut zu erkennen. Sie versuchte, ihn zu ignorieren. Wären nur Gari und Lord Hiereon anwesend, wäre es ihr leichter gefallen. Sie erwartete nichts von dem Clanführer und seinem Neffen.

Es war der Vorwurf, den sie in den Augen ihres Vaters und ihrer Großmutter erkannte, der es ihr erschwerte, Haltung zu bewahren.

Obwohl sie, als Familie der Beklagten, an Larissas Seite sein sollten, standen sie links neben dem Stuhl des Clanführers. Der Rang ihres Vaters als persönlicher Adjutant Lord Hiereons hatte sie offenbar davor bewahrt, in Büßermanier neben Larissa kauern zu müssen. Vielleicht lag es auch an dem intimen Verhältnis, das ihre Großmutter mit seiner Lordschaft führte.

Beide vermieden es, Larissa anzusehen. Lediglich als die Wachen sie hereinführten, hatte sie den Blick ihres Vaters aufgefangen. Für den Bruchteil einer Sekunde meinte sie, Trauer darin zu erkennen, doch der Moment verging ebenso rasch, wie er gekommen war.

»Dein Vater bat um eine Verhandlung unter Ausschluss der Öffentlichkeit«, richtete Lord Hiereon nun das Wort an sie. »Aufgrund des Vertrauens, das er sich in den vergangenen Jahren verdiente, gewährte ich ihm diese Bitte. Ein Vertrauen, welches durch deine Tat beträchtlich erschüttert wurde. Verrat an einem Angehörigen der Clanfamilie wiegt schwer. Die Möglichkeit, dich zu dieser Anschuldigung zu äußern, verdankst du ebenfalls der Fürsprache deines Vaters.«

»Verrat? So nennt Ihr es, beugt sich jemand nicht Eurem Willen?«

»Du hast dich einem Befehl widersetzt.«

»Den direkten Befehl, Gari zu heiraten gabt Ihr mir nie. Abgesehen davon hielt ich Euch für klug genug, Euch nicht von Eurem Neffen manipulieren zu lassen.«

Gari stieß einen warnenden Laut aus und trat einen Schritt auf Larissa zu. Eine Handbewegung seines Onkels stoppte ihn. Lord Hiereon richtete sich, finster auf Larissa herab starrend, in seinem Sessel auf. »Deine Abwesenheit scheint deinen Verstand beeinträchtigt zu haben«, grollte er.

»Weil ich es wage, Euch die Wahrheit zu sagen? Seid Ihr glücklich damit, von jedem in diesem Gebäude angelogen zu werden? Ihr habt einen Mann inhaftieren und zum Tode verurteilen lassen, der sich nichts zu Schulden kommen ließ. Sein einziges Vergehen bestand darin, mich wertzuschätzen. Ist das Eure Art von Gerechtigkeit?«

»Lance Cooper verhalf dir zur Flucht. Das ist erwiesen.«

»Und die Beweise dafür brachte Euch wer? Gari? So, wie er einen meiner Freunde als kriminell hinstellte, um ihn aus dem Weg zu schaffen? Wundert es Euch nicht, wie viel Energie Euer Neffe einsetzt, um Menschen, die ich schätze, Vergehen nachzuweisen? Gari sagte mir am Abend unserer Verlobung, ich würde nie wieder die Möglichkeit haben, mich mit Lance Cooper in Verbindung zu setzen. Nun soll ausgerechnet er mir zur Flucht verholfen haben? Ich würde ...«

»Schweig!«, fiel Gari ihr ins Wort. »Aus dieser Situation wirst du dich nicht durch deine Lügen herauswinden.«

Larissa beachtete ihn nicht. Unverwandt sah sie Lord Hiereon an.

»Ihr habt mich auf Euren Knien geschaukelt, als ich vier Jahre alt war. Ich erinnere mich noch genau, wie ich gefallen bin und mir den Knöchel verstauchte. Ihr kamt vorbei, habt versprochen, solange ich unter Eurem Schutz stehe, könne mir nichts passieren. Ich habe Euch geglaubt, vertraute Euch. Warum vertraut Ihr nicht auch mir?«

»Ich habe dich aufwachsen sehen und schätzte dich«, antwortete Lord Hiereon. »Dessen ungeachtet strapaziertest du mein Wohlwollen seit Jahren. Du machtest nie ein Hehl aus deiner Abneigung meinem Neffen gegenüber. Dabei hoffte ich, sein Phlegma durch deine Agilität auszugleichen. Doch immerfort untergrubst du seine Autorität, stelltest ihn bloß. Bis hin zu deinem Verschwinden. Dadurch bist du zu weit gegangen.«

»Euch interessiert nicht einmal, warum ich geflüchtet bin!« Die Erkenntnis legte sich wie ein schweres Gewicht auf Larissas Herz. Chris hatte es ihr prophezeit, doch sie hatte gehofft … Unwillig schüttelte sie den Kopf. Sie würde jetzt nicht an Chris denken. Ebenso wenig an die Menschen, deren Leben in ihrer Hand lag. Das hier musste funktionieren!

»Du wärest nicht hier, würde ich dich nicht anhören wollen. So sprich. Doch ich rate dir, deine Worte mit Bedacht zu wählen.«

Hoffnung keimte in Larissa auf. Lord Hiereon schien verständnisvoller, als erwartet. So beschloss sie, ihn mit der Wahrheit zu konfrontieren.

»Ich floh, weil Euer Neffe mir mit dem Tod drohte, solltet Ihr je meinen Vater zu Eurem Nachfolger ernennen!«

Schweigen schlug ihr entgegen. Aus den Augenwinkeln sah sie, wie ihre Großmutter die Augen schloss und ihr Vater erbleichte.

Der Blick des Clanführers hingegen verlor jeglichen Anschein von Wärme, während sich Garis Lippen für einen Sekundenbruchteil zu einem Grinsen verzogen.

»Ich sagte es Euch, Onkel«, ergriff er mit ruhiger Stimme das Wort. »Mit dieser Lüge konfrontierte sie mich bereits am Abend unserer Verlobung. Sie erhoffte sich, damit der Hochzeit zu entgehen. Ich unterschätzte sie, so konnte sie entkommen.« Gari senkte den Kopf. »Nichts bereue ich mehr als dieses Versagen. Viel Leid wäre uns allen erspart geblieben, hätte ich sie von diesem Moment an bewachen lassen.« Er seufzte schwer. »Ich hoffte, sie würde ihre Aversion gegen mich letztendlich überwinden, um zum Wohle des Clans zu handeln. Es tut mir leid, mich so getäuscht zu haben.« Nun sah Gari Larissa an. »Ich liebte dich. Das tat ich wirklich, aber du hast diese Gefühle mit Füßen getreten. Ich wünschte, ich könnte noch etwas für dich tun, aber…« Seine Stimme brach, was ihm einen tadelnden Blick seines Onkels einbrachte. Daraufhin senkte Gari den Kopf erneut. Doch Larissa hatte das Aufblitzen des Triumphs in seinen Augen gesehen.

Sie sprang auf und schlug die Hand vor den Mund, um nicht zu schreien. Tränen des Schmerzes traten ihr in die Augen.

»Nein«, stieß sie schließlich hervor. Ihr Blick irrte zum Clanführer. »Ihr glaubt ihm doch nicht?«

»Du hast jegliches Vertrauen verspielt, Larissa. Demut und ehrliche Reue hätten dir die Verbannung eingebracht. Doch dein jetziges Benehmen kann und werde ich nicht akzeptieren.«

Larissa starrte ihn an. Ihr Herz schlug hart gegen ihre Rippen, als sie sich langsam auf die Knie sinken ließ. Sie wankte und stützte sich mit einer Hand am Boden ab. »Bitte Eure Lordschaft, ich sagte die Wahrheit. Glaubt mir.«

Lord Hiereon verzog das Gesicht. »Dein Verhalten ist unwürdig. Ich rate dir zu schweigen, willst du nicht aus deiner Inhaftierung einen Dienst in den Minen machen.«

Noch vor zwei Monaten hätten diese Worte Larissa mit Entsetzen erfüllt. Heute jedoch schürten sie ihren Zorn. Sie sprang auf, was die Wachen hinter ihr veranlasste, näher zu kommen. »So wie Ihr Euch aller unliebsamen Personen entledigt? Warum schickt Ihr mich nicht gleich in eines Eurer Bordelle?« Das Gesicht des Lords versteinerte, doch Larissa sah nun nicht länger ihn an, sondern ihren Vater. »Wusstest du davon? Hast du gewusst, dass Minderjährige dorthin geschickt werden?«

Die Blässe auf seinem Gesicht war Antwort genug. Fassungslos schüttelte Larissa den Kopf. »Wie konntest du …?«

»Falsche Fragestellung«, klang Garis Stimme durch den Saal. »Viel interessanter wäre es doch zu erfahren, woher du von solchen Dingen weißt. Genau das werde ich herausfinden!«

Larissa stieß den Atem aus. »Ich war wochenlang dort draußen, lebte mit dem einfachen Volk. Ich schlief auf der Straße, wenn sich nicht eine mitleidige Seele meiner erbarmte. Was denkst du, woher ich das alles weiß. Das Volk redet, Gari. Über Ungerechtigkeit und Willkür.« Sie sah Lord Hiereon an. »Sie hungern, Eure Lordschaft, leben in Angst vor Euch und dem Clan. Es kann nicht sein, dass Euch das nicht kümmert.«

»Nur wer ein Unrecht begeht, hat Grund zur Furcht.« Lord Hiereon streifte Larissas Vater mit einem kurzen Blick. Das Bedauern darin schien echt. »Führt sie ab«, befahl er dann.

»Nein!« Larissa stemmte sich gegen den Griff der beiden Männer, tat alles, um die Aufmerksamkeit aller auf sich zu lenken. Würde jetzt jemand entdecken, was sie getan hatte, wäre alles umsonst gewesen.

Lance Cooper wandte den Kopf ab, als Gavin ihm die
Flasche an die Lippen hielt.

In dieser winzigen Zelle eingepfercht zu sein war übel.
Unschuldig hier zu sein, trieb ihm kalte Wut durch die
Eingeweide. Noch dazu beinahe zur Bewegungslosigkeit
verdammt, durch dieses Zeug, das ihm sein *Freund*
regelmäßig einzuflößen versuchte, war es die Hölle.

In den letzten Tagen war es ihm gelungen, einen Teil
der bitteren Flüssigkeit wieder loszuwerden, indem er
sich übergab. Er war entschlossen, aufrecht zu seiner
Hinrichtung zu gehen und nicht zu kriechen.

Mehr als zwanzig Jahre hatte er dem Clan treu gedient.
Zum Lohn spielte er nun unfreiwillig den Köder für die
Frau, die er seit ihrem vierzehnten Lebensjahr schützte.

Anfangs war er nicht begeistert über die Versetzung
gewesen. Den Babysitter für einen verwöhnten
Teenager spielen? Er war ein Krieger, keine Amme.
Doch nach und nach hatte Larissa McIngless ihn für
sich eingenommen. Zuerst hatten sie sich arrangiert,
dann angenähert und letztendlich hatte er einen Narren
an der impulsiven jungen Frau gefressen. Zehn Jahre
hatte er ihr gedient und verdammt, es war eine gute Zeit
gewesen. Seine Versetzung vor gut zwei Monaten hatte
ihn hart getroffen. Umso mehr, da ihm keine
Möglichkeit geboten war, sich von seiner
Schutzbefohlenen zu verabschieden.

Aber nie, niemals hatte er damit gerechnet, sich auf der Gefangenenebene im Clansitz seines Lords wiederzufinden.

Obwohl er bereits einmal dicht davor gestanden hatte, als er sich Gari in den Weg stellte, um Larissa zu schützen. Nun wünschte Lance, er hätte dieser widerlichen Made damals schon die Eingeweide herausgerissen. Dann wäre er wenigstens mit gutem Grund hier gelandet.

»Du musst trinken, Lance. Ich will dich nicht anketten müssen wie einen Hund.«

»Verschwinde Gavin ...« Es war . schwierig, entschlossen zu klingen, wenn man lallte, als hätte man sämtliche Vorräte synthetischen Alkohols einer Bar in sich hineingeschüttet. Lance versuchte es dennoch. »Lass mich einfach zufrieden.«

Mit einem Fluch verschwand Gavin aus seinem Sichtfeld. »Ich versuche dir zu helfen, du sturer Idiot.«

»Helfen?« Lance hätte gelacht, hätte er die Kraft dazu gehabt. »Wenn du das willst, lass deine Waffe hier und geh.«

»Was soll das, Lance? Seit unserer Ausbildung kenne ich dich. Nie hast du dich in Schwierigkeiten gebracht. Und nun sieh dich an. Alles nur, weil du dich weigerst zu verraten, wohin die kleine McIngless verschwunden ist.«

»Wie oft soll ich es noch sagen? Ich weiß nicht, wo sie ist.«

»Selbst wenn, würdest du es nicht verraten. Du bist ihr weitaus ergebener, als du es solltest.«

»Und? Sie verdient Loyalität.«

Er hörte Gavin seufzen. Mühsam drehte Lance den Kopf, um seinen ehemals besten Freund ansehen zu können.

»Du wärst auch verschwunden, wenn du diesen Idioten hättest heiraten sollen.«

»Mag sein. Aber ich hätte nicht andere dafür bezahlen lassen. Zumal dein Opfer umsonst war. Sie ist zurück.«

»Was?«

»Heute Morgen wurde sie hergebracht. Bewusstlos, aber ansonsten gesund. Ihre Verhandlung findet gerade statt.«

Lance stieß einen gotteslästerlichen Fluch aus. Die Neuigkeit gab ihm genug Energie, um seinen Arm vorschnellen zu lassen und Gavins Handgelenk zu umklammern. »Überbring ihr eine Nachricht!«

»Bist du verrückt?« Mit einem Ruck befreite sich Gavin. »Ich riskiere nicht meine Stellung für so einen Mist.«

»Sag ihr, ich erwarte von ihr, das Richtige zu tun und sich zu beherrschen. Das schuldest du mir!«

»Dir schulden? Du hast mir während unserer Ausbildung geholfen, Lance und ein-, zweimal danach. Doch dadurch, dass ich dir das Betäubungsmittel gebe, anstatt dich in Ketten zu legen, sind meine Schulden abgegolten. Damit erspare ich dir Demüti...«

»Ich bin so gut wie tot, Gavin. Denkst du, Ehre interessiert mich noch? Stolz worauf? Ein Leben lang gedient zu haben, um jetzt so zu enden? Ich ...«

Der zischende Laut, mit dem die Tür seiner Zelle geöffnet wurde, unterbrach ihn. Zwei Krieger traten ein.

Gavin fuhr herum, versuchte, das kleine Fläschchen in seinen Händen zu verbergen. Die Hilfeleistung könnte ihm eine Verurteilung wegen Verrats einbringen. Zumal er gar nicht hier sein dürfte.

Auch Lance spannte sich. Die beiden Männer waren ihm unbekannt, doch ihre entschlossenen Mienen verhießen nichts Gutes. War es jetzt soweit? Holten sie ihn zu seiner Hinrichtung? Er hoffte, Lord Hiereon würde es ihm ersparen, sie öffentlich zu vollziehen.

»Was tust du hier?«, fragte einer der Neuankömmlinge Gavin barsch. Er war blond, hochgewachsen in der Uniform des Hiereon-Clans. Dennoch … Etwas störte Lance an ihm, ohne dass er hätte sagen können was genau. Mühsam setzte er sich auf, wobei ihm auffiel, was so außergewöhnlich war. Die Krieger bemängelten Gavins Anwesenheit, aber nicht, dass Lance nicht in Ketten lag?

»Nur eine Überprüfung«, versuchte Gavin sich aus der Affäre zu ziehen und wandte sich zum Gehen. Der Blonde schlug ihn hinterrücks nieder.

»Was …?«

»Keine Fragen! Aufstehen und mitkommen!«

Taumelnd kam Lance auf die Füße. Sein Blick flog von dem am Boden liegenden Gavin zu den Kriegern. Er straffte sich. Nein! Er würde sich nicht widerstandslos zu seiner Hinrichtung führen lassen wie ein Lamm zur Schlachtbank. Besser sie erschossen ihn jetzt, als dass Tausende zusahen, wie er starb!

Er hörte auf zu denken, gab die bewusste Kontrolle über seinen Körper auf und überließ sich völlig den seit Jahren antrainierten Reflexen.

Er packte den Krieger, der ihm am nächsten stand. Wuchtig schleuderte er ihn zurück. Dann stürzte er sich mit einem Schrei auf den zweiten Mann.

Dieser war auf den Angriff vorbereitet und ließ ihn in seine geballten Fäuste laufen. Verkeilt gingen sie zu Boden. Dabei zeigte sich deutlich, dass Lance nicht in Form war.

Es dauerte nur Sekunden, bis der Krieger ihn abschüttelte. Mit einer Drehung entwand sich der Mann aus seinem Griff, stemmte ihm das Knie ins Kreuz, umfasste Lances Kinn und überdehnte so seinen Hals.

»Clankrieger«, zischte der Unbekannte. »Nie können sie sich wie normale Menschen benehmen.«

Lance erstarrte. Nicht einmal wegen der Worte, sondern wegen des verächtlichen Tonfalls.

»Wer seid ihr?«

»Freunde. Nicht unbedingt deine, aber die von jemandem, der es gut mit dir meint. Lass es mich nicht bereuen, ihrer Bitte nachgekommen zu sein.«

Der Mann ließ Lance los, der sich auf den Rücken wälzte. »Ihrer Bitte?«

»Je weniger du weißt umso besser.« Der vermeintliche Clankrieger streckte seine Hand aus, um ihm aufzuhelfen.

Zögernd griff er danach.

»Die Art, wie du dich befreit hast lernt man nur bei einem Mann. Nur Drake bringt einem so etwas bei.« Der Ausbilder der Clankrieger war lange ein Vorbild für Lance gewesen.

Der Fremde verzog die Lippen zu einem knappen Lächeln. »Wenn schon. Willst du reden oder von hier verschwinden?«

Verschwinden klang verdammt gut. Allerdings gab es noch etwas, was er erledigen musste. »Ich kann hier nicht weg. Jemand würde für meine Flucht zahlen müssen.«

»Darum kümmern wir uns bereits. Aber wenn du lieber bleiben willst ...« Schulterzuckend wandte sich der Krieger dem zweiten Mann zu, der die Tür sicherte. »Lass uns gehen. Ist mir egal, ob mit oder ohne ihn.«

Lance hielt ihn zurück, indem er ihm eine Hand auf die Schulter legte. Er hoffte, dadurch auch seine Schwäche verbergen zu können. Seine Knie zitterten wie die eines Jünglings, der seinen ersten Kuss bekommen hatte. Und nicht nur seine Knie, wie er missmutig feststellte. »Woher weiß ich, dass ich euch trauen kann?«

»Gar nicht. Du wirst es darauf ankommen lassen müssen.«

»Nenn mir wenigstens deinen Namen.«

»Wenn es dich glücklich macht. Meine Freunde nennen mich Dave. Falls wir das hier überleben, darfst du dir meinen Namen gern ins Kopfkissen sticken lassen.«

Rasch schritt Chris durch den Gang der Gefangenenebene. Er wollte nicht wissen, wie es Larissa gelungen war, hierher verlegt zu werden. Statt sie wie erhofft auf der Krankenstation zu finden, suchte er jetzt ihre Zelle. Es mochte von Vorteil sein nicht den halben Clansitz durchqueren zu müssen, doch es gefiel ihm nicht. Er wollte sie sich nicht in einem Kerker vorstellen.

Zuzusehen, wie ihr der Zahn aufgebohrt wurde, um den mikrobionischen Comvirus dort zu implantieren, war hart gewesen. Doch die Zeit hatte nicht gereicht sich etwas Besseres einfallen zu lassen. Dabei erwies sich Larissa als weitaus tapferer. Nachdem Tania ihr die Biomikrobe eingesetzt hatte, war Larissa bereits wieder imstande zu lächeln, während er noch versuchte, seine Besorgnis in den Griff zu bekommen

Die Ungewissheit über ihr Schicksal war unerträglich gewesen. Es gab zu viel, was schief gehen konnte. Die Stunden, die er damit verbracht hatte, auf ihre Nachricht zu warten, waren die Längsten seines Lebens gewesen. Er hatte die Evakuierungsmaßnahmen überwacht, versucht, die Leute zu beruhigen, beim Packen geholfen, die Auslastung der Gleiter überprüft. Alles mit Kaya auf dem Arm, die sich weigerte, ihn loszulassen und in der Hoffnung, all diese Maßnahmen wären letztendlich nicht nötig. Dass der Plan, den er mit Larissa geschmiedet hatte, funktionieren würde.

Dabei waren zwölf Stunden so lächerlich kurz. Doch mehr hatte er nicht riskieren können.

Nicht zu wissen, ob es ihr gelingen würde, in dieser knapp bemessenen Zeit die Wanze in den Com des Clansitzes zu schmuggeln, hatte ihn fast um den Verstand gebracht. Ständig blitzte die Erinnerung an die holografischen Bilder vom toten Körper seines Bruders vor seinem inneren Auge auf. Vermischten sich mit dem Geräusch, mit dem seinem Vater das Genick gebrochen wurde und den Schreien seiner Mutter. Allein der Gedanke Larissa könnte Ähnliches zustoßen, ließ ihm den Atem stocken.

Doch letztendlich hatte sie es geschafft, die Daten zu beschaffen, die er brauchte, um sie samt Cooper hier herauszuholen.

An die Uniformen des Hiereon-Clans zu kommen war einfach. In der Rebellenbasis gab es Kleidung jedes Clans. Überbleibsel aus Beutezügen, der Gefangennahme von Kriegern, und sorgfältig instand gesetzt.

Chris warf einen Blick auf den tragbaren Com an seinem Handgelenk, der ihm den Weg wies. Passwörter, Zugangsdaten, Pläne des Gebäudes und die Dienstpläne der Krieger. All das hatte der Virus ihnen übermittelt. Trotzdem war er außerstande, aufzuatmen oder Erleichterung zuzulassen. Das würde ihm erst gelingen, wenn er Larissa wohlbehalten hier herausgebracht hatte.

Sechs Männer, mehr hatte er nicht gewagt zu diesem Einsatz mitzunehmen. Je weniger sie waren, umso unauffälliger würden sie bleiben. Zumindest bis die Flucht zweier Gefangener bemerkt werden würde.

»Dort lang«, wies Chris seinen Begleiter an. »Zelle zweiundzwanzig.«

Für eine Clanbasis gab es hier überraschend wenige Zellen. Lediglich eine Etage unterhalb des Gebäudes war für Gefangene bestimmt.

Es gab eine im Halbrund angelegte Empfangsstation. Besetzt von nur einem Krieger, den sie leicht hatten überwältigen können, nachdem sie unbemerkt die Videoüberwachung der Ebene ausgeschaltet hatten.

Betäubt und sicher verschnürt befand sich der Mann nun in einer Abstellkammer. Sie waren nicht hier, um zu erobern oder zu töten.

Zwei Gänge, die kahlen Wände grau gestrichen, zweigten vom Eingangsbereich ab. In jedem befanden sich zwölf Zellen.

Chris hatte darüber nachgedacht, alle dort drin befindlichen Menschen zu befreien, doch das Risiko konnte er nicht eingehen, auch wenn das daraus entstehende Chaos geholfen hätte. Wie ihm die Aufzeichnungen verraten hatten, saßen die meisten Gefangenen wegen geringer Vergehen ein. Blieben sie hier, würde es ihnen nicht das Leben kosten. Flohen sie aber, wären sie Gejagte, denen ein Todesurteil gewiss wäre.

Auch verfügte Chris aktuell nicht über die Möglichkeit, so viele Menschen abzutransportieren. Zwei Schwebefahrzeuge parkten unauffällig am Rande der Bannmeile, die den Clansitz umgab. Niemals würde es gelingen, eine größere Anzahl Menschen ungesehen zu dem Gleiter außerhalb der Stadt zu bringen.

Als Chris bei der letzten Zelle im Gang ankam, schüttelte er die Gedanken ab. Durch die kleine Klappe, die in der Tür angebracht war, überzeugte er sich, dass es sich um die richtige Zelle handelte.

Erst dann presste er den Daumen des Wächters – mit etwas Glück würde die Bionik dem Krieger zu einem Neuen verhelfen – auf das dafür vorgesehene Feld.

Nach Eingabe des Codes wechselte der schmale Lichtstreifen unter dem Eingabefeld von Rot auf Grün.

Chris zog die schwere Tür auf. Larissa war in seinen Armen, noch bevor er die Tür vollständig geöffnet hatte. Während er sie an sich presste, fiel die Anspannung für eine Sekunde von ihm ab. Trotzdem schob er sie von sich, um sie eingehend zu mustern.

»Geht es dir gut?«

Sie nickte, obwohl die Traurigkeit in ihren Augen nicht zu übersehen war.

»Noch mal lasse ich mir so ein Vieh nicht in den Zahn implantieren. Das Ding hat sich die ganze Zeit bewegt.«

»Unwahrscheinlich. Der Bewegungsfunktion wurde erst in Verbindung mit deiner Haut aktiviert. Wie geht es dem Zahn?«

»Tut scheußlich weh, ist aber auszuhalten. Schlimmer war die Angst, jemand könnte die Wanze bemerken. Auch wenn sie winzig war. Ich habe erst frei atmen können, als sie im Com verschwand. Selbst da war ich nicht sicher, ob sie die Daten übertragen würde.«

»Das hat sie.« Chris tippte auf den tragbaren Com an seinem Handgelenk. »Alle Informationen befinden sich hier drin. Schnell rein, ebenso schnell wieder raus, ganz wie geplant. Bist du bereit?«

»Ich kann es kaum erwarten.«

Chris drückte Larissa einen Blaster in die Hand, wies sie an, die Waffe unter ihrer Kleidung zu verstecken und spähte auf den Gang hinaus. Leer, wie erwartet.

Dennoch musste er sich zwingen, Larissa in die Mitte zwischen sich und Franklin zu nehmen, um den Eindruck einer Gefangenenverlegung aufrecht zu erhalten. Hier hereinzukommen war verhältnismäßig leicht gewesen. Herauszukommen würde bedeutend schwieriger werden. Unwillkürlich spannten sich seine Finger fester um das Blastergewehr, das er vor dem Körper trug wie ein Schild. Den Ausbruch als Verlegung zu tarnen gehörte zu den ältesten Tricks der Welt. Doch nie zuvor war die Chance, dass die Überführungspapiere einer näheren Überprüfung standhielten so gering.

Als sie an der Gabelung des Ganges auf Dave, Trope und Lance trafen, gewährte Chris Larissa ein paar Sekunden.

»Lance!« Sichtlich froh überwand sie die wenigen Schritte, die sie von ihrem väterlichen Freund trennten.

»Ist diese idiotische Idee auf deinem Mist gewachsen?«, knurrte Larissas ehemaliger Leibwächter und zog sie in eine Umarmung, in der sie fast verschwand.

»Sag einfach Danke. Ich kenne dich lange genug, um zu wissen, dass du erleichtert bist.«

»Im Moment mache ich mir mehr Sorgen darüber, in was für eine Situation du dich gebracht hast«, schnappte er. »Nette Freunde hast du dir gesucht.«

»Du sagtest immer, ich soll darauf achten, wie loyal jemand ist, bevor ich mich auf ihn einlasse. Nun, loyal sind sie.«

»Soll ich vielleicht Tee kochen gehen? Dann plaudert es sich besser«, unterbrach Dave sie. »Aber seid so nett und zieht euch dafür in eine Zelle zurück. Ich will schnellstmöglich hier raus.«

Lance streifte ihn mit einem Blick. »Den mag ich.«

»Einen Heiratsantrag kannst du mir später machen. Los jetzt, raus hier.«

Lance schüttelte den Kopf. »Es werden niemals zwei Gefangene zur selben Zeit verlegt. Da könnt ihr uns gleich Achtung Ausbruch auf die Stirn schreiben.«

»Wunderbar«, stöhnte Chris. »Irgendwelche hilfreiche Vorschläge?«

»Ja«, Lance wies auf Larissa. »Schaff sie hier raus.«

»Ich gehe nicht ohne dich.« Larissa drückte Lance ihren Blaster in die Hand. »Es ist dein Job, auf mich aufzupassen. Also erledige ihn auch.«

»Es ist auch mein Job, dich aus Ärger herauszuhalten. Ist mir ja wunderbar gelungen.« Trotz seiner Worte nahm er die Waffe an sich. »Beim kleinsten Anzeichen von Problemen suchst du dir Deckung!«

»Ich weiß, was ich zu tun habe. Ich hatte einen guten Lehrer.«

Als gleich darauf die Tür zur Gefängnisebene geöffnet wurde, bewies sie, was sie gelernt hatte, in dem sie sofort hinter der Ecke Deckung suchte.

Chris und Dave eröffneten zeitgleich das Feuer auf die beiden eintretenden Krieger und zielten auf den Mann in ihrer Begleitung.

»Nein!«, schrie Larissa. »Das ist mein Vater!«

Kapitel 2

Gegenwart: 07.November 336: Clanbasis Batisté – Privatgemächer 3:29 Uhr

Lara schreckte aus dem Schlaf hoch. Schreiend schlug sie um sich, wehrte sich gegen die Arme, die sie umfingen. Wer auch immer sie hielt, setzte Kraft ein, um sie zu bändigen.

»Beruhige dich Lara. Es ist vorbei«, drang eine Stimme durch den dichten Vorhang aus Angst, der ihr Bewusstsein umgab.

Sie riss die Augen auf und erkannte, die Dunkelheit, die sie fürchtete, existierte hier nicht. Neben dem Bett, in dem sie lag, sorgte eine Wandlampe für dezente Beleuchtung. Das sanfte Licht übte eine beruhigende Wirkung auf sie aus. Lara ertrug die Dunkelheit nicht, was derjenige, der bei ihr war, zu wissen schien.

Der Raum weckte eine Erinnerung in ihr. Sie kannte ihn, ohne sagen zu können woher. Unsicher hob sie den Blick und sah in dunkle Augen, die sie forschend betrachteten. Auch dieses Gesicht kannte sie, doch dort, wo ihre Erinnerung sein sollte, war nichts als Leere.

Noch immer hielt der Mann sie umschlungen, gab sie aber sofort frei, als sie sich spannte.

»Fürchte dich nicht, Lara. Du bist in Sicherheit.«

Trotz seiner Worte rückte sie von ihm ab. Floh regelrecht bis zum Kopfende des Bettes, wo sie zusammengekauert hocken blieb, die Decke fest vor der Brust zusammengerafft.

Sicherheit? Das Wort erschien ihr fremd. Flüchtig wie der Nebel am frühen Morgen, der sich auflöste, sobald die ersten Sonnenstrahlen auf ihn trafen.

Sonne, dachte sie. *Nebel, Bäume, der Gesang der Vögel.*

Bilder füllten ihren Geist. Langsam zuerst, wie Tautropfen, die sich zögernd von den Blüten einer Blume lösten. Dann schneller, einem Rinnsal gleich. Lara schloss die Augen, um die Bedeutung dieser Bilder in sich aufzunehmen. Hielt sie fest, betrachtete sie, verinnerlichte.

Stoff schabte über Stoff, brachte Lara dazu, die Augen aufzureißen.

Es war nur er, der ebenfalls zurückwich. Ein winziges Stück nur, wobei er sie weiterhin beobachtete. Seine Augen nahezu schwarz im Dämmerlicht.

Anthony Batisté ... Clanführer ... Name und Titel schwirrten zusammenhanglos durch ihren Kopf.

»Batisté?«, wiederholte sie laut, nur um festzustellen, wie schnell ihr Atem noch immer ging. Genauso wie ihr Puls.

»Es gab eine Zeit, da nanntest du mich Anthony.« Er lächelte, aber falls er sie damit beruhigen wollte, erreichte er sein Ziel nicht. Dazu lag zu viel Vorsicht in seiner Stimme.

Lara sah ihn schweigend an, während sie versuchte, einen Zusammenhang zu seinem Namen herzustellen. Vertraut und doch ... Vertrauen? War das, was sie fühlte, die Sicherheit, von der er gesprochen hatte?

»Sag etwas. Rede mit mir.«

War es Besorgnis in seiner Stimme oder Verärgerung?

Lara konnte es nicht sagen, erkannte aber sein Bemühen, die Beherrschung zu wahren.

»Was ist passiert?« Ihre Stimme klang rau, als hätte sie lange nicht mehr gesprochen – oder zu lange geschrien.

»Er hat dich beinahe zu Tode geprügelt«, erwiderte Anthony. »Ich habe dich gerade noch rechtzeitig gefunden. Erinnerst du dich nicht?«

Stirnrunzelnd schüttelte Lara den Kopf, nickte aber gleich darauf. Doch, da war etwas, am Rand ihres Gedächtnisses. Keine Einzelheiten, nur das unbestimmte Gefühl von Angst und Schmerz. Ein Kampf, das Geräusch der Waffen und Anthony, der kam sie zu holen. Hatte er sie gerettet? Er war mächtig, daran erinnerte sie sich jetzt. Was veranlasste ihn, diese Macht für sie einzusetzen? Grübelnd betrachtete sie ihn.

»Kannst du etwas weiter ins Licht kommen?«

Ihr Wunsch schien ihm nicht zu gefallen, denn er zögerte. »Ich möchte dich nicht erschrecken.«

Seine Worte brachten sie dazu, sich vorzubeugen. Erst als er ihr entgegenkam, bis er beinahe neben ihr saß, bemerkte sie, in welchem Zustand er sich befand. Um seine Augen schillerten Prellungen, seine Unterlippe war aufgeplatzt, die Nase unförmig angeschwollen. Lara wusste, er hätte so nicht aussehen müssen. Eine Behandlung mit dem Autosuture hätte die Wunden geheilt, ein Dermalregenerator die letzten Spuren verschwinden lassen. Doch er trug seine Wunden wie die Trophäen eines Sieges.

Das Bild eines anderen Mannes erschien vor ihrem inneren Auge. So deutlich, dass sie zusammenzuckte.

Noch deutlicher war die Emotion, die das Bild hervorrief: Angst! Ein schwer zu erfassendes Unbehagen, zu deutlich, um es abzutun.

»Hat er das getan?«

»Er hatte Glück. Ich habe diesen Bastard unterschätzt. Das wird mir kein weiteres Mal passieren.«

Sanft strich sie ihm über die Wange. Er schloss die Augen, verharrte absolut regungslos und gab sich ihrer Berührung hin.

Dankbar für das unvermittelt aufkommende Gefühl der Sicherheit, ließ sie sich gegen ihn sinken. Sie konnte den gleichmäßigen Schlag seines Herzens hören. Es half ihr, ihre verkrampften Glieder zu entspannen. Erst da spürte sie ihre Verletzungen. Ein leichtes Stechen in den Rippen, wenn sie einatmete.

»Er hat dich übel zugerichtet. Mehrere Knochenbrüche, Prellungen, innere Verletzungen. Mein Arzt tat sein Möglichstes, dich zu heilen. Wenn du Schmerzen hast ...«

Sie schüttelte den Kopf. »Es geht schon.« Das war nur die halbe Wahrheit. Ihre Angst war verblasst, dafür fühlte sie Zorn in sich aufsteigen. Eine Wut, die sich über ihr Denken legte und sie erzittern ließ. Sie sah auf. »Lebt er noch?«

Anthony nickte. Für einen Moment erschien ein misstrauischer Ausdruck auf seinem Gesicht. So flüchtig, dass Lara nicht sicher war, ihn wirklich gesehen zu haben.

»Du hast ihn am Leben gelassen? Warum? Du hättest ihn vernichten können und es wäre vorbei gewesen!« Laras Stimme wurde kräftiger, bis sie beinahe schrie.

»Beruhige dich.« Anthony klang um eine Nuance schärfer. »Ich habe ihn inhaftieren lassen. Er kann dir nichts mehr antun.«

»Du hättest ihn töten sollen.«

»Er hat das Recht auf eine Verhandlung, auch wenn sein Todesurteil bereits unterzeichnet ist. Doch bevor es vollstreckt werden kann, muss dieser Bastard seine Verhandlung bekommen. Niemand soll mir nachsagen, ich würde die Gesetze Terras nicht achten. Aber er wird bereuen, je Hand an dich gelegt zu haben.«

Seine Augen suchten ihren Blick. Zögernd strich er ihr über die Wange. Seine Lippen folgten, glitten sanft über ihre Stirn, ihre Wange, hinab zu ihren Mund.

Lara ließ es geschehen, obwohl sich in ihr das Gefühl regte, gegen ihn ankämpfen zu müssen. Sie unterdrückte es. Zu intensiv war das Bedürfnis nach Ruhe, Geborgenheit und Schutz.

»Du gehörst mir, Lara. Nur mir. Ich werde jeden Mann, der sich dir in Zukunft nähert, eliminieren.«

Sein Schwur verunsicherte sie. Es kostete sie Überwindung, aber sie stieß Anthony von sich und sprang aus dem Bett.

»Nein!«

Er blieb dort, wo sie ihn hin gestoßen hatte. Schwer atmend, schweigend.

»Ich kann nicht«, stieß sie hervor. »Bitte verlang das nicht von mir. Ich kann es nicht.« Tränen traten ihr in die Augen. Alles, was sie sagte, kam ihr falsch vor.

Anthony erhob sich bedächtig und kam auf sie zu. Noch immer sprach er kein Wort.

Der Ausdruck in seinem Gesicht, Enttäuschung gepaart mit Verärgerung, sagte genug. Dicht vor ihr blieb er stehen.

Lara zwang sich, nicht vor ihm zurückzuschrecken. Sie hätte es auch nicht gekonnt. Sein Blick bohrte sich in den ihren, verdammte sie zur Bewegungslosigkeit.

»Wehr dich nicht gegen mich, Lara.«

Bevor sie darauf reagieren konnte, raste ein scharfer Schmerz durch ihren Kopf. Die Welt drehte sich mit einem Mal um sie herum. Die Hände gegen den Schädel gepresst, krümmte sie sich zusammen. Verharrte regungslos, darauf wartend, dass der Schmerz nachließ. Was nicht geschah.

Er steigerte sich, erreichte die Grenze des Erträglichen und ging darüber hinaus. Ein heiserer Schrei entrang sich ihrer trockenen Kehle. Sie begann zu zittern, krampfte, war unfähig zu atmen.

Starke Hände griffen nach ihren Schultern, hielten sie fest und zwangen ihre Kiefer auseinander. Etwas kleines, Glattes wurde ihr in den Mund geschoben. Kräftige Finger massierten ihre Kehle, zwangen sie zu schlucken. Allmählich ließ der Schmerz nach. Lara entspannte sich im gleichen Maß wie ihr Atem gleichmäßiger wurde.

»Geht es dir besser?«, erkundigte sich Anthony, während er ihr half aufzustehen.

Lara nickte, versuchte zu lächeln, spürte selbst, wie dieser Versuch misslang.

»Ich bin in Ordnung.« Ihre eigene Stimme klang fremd in ihren Ohren.

Hysterisches Gelächter perlte in ihr auf. In Ordnung? Nichts war in Ordnung.

Sicher, sie hatte Anthony die Wahrheit gesagt. Der Schmerz war verschwunden und von einem Gefühl der Kraft und Stärke ersetzt worden. Aber auch die Feindseligkeit kam zurück. Ein irrsinniger Hass auf den Mann, der ihr das alles angetan hatte.

»Was geschieht mit mir?«

»Ich weiß es nicht. Du hast derartige Anfälle erst, nachdem er dich in seiner Gewalt hatte.«

Lara spürte Anthonys Besorgnis, die sie erneut in Gereiztheit versetzte. Mit einer heftigen Bewegung riss sie sich von ihm los.

»Ach wirklich? Stell dir vor, das ist mir bereits klar geworden.« Als sie bemerkte, wie ihn ihr ungerechtfertigter Angriff traf, schwand ihre Verbitterung ebenso rasch, wie sie gekommen war. »Verzeih, ich wollte dich nicht verletzen. Es ist ...«

Sie brach ab, suchte nach Worte für etwas, was sie selbst nicht verstand.

»Schon gut. Vermutlich hätte ich dich nicht so bedrängen dürfen. Ich verstehe dich.«

Lara fuhr zusammen. »Du verstehst mich? Nein Anthony, du hast keine Ahnung von dem, was ich durchmachte. Weißt nichts darüber, was ich jetzt noch ...« Erschrocken über die Heftigkeit ihrer eigenen Worte starrte sie den Clanführer an. Ihre Augen füllten sich mit Tränen.

Als er abermals versuchte, sie an sich zu ziehen, wehrte sie sich nicht mehr.

»Hilf mir«, flüsterte sie, »bitte hilf mir. Halt mich fest.«

Anthonys Umarmung schmerzte beinahe, dennoch klammerte sie sich an ihn. Brauchte die Gewissheit, er war für sie da, schützte sie, auch wenn sie sich wie eine Wahnsinnige benahm. Urplötzlich lachte sie auf. »Vielleicht verliere ich einfach den Verstand.«

»Du bist verwirrt. Dir wurde zu viel Schreckliches angetan. Gestehe dir selbst Zeit zu, darüber hinwegzukommen. Ich verspreche dir, es wird besser werden.«

»Mein ganzes Leben erscheint mir widersprüchlich. Meine Gedanken passen nicht zu meinen Gefühlen. Ich sage Dinge, die ich nicht sagen will. Was ist richtig, was falsch? Ich weiß es nicht mehr.«

»Das geht vorbei. Solange du bei mir bist, wird alles gut werden.«

Sie nickte. Hoffte, er behielt Recht. Für eine Weile schwiegen sie beide.

»Kann ich ihn sehen?«

Er versteifte sich, schob sie ein Stück von sich fort und musterte sie. »Wozu? Hat er dir nicht genug angetan?«

Sein deutlich sichtbares Misstrauen schnitt ihr ins Herz. »Ich muss mich davon überzeugen, dass es vorbei ist. Dass er mir nie wieder etwas antun kann.«

»Nein.«

»Anthony bitte. Solange ich nicht mit eigenen Augen gesehen habe, dass er …«

»Was? Noch am Leben ist? Ich werde dich auf keinen Fall zu ihm lassen. Dieser Bastard hat sich einmal zwischen uns gedrängt. Das lasse ich nicht erneut zu! Hast du immer noch nicht begriffen, wozu er imstande ist?«

»Ich brauche Gewissheit.«

»Reicht dir mein Wort nicht?« Anthony schüttelte den Kopf, ließ sie abrupt los und wandte ihr den Rücken zu.

Sie hatte ihn gekränkt. Dabei wusste Lara, wie leicht sie ihn verletzen konnte. Nicht nur sie hatte viel ertragen müssen. Auch an ihm nagten Unsicherheit und Zweifel. Sie schlang die Arme um ihn und begann seine Schultern zu küssen, bis sie merkte, wie er sich entspannte.

»Es ist wichtig für dich?« Seine Stimme war so leise, dass sie ihn kaum verstand.

»Ich würde nicht darum bitten, wäre dem nicht so.«

»Also gut. Ich werde dich zu ihm lassen. Aber ich warne dich: Fall nicht wieder auf seine Tricks rein. Die Konsequenzen müsstest du dieses Mal allein tragen.«

Vergangenheit: 01. November 336: Clansitz Hiereon – Gefangenenebene 17:08 Uhr

Larissas Vater, der herumgewirbelt war, um den Alarm zu betätigen, verharrte. Langsam wandte er sich abermals um und hob die Hände über den Kopf. Sein Blick lag dabei auf Larissa. Sie näherte sich ihm mit klopfenden Herzen, wobei sie Chris auswich, der sie zurückhalten wollte. Lance hingegen folgte ihr, die Waffe noch immer in den Händen.

»Nicht Lance, steck die Waffe weg. Bitte.« Larissa hatte Mühe zu sprechen.

Sie sah ihren Vater ebenso unverwandt an, wie er sie. Anders als während der Verhandlung verbarg er hier nichts vor ihr. Der Ausdruck der Schuld auf seinem Gesicht, gepaart mit Scham, ließ sie schwer schlucken. Obwohl er aufrecht stand, wirkte er kleiner als in ihrer Erinnerung. Gebeugter, älter, wozu die scharf hervortretenden Falten um seinen Mund und der trübe Ausdruck in seinen Augen beitrugen. Warum war ihr das nicht bereits früher aufgefallen?

»Ich lasse nicht zu, dass du nochmals eingesperrt wirst. Auch nicht von deinem Vater.« Lances Antwort glich einem dunklen Grollen und brach die Starre, die Larissa beim Anblick ihres Vaters erfasst hatte. Sie blinzelte.

Mr. McIngless trat einen Schritt vor, während Larissa dieselbe Distanz zurückwich. Nacheinander sah er sie alle an, Lance ein wenig länger als die anderen, bevor er erneut Larissa fixierte.

Falls er überrascht war, sie in Begleitung bewaffneter Männer zu sehen, ließ er es sich nicht anmerken. »Ich bin nicht hier, um ihr zu schaden«, sagte er ruhig. »Kann ich die Arme runter nehmen?«

»Nein!« Drei Stimmen ertönten nahezu zeitgleich.

»Bitte. Ich möchte meine Tochter umarmen. Wenn sie es zulässt.«

»Ich bin nicht mehr deine Tochter.« Die Worte erstickten Larissa fast.

Ihr Vater senkte den Kopf. »Du weißt, es war nicht so gemeint.«

»Weiß ich das? So wie du tatenlos bei meiner Verhandlung zugesehen hast? War das ebenfalls nicht so gemeint?«

»Ich hatte keine andere Wahl! Jetzt bin ich hier.«

»Aber nicht, um sie zu befreien«, warf Lance hart ein.

»Um mit ihr zu sprechen und Abschied zu nehmen. Ich konnte sie nicht einfach so gehen lassen.«

»Du hättest wirklich zugelassen, dass ich in die Minen geschickt werde?« Larissa verschränkte die Arme vor der Brust, um das Zittern ihrer Hände zu verbergen.

»Nein! Lord Hiereon wird das Urteil revidieren. Es …«, er schluckte sichtlich »… wird in Verbannung abgewandelt. Gehst du aber mit diesen Männern, dann … Ich werde dich niemals wiedersehen.«

Larissas Augen brannten, als sie einen weiteren Schritt zurücktrat. »Das würdest du auch unter anderen Umständen nicht.«

Dankbar registrierte sie die Hand, die Chris ihr auf die Schultern legte.

»Wir müssen gehen«, sagte er sanft.

Schwer stieß ihr Vater den Atem aus. Er schien mit sich zu ringen und straffte sich schließlich.

»Ihr werdet keinesfalls die Sicherungssperre und die Wachen dort passieren können. Cooper sowie Larissa sind bekannt in dieser Stadt. Jeder Angehörige des Clanhaushaltes jeder kennt sie.«

»Das wird sich zeigen.«

»Es gibt einen anderen Weg.«

»Welchen?« Das Misstrauen in Chris' Stimme war nicht zu überhören.

»Der Fluchtweg der Clanfamilie.«

»Hier unten?« Auch Larissa konnte ihre Skepsis nicht verbergen. »Er ist auf keiner Karte des Gebäudes verzeichnet.«

»Das haben Geheimgänge so an sich. Er wurde gebaut, um den Rückzug der Clanfamilie zu gewährleisten, sollte es je zu einer Machtübernahme oder Geiselnahme kommen.«

Lance spuckte aus. »Warum sollten wir das glauben? Ihr habt keinen Finger gerührt, als man mich wegen falscher Anschuldigungen verurteilte. Ebenso wenig habt Ihr Euch für Eure Tochter eingesetzt.«

»Ich bin hier, um meine Fehler wiedergutzumachen.«

»Nein.« Verachtung lag auf Lances Zügen. Jeden Respekt, den er einst seinem Dienstherren entgegengebracht hatte, war im Augenblick seiner Inhaftierung erloschen »Ihr seid gekommen, um Euer Gewissen zu beruhigen.«

»Vielleicht. Dessen ungeachtet würde ich um keinen Preis meine Tochter einer Bedrohung aussetzen.«

Lance fluchte. »Er hat recht«, wandte er sich an Chris. »Bei all seinen Fehlern liebt er sie dennoch.«

»Wo ist dieser Gang? Wenn wir hier noch länger Versöhnungsversuche veranstalten, können wir gleich bleiben. Vielleicht dürfen wir sogar alle zusammen in eine gemeinsame Zelle.« Dave war sichtlich am Ende seiner Geduld.

Mr. McIngless wies mit dem Kopf in Richtung des linken Ganges. »Zwischen den Zellen zwei und vier.«

»Nach Euch.« Lance trat zur Seite, um Larissas Vater den Vortritt zu lassen.

Ruhig ging Mr. McIngless an der Gruppe vorbei, bis er vor der dritten Zelle stand. »Ich muss meine Arme senken, um den Zugang zu öffnen.«

»Tut es, aber langsam.«

Larissas Vater befolgte den Befehl und zog die Tür der Zelle auf.

»Ein angeblich defektes Schloss«, erklärte er, bevor er die kleine Kammer betrat. Die anderen folgten ihm, bis auf Dave, der die Tür bewachte.

Bei dem in der Wand eingelassenen Dampfstrahler, der dazu diente, die körperliche Reinigung der Gefangenen zu vollziehen, führte Mr. McIngless einige Handbewegungen aus, bis ein leises Klicken ertönte. Dann wandte er sich nach rechts. Der Riss in der Wand war haarfein und fiel kaum auf. Larissas Vater drückte mittig dagegen, bis ein Teil der Wand zurück schwang und den Zugang zu einem engen, dämmrigen Gang freigab.

»Er bringt euch bis an die Grenzen der Stadt.«

Chris rang sich ein Nicken in Richtung von Larissas Vater ab und betrat den Gang.

»Warte«, hielt Larissa ihn zurück und wandte sich nochmals an ihren Vater. »Was geschieht mit dir, sollte Lord Hiereon herausfinden, wie du uns geholfen hast?«

Er zuckte die Schultern. »Das ist irrelevant.«

Lance zögerte. »Ich bringe Euch zurück zu Euren Begleitern«, beschloss er. »Dort betäube ich Euch. So wird Lord Hiereon möglicherweise an Eure Unschuld glauben.«

Mr. McIngless nickte. »Passen Sie auf meine Tochter auf, Cooper. Auch wenn Sie nicht mehr im Dienst des Clans stehen, bitte ich um diese letzte Gunst.«

»Das werde ich. Doch nicht um Euretwillen.«

Die Antwort bestand aus einem erneuten knappen Nicken. Dann sah Larissas Vater sie an. »Es tut mir leid. Ich … Alles.«

Es war Larissa unmöglich, sich zurückzuhalten. Sie löste sich von Chris, um ihren Vater zu umarmen. Tief atmete sie den vertrauten Geruch ein, gab sich für einen Moment der Illusion hin, sie wäre noch ein kleines Mädchen und er ihr unerschütterlicher Fels. Schwer schluckte sie, als sie sich schließlich von ihm löste.

»Sei vorsichtig. Trau Gari nicht. Er fühlt sich durch dich bedroht.«

»Das ist mir bewusst. Kann ich dich später einmal kontaktieren? Es gibt vieles zu erklären …«

Larissa biss sich auf die Lippen. Der Wunsch, diesen letzten Kontakt zu ihrer Familie aufrecht zu erhalten, war peinigend. Doch sie schüttelte den Kopf.

Die Trauer in den Augen ihres Vaters schmerzte. Dennoch schenkte er ihr ein Lächeln. »Ich wünsche dir alles Glück der Welt. Bring dich in Sicherheit.«

Stunde um Stunde gingen sie durch den Tunnel. Er war so schmal, dass sie ihn nur hintereinander passieren konnten. Die modrige Luft machte das Atmen schwer. Die Kälte in dem Gang schien ihnen direkt in die Knochen zu dringen. Dennoch waren sie in Schweiß gebadet. In der ersten Stunde führte der Weg über ebenen Beton, doch je schmaler der Pfad wurde, desto unwegsamer wurde er, bis sie über blanken Fels schritten. Zu guter Letzt wurde die Decke so niedrig, dass sie sich auf allen vieren niederlassen mussten. Niemand sprach, einzig die Geräusche ihrer Bewegungen und mühsamen Atemzüge durchbrachen die lastende Stille. Endlich erreichten sie eine Luke, die sie ins Freie führte.

Larissa atmete tief ein, nachdem sie sich hindurchgezwängt hatten. Sie lehnte sich an Chris, genoss es, ihn und den Wind zu spüren, der den Schweiß kühlte. »Wo sind wir?«

Chris warf einen Blick auf den Com an seinem Handgelenk. »Westlicher Bezirk. Nahe an den Unterkünften der Unterschicht. Dass der Gang ausgerechnet hier endet, gefällt mir nicht. Die Clanfamilie würde in solcher Umgebung auffallen wie Pinguine in der Wüste.«

»Unterschätze sie nicht«, erwiderte Lance. »Niemand würde sie in so einer Gegend vermuten. Mit passender Kleidung könnten sie sich ohne Weiteres zu einem befreundeten Clansitz durchschlagen.«

»Du kennst dich gut aus. Beinahe zu gut.«

Lance schnaubte. »Soll ich mich dafür entschuldigen, ein Krieger zu sein? Dafür ist es zu spät. Es ist meine Aufgabe, solche Zusammenhänge zu erkennen.«

»Es *war* deine Aufgabe. Bedenklich, dass du dich dieser noch immer verpflichtet fühlst.«

»Verpflichtet?« Herausfordernd hob Lance das Kinn. »Meine Pflicht besteht darin, Larissa zu schützen.«

»Das ist meine Aufgabe.«

»Ich habe gesehen, wohin das geführt hat.«

»Meine Inhaftierung war geplant, Lance«, schaltete Larissa sich ein, bevor die beiden Männer endgültig aufeinander losgingen.

»Das ist mir klar. Die Idee, mich herausholen zu wollen, kam mit Sicherheit von dir.« Erneut richtete er seinen Blick auf Chris. »Aber er unterstützte dich in diesem Leichtsinn.«

»Jungs!« Dave stellte sich zwischen Chris und Lance. »Cooper, du kennst sie. Larissa lässt sich nichts ausreden, wenn sie sich etwas in den Kopf gesetzt hat. Wir hätten sie einsperren müssen, um sie aufzuhalten. Also sag brav 'Danke' und halt die Klappe.«

»Einsperren? Wo?«

»Das geht dich nichts an«, zischte Chris.

»Ich erfahre es ohnehin. Geht Larissa mit euch, werde ich das ebenfalls tun.«

»Einen Scheiß wirst du.«

»Versuch doch, mich aufzuhalten.«

»Das könnte ich. Du kannst dich kaum auf den Beinen halten, so wie du schwankst.«

»Weil man mir eine verfluchte Droge eingeflößt hat. Versuch nur, mich zurückzulassen. Was meinst du, wie Larissa das finden wird? Ich bin nicht blind. Mir war immer klar, dass Probleme sie anziehen. Und du bist ein Problem.«

Larissa verdrehte die Augen, schob sich zwischen die beiden Streithähne hindurch und stapfte einfach davon. »Worauf wartet ihr? Auf Geleit durch den Clan? Kommt jetzt. Eure Testosteron-Ausschüttungen können warten, bis wir in Sicherheit sind. Ich will etwas gegen die Zahnschmerzen und einen Ort zum Ausruhen.«

»Ich hätte nie gedacht, es mal zu sagen, aber im Moment ist unsere Prinzessin die Klügste hier«, feixte Dave und folgte ihr.

Je weiter Larissa auf der mit groben Steinen gepflasterten Straße voranging, desto langsamer wurden ihre Schritte.

Alles um sie herum wirkte auf schwer zu beschreibende Art düster und ungastlich, was nicht an der einsetzenden Dämmerung lag.

Die Häuser, die dicht beieinander standen, waren fast ausnahmslos baufällig. Unwillkürlich kam Larissa der Gedanke, die Gebäude könnten noch aus dem vorherigen Jahrhundert stammen, ohne dass sich in all der Zeit jemand die Mühe gemacht hatte, sie instand zu halten. Sie konnte nicht eines der modernen Häuser erblicken, die sie kannte. Stattdessen lebten die Menschen hier in Holzhütten, bestenfalls in heruntergekommen Betonhäusern.

Sie versuchte sich einzureden, viele der Bauten würden leer stehen, doch die Bewegungen hinter den Fenstern bewiesen etwas anderes.

Noch etwas wurde immer deutlicher, je weiter sie vorwärtsschritt: das Viertel stank. Ein undefinierbarer Geruch nach Essensresten, Fäkalien sowie Abfall lag in der Luft. Auch herrschte eine unnatürliche Stille. Weder hielt sich jemand auf der Straße auf, noch spielten Kinder vor den Häusern. Nur wenige Fahrzeuge parkten am Straßenrand. Es fiel Larissa schwer sich vorzustellen, wie die Menschen hier leben konnten.

»Wir sollten von der Straße verschwinden«, durchbrach Chris Stimme die Unwirklichkeit, die sie wie ein Kokon einhüllte. Sie zuckte zusammen, als er nach ihrem Ellenbogen griff, um sie sanft zu einer Nebenstraße zu dirigieren.

»Haben wir Verbündete hier?«, fragte einer seiner Männer.

»Niemanden, den ich gefährden möchte.«

Sie hatten das Viertel beinahe hinter sich gelassen, als Dave stehen blieb. Alle Muskeln angespannt, legte er den Kopf zur Seite und lauschte. Dann zog er den Blaster, den er unter seiner Kleidung verborgen hatte.

Chris tat es ihm gleich, ebenso wie die beiden anderen Männer und Lance. Mit wenigen Schritten waren sie bei Dave und gingen in Verteidigungsposition. Rücken an Rücken, Larissa in ihrer Mitte, drehten sie sich langsam im Kreis und suchten mit den Augen die Umgebung ab.

»Was ist los?", erkundigte sich Larissa.

»Kampfgleiter."

»Bist du sicher?«

»Ich erkenne das Geräusch der Turbinen, wenn ich es höre.«

»Verschwinden wir. Ich habe unseren Männern, die an der Grenze zum Clansitz warteten, unsere Position durchgegeben. In spätestens zwanzig Minuten werden sie hier sein.«

»In der Zeit können wir uns auch zu unserem Gleiter durchschlagen.«

Larissa warf einen Blick auf Lance. Er versuchte, es zu verbergen, aber es war nicht zu übersehen, wie angeschlagen er war. Im Tunnel hatte er sich ständig an der Wand abgestützt, sobald er glaubte, niemand bemerkte es. Er war stur genug, um bis zum Standort des Gleiters durchzuhalten. Dennoch wäre es Larissa lieber, sie könnten eines der Schwebefahrzeuge nutzen.

»Sehen wir zu, dass wir weiter kommen.«

Sich immer dicht im Schatten der Häuser haltend, huschten sie weiter. Bis vor ihnen unvermittelt eine Gruppe Männer in schwarzen Kampfanzügen auftauchte.

»Larissa, runter!", schrie Lance.

Instinktiv ließ sie sich fallen. Blaster blitzten auf, Schreie und Flüche ertönten. Unsanft wurde sie auf die Füße gerissen und in den Schutz einer schmalen Gasse gezogen, aus der Chris, zusammen mit den anderen, die Clankrieger unter Beschuss nahm.

Etwa ein Dutzend der Krieger riegelte die Gasse ab. Nur das gezielte Dauerfeuer hielt sie davon ab, sie zu stürmen.

»Geht es dir gut?« Lance musterte Larissa, ließ ihr gerade genug Zeit, um zu nicken, bevor er sie tiefer in die schmale Straße hineinzog. »Wir müssen weg. Das Blasterfeuer ist weithin sichtbar.«

Sie sah mit wild klopfenden Herzen auf den Mann, der in einiger Entfernung reglos auf dem Boden lag.

»Er hat mich gerettet.«

»Und nun ist er tot.« Lance war ihrem Blick mit den Augen gefolgt. »Die Krieger sind nicht hier, um Gefangene zu machen. Ihre Blaster sind auf Maximum gestellt.«

»Bring Larissa hier weg«, befahl Chris, ohne sich zu ihnen umzusehen.

Lance zögerte nicht, ergriff ihren Arm, um sie mit sich zu zerren. Bereits nach wenigen Schritten blieb er abrupt stehen.

»Eine gottverdammte Sackgasse!«, brüllte er, fuhr erneut herum, suchte mit Blicken die Umgebung ab. »Es muss irgendwas geben. Eine Hintertür, eine Öffnung, einen Durchgang, egal was!«

Doch um sie herum war nur nacktes Gestein. Mit einem weiteren Fluch wirbelte er abermals herum und lief zum Eingang der Gasse zurück.

»Wir müssen Zeit gewinnen.« Chris presste die Lippen fest aufeinander, während er nach dem Kommunikator griff.

Lance übernahm sofort seine Position in der Verteidigungslinie.

»Fuchs eins an Basis. Meldet euch.« Die Antwort bestand lediglich aus statischem Rauschen. »Verdammt, geht endlich auf Empfang."

Chris versuchte es ein drittes, dann ein viertes Mal. Endlich erreichte er den Stützpunkt.

Die Stimme aus dem Gerät war verzerrt und wurde immer wieder durch lautes Rauschen übertönt. Aber die Verbindung hielt.

»Der westliche Randbezirk Makaohs wird von Sturmtruppen angegriffen«, berichtete Chris. »Schickt uns so schnell wie möglich Gleiter her. Bisher kein Einsatz von Beryllium. Verwendet trotzdem die Schutzanzüge.«

»… den … in einigen … Gleiter werden in etwa … wir… wrtzgew …« tönte es aus dem Gerät, bevor die Verbindung endgültig zusammenbrach.

»Verdammt!« Chris wirkte, als würde er den Kommunikator am liebsten gegen die nächste Wand schleudern. »Die Krieger haben ein Magnetfeld um das Viertel errichtet. Es grenzt an ein Wunder, dass ich überhaupt zur Basis durchgekommen bin.«

»Was hast du erwartet? Dass sie ein Schild aufstellen auf dem steht: Hilferufe bitte nur von hier aus?«, schnappte Lance, ohne den Beschuss der feindlichen Truppen zu unterbrechen. »Du zettelst hier gerade einen Krieg an. Das ist dir klar?«

Chris verzichtete auf eine Antwort. Stattdessen zielte er ebenfalls auf die Clankrieger. Doch er schoss nicht.

»Kampfgleiter …«, murmelte er. »Warum werden wir dann nur von etwa zwei Dutzend Sturmtrupplern angegriffen? Wo sind die anderen?«

Dave deutete mit dem Gewehr auf einige entfernt stehende Häuser. »Sie treiben die Bewohner des Viertels zusammen. Es gibt kaum Widerstand.«

»Was haben die vor?« Larissa folgte Daves Blick.

»Sieht ganz so aus, als wären die Krieger nicht nur hinter uns her«, antwortete Dave. »Sie sind auf Beute aus. Billige Arbeitskräfte für die Minen des Clans.«

»Und wir müssen zusehen«, zischte Chris.

»Falsch, wir müssen durchhalten, bis Verstärkung kommt. Es waren mindestens zwei Gleiter. Ich liebe es, wenn die Chancen so gerecht verteilt sind.«

»Wir müssen lediglich ihren Abflug hinauszögern. Es reicht, sie zu verwirren.«

»Gute Idee. Geh doch schon einmal vor und bitte die Clankrieger, uns vorbei zu lassen. Vielleicht warten sie auch noch ein Stündchen mit dem Abflug. Ich bin sicher, sie werden so verwirrt sein, dass sie sich gleich ergeben.«

»Früher oder später bekommen wir Verstärkung«, beharrte Chris.

»Großartiger Plan. Wie viele Waffen habt ihr dabei?«, wollte Lance grimmig wissen.

»Die vier Gewehre, fünf Handblaster, sechs Blendgranaten.«

Lance verzog das Gesicht. »Es ist vielleicht nicht der richtige Zeitpunkt für noch mehr schlechte Nachrichten, aber meine Waffe überhitzt sich bereits. Ich hasse diese kleinen Blaster. Kurze Reichweite, geringe Durchschlagskraft. So effektiv wie ein Sprengkopf aus Pappe.«

»Zumindest können wir die Krieger hinhalten. Sie kommen nicht an uns heran.«

»Wir allerdings auch nicht hier raus.«

»Warte, was hast du gesagt?« Larissas Blick irrte immer wieder zum Ende der Gasse.

»Das wir hier festsitzen.«

»Nein, das mit dem Sprengkopf. Lance, gib mir deinen Blaster. Vielleicht haben wir doch eine Möglichkeit, zu entkommen.«

»Was …« Lance warf ebenfalls einen Blick zu der Mauer. Er begann zu grinsen. »Das könnte sogar funktionieren.«

»Wovon redet ihr?«

»Sprengsatz.«

Chris sah auf. »Durch einen überhitzen Blaster? Gut, versuch es. Cooper, sollte das funktionieren, bringst du Larissa aus diesem Viertel raus. Notfalls zurück in den Geheimgang. Franklin begleitet euch.«

»Du schickst uns weg?« Ungläubig starrte Larissa ihn an.

»Ich kann nicht riskieren, dass du den Kriegern in die Hände fällst.«

»Sie werden uns nicht töten. Mein Vater …«

»Diese Krieger gehören nicht zu Lord Hiereon«, antwortete Lance anstelle von Chris. »Sie tragen die Kleidung des Batisté-Clans.«

Larissa fuhr zu ihm herum. »Hier? Damit verletzen sie das Friedensabkommen!«

»Sag es ihnen. Vielleicht gehen sie dann wieder.«

»Das ist eine Eroberung?«

»Nein, eine Falle. Doch sie gilt weder dir noch mir.« Lance sah Chris an. »Sondern ihm.«

Kapitel 3

Gegenwart: 07. November 336: Clanbasis Batisté – Gefangenenebene 10:27 Uhr

Ihm war kalt, entsetzlich kalt. Der Schmerz drang wie das Echo einer körperlichen Erinnerung zu ihm durch. Erst nach und nach wurde ihm bewusst, was dieses Ziehen in seinem Leib, das dumpfe Pulsieren seiner Gliedmaßen, diese Krämpfe bedeuteten. So verfluchte er den Schmerz nicht, sondern begrüßte ihn. Bedeutete er doch, dass er noch am Leben war. Nur begriff er nicht, warum.

Er erinnerte sich an die misslungene Mission, die kopflose Flucht und die Trauer, die über ihn hereingebrochen war, als er von den Blastern getroffen wurde.

Batisté war kein Mann, der das Wort 'Gnade' kannte oder eine Gelegenheit ungenutzt verstreichen ließ. Was der Clanführer seinem Gefangenen im Anschluss seines Erwachens bewiesen hatte. Gründlich tobte Batisté seinen Zorn an ihm aus. Er hatte aufgehört zu zählen, wie oft er das Bewusstsein verloren hatte. Für die Männer Batistés war es ein Leichtes, ihn stets aus der Ohnmacht zu erwecken. Darin waren sie geübt.

Dabei war alles, was der Clanführer von ihm wollte, ein Geständnis. Wenige Worte nur, erschreckend nichtssagend für andere, unendlich bedeutsam für den Gefangenen. Es ging nicht um eine Aussage, nicht um eine Beichte, nicht um ein Bekenntnis. Es ging einzig und allein um Verrat.

Den Bruch von allem, was den Gefangenen aufrecht hielt. Mit einem Geständnis wäre der letzte Widerstand zerstört. So wurde sein Schweigen zum Preis des Überlebens.

Überleben ... So viel bedeutsamer als pure Weiterexistenz. Man konnte atmen, sich fortbewegen, sprechen, lachen. Doch was für einen Wert hatte das alles, wagte man es nicht mehr, sich selbst in die Augen zu sehen? Was nicht hieß, der Gefangene wäre nicht nahe daran gewesen, sein Schweigen zu brechen. Welchen Wert hatten Stolz und Ehre angesichts des Geräusches der eigenen brechenden Knochen?

Batisté hatte wahrlich nichts unversucht gelassen, ihn zu unterwerfen. Wie es ihm dennoch gelungen war zu schweigen, wusste der Gefangene nicht. Vielleicht, weil Schweigen alles war, was er noch tun konnte, um sich einen Rest seiner Würde zu bewahren. Etwas, an das er sich klammerte, um alles zu ertragen.

Irgendwann hatte Batisté aufgegeben. Er mochte grausam sein, aber er wollte seinen Gefangenen nicht töten. Noch nicht.

Die darauffolgende Zeit bestand aus Furcht, Dunkelheit und einer Flut Erinnerungen, in denen er zu ertrinken drohte. Dessen ungeachtet war der Gefangene froh, Batistés Verhör überstanden zu haben. Dass es, für dieses Mal, vorbei war. Doch genau darin täuschte er sich. Es war nicht vorbei. Es begann erst ...

Das leise Geräusch der Tür, die geöffnet wurde, brachte ihn dazu, den Kopf zu heben. Als sie seine Zelle betrat, wallte für einen Moment Hoffnung in ihm auf.

Ein törichter Wunschtraum, geschaffen, um ihn noch weiter Richtung Abgrund zu treiben.

Keine Wache begleitete sie, keine Männer zu ihrem Schutz. Allein das hätte ihn warnen müssen. Doch in seiner Erleichterung, sie zu sehen, schenkte er dem keine Beachtung. Mit raschen, festen Schritten kam sie auf ihn zu, blieb etwa eine Armeslänge vor ihm stehen.

Alles in ihm schrie danach, sie zu halten, sie zu spüren. Doch er konnte sie nur ansehen. Sie wirkte unverletzt, war gut gekleidet und noch immer so schön, wie er es im Gedächtnis hatte. Und doch, etwas war anders an ihr.

»Es ist also wahr.«

Beim Klang ihrer Stimme zuckte er zusammen, als hätte sie ihn geschlagen. »La…«

»Halt den Mund«, unterbrach sie ihn hart. »Ich will keine deiner Lügen mehr hören.«

Für einen Augenblick begegneten sich ihre Blicke. Der Ausdruck in ihren Augen ließ ihn aufstöhnen. Das warme Leuchten war verschwunden. Nun lag nichts darin außer Feindseligkeit und Kälte. Aber hatte er wirklich etwas anderes erwarten können?

Er versuchte sich einzureden, dass er sich täuschte und wusste, dem war nicht so. Dennoch wollte er es nicht wahrhaben.

»Warum?« Alles was er empfand, lag in diesem einem Wort.

»Warum? Du wagst es tatsächlich, mich danach zu fragen? So stark und unbesiegbar hast du getan und nun sieh dich an. Sobald du einem ebenbürtigen Gegner gegenüber stehst, hast du die Hosen voll.«

Ihr Blick wanderte an ihm hinab, während sich ihre Lippen abfällig verzogen. »Im wahrsten Sinne des Wortes."

Alles in ihm zog sich zusammen. Seit Tagen schon befand er sich in diesem Verlies, gehalten wie ein wildes Tier. Angekettet an diese Wand, unfähig, selbst die geringsten körperlichen Bedürfnisse zu befriedigen. Diese Demütigung ausgerechnet von ihr zu erleiden, erschütterte ihn bis auf den Grund seiner Seele.

»Was hat er mit dir gemacht? Was hat er dir eingeredet, um einen solchen Hass zu wecken?«

»Anthony musste mir nichts 'einreden'. Ich wollte mich lediglich überzeugen, sicher vor dir zu sein. Es war dumm. Ich hätte auf ihn hören sollen.« Sie wandte sich ab.

»Sag es mir!«, schrie er, obwohl er wusste, es war sinnlos. »Was ist geschehen? Und erzähl mir jetzt nicht, Macht und Einfluss wären dir plötzlich wichtig.«

Sie fuhr herum. Auf ihrem Gesicht war mit einem Mal ein Ausdruck, der ihn hätte zurückweichen lassen, hätte es mehr als die kalte Mauer hinter ihm gegeben.

»Macht?« Sie spie das Wort beinahe aus. »Das war niemals bedeutsam für mich. Wie wäre es mit Respekt? Mit Schutz, mit Sicherheit? Darüber solltest du nachdenken. All das bietet Anthony mir. Er respektiert mich. Ohne ihn …«

»Er respektiert dich?« Der Gefangene stieß einen verächtlichen Laut aus. »Ganz sicher tut er genau das nicht. Was hat er dir geboten, damit du wie eine demütige Hündin vor ihm kriechst?«

»Was geht es dich an?«

»Vielleicht nichts. Ich habe keinen Anspruch auf dich. Aber ich will wissen, warum. Ich hätte es verstanden, wäre dies ein Versuch, dein Leben zu retten, doch so ist es nicht, oder? Also, was hat er getan, dass du alles vergessen hast, was dir zuvor wichtig war?«

Sie starrte ihn an. »Vergessen? Ich habe nichts von dem vergessen, was du mir angetan hast!«

»Ich habe nicht falsch gehandelt. Wie kannst du irgendetwas von dem glauben, was er dir erzählt hat? Ich habe immer versucht, dich zu schützen.«

Sie lachte bitter auf. »Dann hast du eine merkwürdige Art, das zu zeigen. Spar dir deine Worte. Deine Hinrichtung findet in Kürze statt. Wenn es soweit ist, werde ich in der ersten Reihe sitzen.« Noch einmal musterte sie ihn kalt, bevor sie sich endgültig abwandte.

Er sah ihr nach, als sie die Zelle verließ. Wollte sie zurückrufen, wollte ihr sagen, was er empfand, sie dazu bringen, ihm zu glauben. Doch er konnte es nicht.

»Was soll das heißen, Batistés Clan wäre wegen dir hier?« Larissa trat einen Schritt auf Chris zu.

Er konnte ihr kaum in die Augen sehen. Coopers Vermutung war ebenso anmaßend wie erschreckend. Und doch so furchtbar logisch.

Darum war es so leicht, schoss es ihm durch den Kopf. *Hast du ernsthaft geglaubt, du könntest in eine Clanbasis marschieren, dort Gefangene befreien und einfach wieder gehen? Der Krieg, den du nie wagtest: Er beginnt genau hier.*

Chris wurde sich bewusst, dass Larissa noch immer auf eine Antwort wartete. Er ging zu ihr und zog sie an sich. Für einen Moment gönnte er sich den Luxus, sie im Arm zu halten. Sein Herz fühlte sich schwer an vor Bedauern, als er sie losließ, um Cooper einen der Handblaster zu reichen.

»Lauft«, flüsterte er rau. »Wir halten sie auf, solange wir können.«

»Wie meinst du das?« Ihre Augen waren weit vor Furcht.

»Batistés Männer werden einen Sperrgürtel rund um das Viertel gezogen haben.« Lance ergriff Larissa am Arm, um sie von Chris wegzuziehen. »Die Krieger ernten. Dabei können sie sich keine Zeugen leisten. Sie werden niemanden entkommen lassen.«

»Dann nützt es nichts, wegzulaufen!« Larissa stemmte sich gegen Lances Griff. »Zwing mich nicht, dich zu verlassen.«, beschwor sie Chris.

Er antwortete nicht, sondern wandte sich abrupt ab und konzentrierte sich erneut darauf, die Clankrieger in Schach zu halten.

»Zwingt er dich nicht, tue ich es.« Lance, der die Einstellungen des Blasters geändert hatte, platzierte ihn an der Mauer, bevor er abermals einige Schritte zurücktrat. Währenddessen hielt er Larissas Arm umklammert.

»Chris!«

Ihr Schrei ließ ihn sich wie ein Verräter fühlen. Er würde alles tun, um zu ihr zurück zu kommen. Nichts würde ihn davon abhalten. Er musste nur fest genug daran glauben. Dennoch konnte er sie nicht noch einmal ansehen.

»Wir kommen nach, sobald wir können«, rief er ihr über die Schulter hinweg zu. *Wenn wir können.* »Ich sehe dich in der Basis. Kaya wartet dort auf dich.«

Ein leises, fast unhörbares Summen erklang aus Richtung der Mauer.

»Runter!«, schrie Lance und warf sich schützend über Larissa.

Kaum eine Sekunde später durchbrach grelles Licht die Dunkelheit, drang selbst durch Larissas geschlossene Augen. Eine Welle brennend heißer Luft fegte über sie hinweg, versengte ihre ungeschützte Haut und ihr Haar.

Lance schrie auf, stemmte sich aber sofort wieder hoch und zerrte Larissa mit sich. Mehr taumelnd als gehend schob er sie auf die Mauer zu, in der nun ein schmaler Spalt klaffte.

Das Gestein glühte noch immer, sodass Larissa sich Verbrennungen an den Armen zuzog, als sie sich durch die schmale Öffnung zwängte.

Sie ignorierte den Schmerz und half Lance, die Lücke ebenfalls zu passieren. Franklin folgte als Letzter.

Erst, als er schwer atmend neben ihr stand, bemerkte sie, dass er verletzt war. Ein Steinsplitter hatte sich in seine Schulter gebohrt.

Als Larissas sich die Wunde näher ansehen wollte, streifte er ihre Hand unwillig ab. »Dazu haben wir jetzt keine Zeit. Wir müssen hier weg, solange Chris und Dave die Clankrieger noch zurückhalten können.«

Larissa schüttelte den Kopf. »Ich gehe nicht ohne ihn!«

»Ziehst du so das Opfer in den Schmutz, das er bereit ist, für dich zu bringen?«, polterte Lance und zerrte sie rücksichtslos mit sich. »Wenn er überlebt, was er tun wird, weil ich ihm den Arsch aufreiße, wenn er dich unglücklich macht, dann sollte er dich unbeschadet wiedersehen können. Also wirst du dich jetzt in Sicherheit bringen lassen. Zwing mich nicht, dich über meine Schulter zu werfen und davon zu tragen!«

Sie wusste, er würde das tun. Daher riss sie sich zusammen, zwang Zweifel und Angst in den hintersten Winkel ihres Bewusstseins, und rannte.

Sie versuchten, den Weg zurück zum Geheimgang zu finden, mussten aber immer wieder den Clankriegern ausweichen.

Endlich erreichten sie einen Teil des Viertels, das Larissa bekannt vorkam.

In der Ferne waren vereinzelt Schreie und scharfe Kommandos zu hören. Einige der umliegenden Häuser brannten. Die Flammen warfen bizarre Schatten, hauchten der Dunkelheit Leben ein und täuschten Bewegungen vor, wo keine waren. Sich immer im Schutz der Häuser haltend schlichen sie weiter, bis sie in eine Seitenstraße abbogen. Unvermittelt sahen sie sich vier Clankriegern gegenüber.

Lance feuerte, ohne zu zögern. Auch Franklin riss das Gewehr hoch und schoss, während Larissa hinter die Ecke zurückwich. Keine Sekunde später wurde Franklin getroffen. Lance warf sich herum. Noch bevor er die Bewegung vollends beendet hatte, traf auch ihn ein Schuss.

»Lance!« Larissa schrie auf, stürzte zu ihm, doch ein rüder Stoß trieb sie von ihm fort.

Sie konnte ihren Blick nicht von Lance abwenden. Bewegte er sich? Atmete er? Was war mit Franklin? Sie sind nicht hier um Gefangene zu machen, hallten Lances Worte durch ihren Kopf. Sie sind auf Beute aus, konterte Chris Stimme. Wer hatte Recht? Waren die Krieger hier um zu töten oder zu ernten?

Erst als sie brutal auf die Füße gezerrt wurde, erwachte sie aus ihrer Erstarrung.

»Mitkommen!«, bellte einer der Krieger.

Larissa rührte sich nicht. Die Ohrfeige traf sie unvermittelt, ließ ihre Unterlippe aufplatzen und warf sie zu Boden. Wut stieg in ihr auf, fegte jegliches andere Gefühl zur Seite und ließ sie Vorsicht und Furcht vergessen. Ihr Blick fiel auf den Blaster des Kriegers.

Er schien ihre Gedanken zu erraten, denn er trat einen Schritt zurück. »Versuch es erst gar nicht. Ich würde dich töten, bevor du die Hand hebst. Aber ich würde es bedauern. Auf dem Markt von Scooth bist du sicher einige Einheiten wert. Also machst du besser nichts, was uns beiden hinterher leidtun würde.«

Vergangenheit:
01. November 336: Makaoh Westviertel 21:13 Uhr

Chris förderte zwei Betäubungsgranaten aus der Tasche seines Kampfanzuges. Lächerlich wenig im Vergleich zu der Übermacht, der sie gegenüberstanden. Würden sie reichen, um die Clankrieger aus dem Konzept zu bringen? Er wartete noch zwei Minuten, um Larissa einen ausreichenden Vorsprung zu verschaffen, bevor er eine der Granaten zündete und sie in Richtung der Häuser schleuderte. Sofort darauf wandte er sich um und rannte zu dem Durchschlupf in der Mauer. »Worauf wartest du?«, brüllte er Dave zu.

»Geh schon. Ich habe noch eine weitere Überraschung für das Dreckspack.«

»Verdammt, Dave!«

»Hör auf, Zeit zu verschwenden. Finde Larissa!« Schon stürmte eine Einheit Clankrieger die Straße entlang. Dave feuerte einige Lasersalven auf die herannahende Meute, bevor er seine eigene Granate warf. »Verwirren wir sie!«, rief er und stürmte aus der Gasse.

Chris fluchte, hin und her gerissen, ob er seinem Freund folgen oder Larissa einholen sollte. Die Entscheidung nahmen ihm die Clankrieger ab. Nicht alle hatten Daves Verfolgung aufgenommen. Einige wandten sich Chris zu. Er feuerte, zwängte sich rückwärts durch den noch immer glühenden Spalt. Rannte weiter, wobei er sich bemühte, seine Verfolger abzuschütteln und gleichzeitig ihrem Beschuss auszuweichen.

Es gelang ihm so lange, bis auch vor ihm Clankrieger auftauchten.

Chris verharrte mitten im Schritt. Gehetzt blickte er sich um. Es gab nicht viel, wohin er hätte fliehen können. Er hatte keine andere Wahl, als sich in eines der umliegenden Häuser zu retten. Kurzerhand lief er darauf zu, stieß sich ab und sprang durch das Fenster. Begleitet von einem Regen scharfkantiger Glassplitter landete er im Haus, rollte sich ab, kam noch mit derselben Bewegung wieder auf die Beine. Ohne inne zuhalten hetzte er weiter, suchte die Hintertür, trat sie auf, sprang aus dem Haus und ließ sich zur Seite fallen.

Dieser Reflex rettete ihm das Leben. Die Tür, durch die er vor kaum einer Sekunde gekommen war, ging unter dem Feuer von mehreren Blastern zu Bruch.

Chris rollte sich herum, kam mit einer tausendfach geübten Bewegung auf die Füße, nur um sich gleich darauf abermals zusammenzukrümmen, als er sah, wie einer der Krieger seine Waffe herumriss. Die Plasmaladung zischte nur wenige Zentimeter über seinen Rücken hinweg. Ein zweiter Schuss streifte seinen Oberarm, riss eine lange, brennende Wunde.

Er taumelte zurück, ignorierte den Schmerz, sprang zur Seite und entging um Haaresbreite einem weiteren Treffer, der mit ziemlicher Sicherheit tödlich gewesen wäre. Endlich kam er dazu, das Feuer zu erwidern. Zwei seiner Gegner konnte Chris ausschalten, dennoch war die Übermacht zu groß. Mit einem fast unmöglich anmutenden Sprung zog Chris sich erneut in die trügerische Sicherheit des Hauses zurück. Doch auch dort lauerten bereits die Clankrieger.

Von der Treppe her, die ins obere Stockwerk führte, blitzte unvermittelt das Feuer eines Blasters auf. Zwei Clankrieger stürzten getroffen zu Boden.

»Hierher, nach oben«, rief eine fremde Männerstimme.

Chris zögerte nicht, sondern stürmte die Treppe hinauf. Oben angekommen sah er den Rücken eines Mannes, der sich bereits in den hinteren Teil des Hauses zurückzog. Chris folgte ihm, bis zu einer schmalen Stiege, die zu einer Luke in der Decke hinauf führte. Der Fremde bedeutete Chris mit einer hastigen Bewegung, emporzusteigen. Rasch folgte er der Aufforderung, drückte die Luke auf und sah direkt in den Lauf eines Blasters, der auf seinen Kopf gerichtet war.

Er erstarrte.

»Es ist gut, Xandra«, sagte der unbekannte Retter, der inzwischen ebenfalls die Leiter hinaufgestiegen war. »Er gehört nicht zu ihnen.«

Daraufhin verschwand die Waffe vor Chris Gesicht, sodass er es wagte, den Dachboden zu betreten. Außer ihm hielten sich noch zwei weitere Personen hier auf. Eine junge Frau, die noch immer mit zitternden Händen den Blaster umklammert hielt, und ein etwa achtjähriger Junge. Beiden stand die Angst ins Gesicht geschrieben.

Hinter Chris mühte der Fremde sich damit ab, einen schweren Schrank auf die Luke zu schieben, um sie so zu blockieren. Wortlos half ihm Chris dabei.

Als sie sicher waren, die Sturmtruppen für den Moment aufhalten zu können, ließ Chris sich erschöpft gegen die Wand sinken.

»Danke«, sagte er zu dem Unbekannten, wobei er sich ein Lächeln abrang, »ohne deine Hilfe wäre ich jetzt wahrscheinlich tot.«

Sein Gegenüber machte eine wegwerfende Geste. »Vergiss es. Ich mag es nicht, wenn mein Haus zu einem Schlachtfeld erklärt wird. Übrigens, mein Name ist Arton, meine Frau Xandra und mein Sohn Nik. Vorerst sind wir hier oben sicher. Sobald die Krieger versuchen, hier hereinzukommen, werden sie eine verdammt unangenehme Überraschung erleben.«

»Falls es hier keinen Weg heraus gibt, werden wir es sein, die eine Überraschung erleben. Sobald die Truppe bemerkt, dass sie nicht zu uns herauf kann, wird sie Sturmkanonen einsetzen. Oder uns das Haus unterm Hintern abbrennen.«

Chris war nicht wohl dabei, Artons Selbstsicherheit noch weiter zu erschüttern. Aber er hatte sich bereits einen Überblick über den Raum verschafft. Was er sah, gefiel ihm nicht sonderlich. Der Dachboden war fensterlos. Der einzige Weg, um hinein oder hinaus zu kommen, führte durch die Luke. Die von den Clankriegern belagert wurde.

»Wir müssen hier raus.« Chris bemühte sich Gelassenheit zu vermitteln, was ihm nicht leichtfiel. Dem Lärm nach schienen die Krieger entschlossen, das gesamte Gebäude auseinanderzunehmen, um ihn zu finden. Es war lediglich eine Frage von Minuten, bis sie auf die Idee kommen würden auf dem Dachboden nachzusehen. Chris konnte sich lebhaft vorstellen, wie die Krieger reagierten, sobald sie bemerkten, dass der Weg hinauf blockiert war.

»Das weiß ich selbst«, erwiderte Arton gereizt. »Die Frage ist nur, wie. Vielleicht solltest du hinunter gehen und deine Freunde höflich darum bitten, uns ziehen zu lassen. Immerhin trägst du einen Kampfanzug des Clans. Was hast du getan, um gejagt zu werden?«

Erst jetzt wurde sich Chris wieder seiner Kleidung bewusst, was erklärte, warum Xandra noch immer den Blaster auf ihn gerichtet hielt. Er hob die Hände ein wenig und drehte die Handflächen nach außen. »Ich gehöre nicht zu ihnen. Sie würden keine derartige Präsenz aufbieten, um einen einzelnen Mann zu verfolgen. Die Krieger gehören zu Lord Batisté.«

»Eine Eroberung? Hier?«

Chris verzichtete darauf, den Mann aufzuklären. Es würde die Situation nur noch komplizierter machen.

»Das ergibt doch keinen Sinn. Hier ist nichts von Wert zu finden.«

»Doch.« Chris sah Xandra und Nik an.

Arton erbleichte, als er den Sinn hinter diesen Worten begriff.

»Wir liefern dich aus. Möglicherweise lassen sie uns dann gehen.«

»Du erwartest Dankbarkeit von einem Clankrieger? Mach dich nicht lächerlich. Man kann ihnen nicht trauen.«

»Ebenso wenig wie dir.«

Verdammt, als ob er nicht schon genug Probleme hatte.

»Du kennst Boron?« Vorsichtiges Nicken. »Er hilft euch mitunter, nicht wahr? Versorgt euch mit Nahrung, vergibt Zuschüsse für die Abgaben.«

»Davon weiß ich nichts.«

Natürlich nicht. Keiner in diesem Viertel würde Boron verraten. »Ich kenne ihn. Lass uns versuchen, gemeinsam hier herauszukommen. Dann können wir zu ihm gehen. Er kennt alle Fluchtwege aus diesem Viertel. Es dauert nicht mehr lange, bis Männer eintreffen, die euch unterstützen werden.«

»Die Krieger Lord Hiereons?« Arton schnaubte abfällig. »Sie würden uns nicht helfen.«

Chris schüttelte den Kopf. »Andere. Sie können euch in Sicherheit bringen«

Arton begann unruhig umher zu wandern. »Woher soll ich wissen, ob ich dir trauen kann?«

Chris würdigte ihn keiner Antwort, sondern zwang sich zur Ruhe. Seine Gedanken drehten sich auf der Suche nach einer Fluchtmöglichkeit im Kreis. Endlich entdeckte er einen Ausweg: Im Dach, unmittelbar unter dem Giebel, gähnte ein etwa mannsgroßes Loch. Gelang es ihnen, dort hinaufzukommen, könnten sie vom Dach aus in ein angrenzendes Gebäude fliehen. Doch dazu mussten sie noch einmal vier, fünf Meter weiter nach oben. Das Gewirr aus Balken und Verstrebungen über ihnen sah stabil genug aus. Mit etwas Glück würde es ihr Gewicht tragen.

Während unter ihnen die Rufe der Sturmtruppen immer lauter wurden, sah Chris sich um. Im hinteren Teil des Dachbodens lagerten ein paar ausrangierte Möbel. Darunter befanden sich auch ein Tisch und einige Stühle. Ohne länger zu zögern, schob Chris den Tisch unter eine der Querverstrebungen und stieg hinauf.

Als er die Arme ausstreckte, berührten seine Fingerspitzen fast den Balken über seinen Kopf. Mit einem zufriedenen Nicken stieg er wieder von dem provisorischen Turm herab, um Arton, der inzwischen bemerkt hatte, was Chris vorhatte, ein Zeichen zu geben.

»Du gehst zuerst« sagte er. »Dann deine Frau und zum Schluss der Junge.«

»Dort hinauf? Das ist Wahnsinn!«

In selben Moment krachte etwas von unten gegen die Luke. Der Schrank, durch den die Öffnung blockiert wurde, schwankte bedrohlich.

»Los jetzt!«

Arton verschwendete keine Zeit mehr. Das ganze Dach schien zu beben, als sein Gewicht die Verstrebungen belastete. Doch das Gestell hielt.

Auch Xandra musterte die Balken skeptisch, stieg aber gehorsam auf den Tisch. Chris half ihr weiter hinauf und hob dann den Jungen zu ihr hoch.

Erst als die drei über die Balken balanciert und bei dem Loch im Dach angelangt waren, umklammerte Chris die Bohle, zog sich hoch und richtete sich auf. Er warf einen Blick auf die Querverstrebung unter seinen Füßen. Was von unten leicht zu begehender ausgesehen hatte, schrumpfte jäh zu einem schmalen Streifen Holz zusammen.

Erneut erklang das Hämmern gegen die Luke. Dieses Mal fiel der Schrank.

Chris warf einen gehetzten Blick nach unten. Waren die Krieger erst auf dem Dachboden, würden sie ihn abschießen wie einen flügellahmen Vogel.

Der erste Clankrieger schob sich durch die Luke.

Chris schoss, wartete nicht, ob er getroffen hatte, sondern federte leicht in die Knie und stieß sich ab. Sein verletzter Arm protestierte mit wütendem Schmerz gegen diese Aktion, doch Chris achtete nicht darauf. Seine Finger fanden an dem zersplitterten Rand des Loches über seinem Kopf Halt. Er klammerte sich daran fest und zog sich mit einem Klimmzug vollends auf das Dach hinauf. Die ganze Konstruktion ächzte, während Chris weiter hinauf kroch. Ein winziger Riss entstand in dem Holz neben seiner rechten Hand. Auf Händen und Knien kroch Chris weiter über das Dach.

Erst in einiger Entfernung zu dem Loch richtete er sich auf. Der Wind zerrte an ihm, machte es ihm schwer, das Gleichgewicht zu halten, sodass er wankte. Für einen endlos erscheinenden Moment hatte er das schreckliche Gefühl zu stürzen. Er fing sich im letzten Augenblick und hielt mit wild klopfenden Herzen nach Arton und dessen Familie Ausschau.

»Sie kommen!«, keuchte er.

Artons Gesicht verfinsterte sich. Mit einer Kopfbewegung deutete er auf die andere Seite des Daches. »Wir müssen dort hinüber. Auf dieser Seite haben wir keine Möglichkeit herunterzukommen. Von drüben können wir eventuell über das Dach des angrenzenden Gebäudes verschwinden.«

Chris nickte und ließ Arton den Vortritt. Glücklicherweise war die Neigung des Daches nicht zu stark. Doch auch so würde es ein lebensgefährliches Unternehmen werden, auf den zum Teil morschen Schindeln entlang zu balancieren.

Eine Hand erschien in der Dachöffnung, dann eine zweite, der ein geschwärztes Gesicht folgte.

Arton erschoss den Clankrieger, wandte sich hastig um und lief über das Dach. Seine Frau und sein Sohn folgten ihm, während Chris zurückblieb, um die Sturmtruppen durch gezieltes Feuer daran zu hindern, sie zu verfolgen.

Als sie das Ende des Daches erreicht hatten bedeutete Arton Chris, zu ihnen zu kommen, während er ihm Feuerschutz gab.

Xandra und Nik waren mittlerweile auf das gut drei Meter tiefer gelegene Gebäude geflüchtet. Mit einem gewagten Satz folgten Arton und Chris den beiden. Damit endete ihre Flucht. Vor ihnen befand sich nichts weiter als ein vier, fünf Meter tiefer Abgrund.

»Springt!«

»Bist du wahnsinnig? Aus dieser Höhe werden wir uns alle Knochen brechen.«

»Hast du einen besseren Vorschlag?«

Chris blickte sich suchend um, nickte und deutete auf die halb verrostete Regenrinne, die an der rechten Seite der Wand angebracht war.

»Lass es uns dort versuchen.«

»Das alte Ding wird unser Gewicht niemals tragen.«

»Das kommt auf einen Versuch an.«

Nik begann als erster mit dem lebensgefährlichen Abstieg. Der Junge stellte sich dabei erstaunlich geschickt an. Er klammerte sich mit beiden Händen an die vom Rost zerfressene Rinne, nutzte die zahlreichen Löcher darin, um sich Halt zu verschaffen, während er sich mit den Füßen an der Wand abstützte.

Sobald er sicher unten angekommen war, folgte ihm Xandra auf die gleiche Weise. Die Rinne ächzte bedrohlich unter ihrem Gewicht, aber sie hielt. Obwohl sie sich beeilte, dauerte es doch entsetzlich lange, bis auch sie den Boden erreichte. Zu lange. Schon erschien der erste Clankrieger am Rand des höher liegenden Daches.

Chris eröffnete sofort das Feuer, zwang die Krieger sich zurückzuziehen. Arton hangelte sich derweil in halsbrecherischem Tempo in die Tiefe. Doch diese Belastung war endgültig zu viel für die Rinne. Sie wackelte unter seinem Gewicht und brach schließlich aus ihrer Verankerung. Mit einem Schrei stürzte Arton in die Tiefe.

Ein Blick über den Rand verriet Chris, dass der Mann dennoch Glück gehabt hatte. Er war weit genug unten gewesen, um unverletzt zu landen. Doch nun erklang hinter Chris das triumphierende Geschrei der Clankrieger, die ihn in der Falle wussten.

»Spring! Du hast keine andere Wahl mehr.«

Chris zögerte. Alles in ihm sträubte sich dagegen in die Tiefe zu springen. Ihm blieb allerdings nur die Entscheidung zwischen diesem Sprung und dem Kampf mit der übermächtigen Anzahl Clankrieger. Er entschied sich für die Lösung, bei der er zumindest überleben könnte. Er sprang.

Für einen entsetzlich langen Moment stürzte er dem Boden entgegen. Der Aufprall trieb ihm die Luft aus den Lungen. Instinktiv versuchte er, sich abzurollen. Unmöglich! Er wollte schreien, doch lediglich ein schmerzerfülltes Schnaufen drang über seine Lippen.

Sekundenlang wurde ihm schwarz vor Augen. Dennoch bemühte er sich, sich aufzurichten, sank aber mit einem neuerlichen Schmerzensschrei zurück. Ein Blick auf sein verdrehtes Bein genügte, um ihm zu sagen, dass es gebrochen war.

Arton eilte zu ihm, wollte ihm aufzuhelfen, doch Chris schüttelte die Hand unwillig ab.

»Es hat keinen Sinn«, stieß er aus zusammengebissenen Zähnen hervor. »Verschwinde. Bring deine Familie in Sicherheit.«

»Wir können dich hier nicht …«

»Ich habe nicht meinen Hals riskiert, damit diese Schweine euch doch noch kriegen. Ich halte sie auf. So habt ihr wenigstens eine Chance. Lauft zu Boron!"

Arton schien einzusehen, dass Chris Recht hatte. Dennoch zögerte er, ihn zurückzulassen. Ein Zögern, das ihm beinahe zum Verhängnis geworden wäre.

Ein Clankrieger erschien am Rand des Daches über ihnen und eröffnete das Feuer. Chris wälzte sich herum und erschoss ihn.

»Worauf wartest du noch? Verschwinde endlich. Oder willst du abwarten, bis noch mehr von unseren Freunden hier auftauchen?«

Arton kämpfte sichtlich mit sich. Schließlich half er Chris hinter einem Mauervorsprung Deckung zu finden. Er wollte noch etwas sagen, beschränkte sich aber darauf, ihm noch einmal zuzunicken. Dann wandte er sich ab und verschwand mit weit ausgreifenden Schritten in der Dämmerung. Chris blieb zurück. Allein mit etwa einem halben Dutzend Clankriegern.

Kapitel 4

Gegenwart: 09. November 336: Clanbasis Batisté – Terrasse 8:42 Uhr

»Du siehst bezaubernd aus heute Morgen.« Anthony beugte sich vor, um Laras Hand zu küssen.

Er spürte, wie viel Überwindung es sie kostete, nicht vor seiner Berührung zurückzuweichen. Ihre Verunsicherung war nachvollziehbar und mahnte ihn zur Zurückhaltung. Zwar suchte sie in den Nächten Schutz bei ihm, doch tagsüber hielt sie ihn auf Abstand. Ein unerfreulicher Umstand, den er zu beenden beabsichtigte.

Trotz des Wärmeschleiers rund um die weitläufige Terrasse, der eine angenehme Temperatur garantierte, bemerkte er die Gänsehaut auf ihren Armen. Bevor er darauf reagieren konnte, stieß Lara einen entzückten Schrei aus und wies auf den gedeckten Tisch am Rande der Brüstung, die sich an der gesamten Außenseite seiner Basis entlang zog.

»Du lässt hier draußen servieren?«

»Ich hoffte, dich damit zu erfreuen, mir Zeit für dich zu nehmen. Der heutige Tag gehört dir. Selbst die Bediensteten werden sich fernhalten. Ich sorge persönlich für dein Wohlergehen.«

Dieses Zugeständnis seiner Sympathie schien ihre Zweifel zu besänftigen, denn ihr Lächeln gewann an Überzeugungskraft. Zum ersten Mal erschien es ihm ehrlich. Unwillkürlich schlug sein Herz ein wenig schneller.

»Du hast eine charmante Art zu lügen«, sagte sie, während er ihr den Stuhl zurechtrückte. »Ich schaute heute bereits in den Spiegel.«

Die dunklen Ringe unter ihren Augen waren deutlich zu erkennen, auch wenn sie sich Mühe gegeben hatte, sie unter ihrem Make-up zu verbergen.

Er lachte leise, seine Stimme jedoch blieb ernst. »Für mich ist deine Schönheit immer sichtbar. Sie misst sich nicht nur an Äußerlichkeiten.« Nachdenklich betrachtete er sie. »Der Traum, den du jede Nacht hast: Erzähl mir davon.«

Sie senkte den Blick in dem Versuch, ihm auszuweichen, aber er ließ es nicht zu.

»Sprich mit mir, Lara. Du musst dich nicht fürchten. Ganz gewiss nicht vor mir.«

»Dessen bin ich mir bewusst. Nur möchte ich nicht darüber reden.« Nach kurzem Zögern fügte sie hinzu: »Es war anders dieses Mal. Bei Weitem nicht so schlimm.«

Anthony wusste, sie log. Ihre Kehle musste wund sein von ihren Schreien.

»Du solltest darüber reden. Ich möchte dir helfen, zu verarbeiten, was geschehen ist. Doch wenn du mir nicht traust ...«

Rasch schüttelte sie den Kopf. »Selbstverständlich vertraue ich dir. Es ist nur ... Es macht mir Angst.«

»Lass mich dir deine Furcht nehmen, Lara. Du musst es nur zulassen.« Sanft massierte er ihre Schultern, wobei er bemerkte, wie sich ihre Anspannung unter seinen Händen noch verstärkte.

Unwillkürlich beschleunigte sich sein Atem. Der Wunsch, sie zu nehmen, gleich hier und jetzt, auf diesem Tisch, wurde schier unbezwingbar. Einzig das Wissen, was er damit alles zerstören würde, hielt ihn zurück.

Anthony ließ sie los, um der Versuchung nicht doch nachzugeben. Wenn es notwendig war, konnte er geduldig sein. Über fünfzehn Jahre lang hatte er warten müssen, bis sich eine Gelegenheit bot, seinen Vater zu beseitigen, um die Herrschaft über den Clan zu erlangen. Die Erinnerung daran ließ ihn schmunzeln.

»Sieh nur.« Lara klang erstaunt und brachte ihn damit zurück in die Gegenwart. Sie deutete nach oben, wo sich in diesem Moment ein silbriges Funkeln am Himmel zeigte. »Was ist das?«

»Vermutlich ein Vogel, der sich in der Abschirmung verfangen hat.«

»Es sieht wunderschön aus.«

»Er ist gerade verglüht, Lara.«

Kurz erstarrte sie. Doch als sie ihn abermals ansah, hoben sich ihre Mundwinkel. »Dessen ungeachtet sah es reizend aus.«

Er erwiderte ihr Lächeln amüsiert. Es begann.

»Wenn du es wünschst, lasse ich jeden Morgen einen Vogel hinein fliegen.«

Sie lachte auf, wurde aber sofort wieder ernst. »Ich kann nicht oft genug betonen, wie dankbar ich dir bin.«

Anthony ergriff ihre Hand und hob sie an seine Lippen. »Ich hätte früher da sein müssen. Dann wäre alles anders ...«

»Nein«, unterbrach sie ihn. »Du darfst dir keine Vorwürfe machen. Ich weiß nicht, ob ich heute hier mit dir sitzen würde, wäre es anders gekommen.«

Nein, dachte er, *sicher würdest du das nicht.* Zeit, das Thema zu wechseln.

»Ich bedaure es zutiefst, doch ich werde den morgigen Abend nicht mit dir verbringen können. Es steht ein Geschäftsessen mit Senator Wortsch an. Während meiner Abwesenheit wird Hunter auf dich achten.«

Sie versteifte sich. Anthony wusste von ihrer Abneigung gegenüber seinem Adjutanten. Ihr Versuch, Haltung zu wahren, nötigte ihm Respekt ab. Es waren nur Kleinigkeiten, die sie verrieten. Die leicht geweiteten Pupillen, die Lippen, die eine Spur zu fest aufeinanderlagen, der Hauch Gleichgültigkeit in ihrer Stimme, als sie erwiderte: »Das ist nicht nötig. Diese paar Stunden kann ich gewiss allein verbringen.«

»Das zu entscheiden überlasse bitte mir. In Bezug auf deine Sicherheit werde ich kein Risiko eingehen. Dafür bist du mir zu wichtig. Ich würde dieses Bankett verschieben, doch fürchte ich, damit den Senator gegen uns aufzubringen. Immerhin möchte ich ein Todesurteil erwirken, noch bevor es zu einer Verhandlung kommt.«

Sie wusste um seine Macht, so wie er wusste, es rührte sie, dass er bereit war, ihretwegen Unannehmlichkeiten in Kauf zu nehmen.

»Wie du meinst. Ich möchte nur nicht …« Sie brach ab, denn in diesem Moment betrat Hunter die Terrasse.

Anthony runzelte die Stirn. »Ich untersagte jegliche Störung.«

»Verzeiht Sir, ich hätte Euch nicht belästigt, wäre es nicht unumgänglich.« Er beugte sich vor und flüsterte Anthony etwas ins Ohr.

Lara runzelte verärgert die Stirn. Was immer es war, was Hunter seinem Herrn mitzuteilen hatte, er hätte es laut sagen können. Sie wusste, dass er sich nur so verhielt, um ihr deutlich zu machen, wie wenig er ihr traute. Als wäre sie auf das Vertrauen eines Lakaien angewiesen...

Zumindest Anthony schien die Nachricht, die ihm überbracht wurde, für wichtig zu halten. Er erhob sich und lächelte ihr entschuldigend zu.

»Ich werde dich kurz mit Hunter allein lassen müssen. Es macht dir doch nichts aus?«

Sie schüttelte den Kopf. Was hätte sie sonst tun sollen? Darauf bestehen in ihr Zimmer gebracht zu werden, um nicht in der Nähe seines Adjutanten sein zu müssen?

Kaum hatte der Clanführer die Terrasse verlassen, setzte sich Hunter auf den freien Stuhl.

Sie hob die Braue. »Ich bat dich nicht, dich zu setzen.«

Er grinste. »Leider geschieht nicht immer das, worum man bittet. Manchmal passiert sogar etwas, was man nicht will.«

Zitternd vor Wut sprang sie auf. Wie konnte er es wagen, so mit ihr zu reden?

Er erhob sich ebenfalls und kam auf sie zu. Dicht vor ihr blieb er stehen. So dicht, dass sie seinen Atem auf ihrem Gesicht spürte.

Lara erstarrte. Die Erinnerung an Furcht und Bedrohung lähmte sie.

Sie versuchte, sich bewusst zu machen, dass sie hier in Sicherheit war. Anthony musste jeden Augenblick zurückkommen. Solange würde sie Abstand von Hunter halten.

Um was zu tun? Dich für den Rest deines Lebens hinter Anthony zu verstecken? Der Gedanke schoss ihr so klar und präzise durch den Kopf, als hätte ihr ihn jemand ins Ohr geflüstert.

»Legst du etwa keinen Wert auf meine Gesellschaft morgen Nacht?« Noch immer war Hunters Stimme voller Überheblichkeit.

Sie ohrfeigte ihn. War selbst überrascht über diese Reaktion, ebenso darüber, wie befreiend es auf sie wirkte.

Hunters Grinsen blieb. »Gewalt, kleine Missy? Es schien, als passte das nicht zu dir. Wie man sich doch täuschen kann. Ist das etwas, was du dir von dem Bastard, der dich bestieg, abschautest?«

Lara schlug ihn noch einmal. Und dann, als er keine Anstalten machte sich zu verteidigen, schlug sie erneut zu. Hätte es noch ein weiteres Mal getan, wäre ihr Handgelenk nicht in der Luft abgefangen worden.

»Was geht hier vor?« Anthonys Stimme klang barsch.

Lara zuckte zusammen. »Anthony, es tut mir leid! Ich wollte nicht ....« Sie brach ab und biss sich auf die Lippen. Verwirrt darüber, wie leicht es ihr gefallen war, Hunter zu züchtigen. Und wie sehr es ihr gefallen hatte.

»Du musst dich nicht entschuldigen, Lara. Er steht im Stand weit unter dir. Verärgerte er dich, ist es dein gutes Recht ihn zu bestrafen. Ich möchte lediglich den Grund dafür erfahren.«

»Er wurde unverschämt mir gegenüber.«

»Ist das wahr?«

Der Blick, den der Clanführer Hunter zuwarf, kam Lara sonderbar vor. Anthony wirkte fast zufrieden. Aber der Ausdruck war so flüchtig, dass sie sich nicht sicher war.

Sie musste sich täuschen, denn als Hunter den Kopf schüttelte, schlug Anthony ihn. Schnell und so hart, dass Hunters Mund sich mit Blut füllte.

Für einen Moment stand er völlig starr. Dann wandte er den Kopf leicht ab und senkte den Blick.

»Es tut mir leid. Bitte verzeiht, Herrin. Es lag nicht in meiner Absicht, Euch zu beleidigen.«

Herrin ... Die Autorität, die hinter diesem simplem Wort stand, nahm Lara den Atem.

Anthony legte den Arm um sie. »Ich kann ihn auspeitschen lassen, wenn du darauf bestehst.«

Für einen Moment war sie geneigt, dieses Angebot anzunehmen. Dann aber schüttelte sie den Kopf. Sie wusste, es war wichtig für Anthony, dass sein Adjutant ihm gegenüber loyal blieb.

»Das wird nicht nötig sein. Solange er mir nicht mehr unter die Augen kommt.«

»Natürlich nicht.« Auf einen Wink Anthonys entfernte sich Hunter. »Das ändert allerdings meine Pläne für morgen Abend.«

»Verzeih, ich wollte nicht ...«

»Dich trifft keine Schuld.« Anthony lächelte und zog sie näher an sich. »Im Gegenteil. Ich freue mich, dass du dich langsam wieder deinem Stand gemäß verhältst.«

»Weil ich ihn geohrfeigt habe?«

Anthony lachte. »Nein, weil du dich daran erinnertest, was dein gutes Recht ist. Und dich dementsprechend verhieltest. Gegebenenfalls wird es Zeit, deinen rechtmäßigen Platz wieder einzunehmen.«

»Meinen rechtmäßigen Platz?«

Er versteifte sich. Langsam schob er sie von sich fort. Seine Augen flehten sie an, ihm zu sagen, dass sie das nicht vergessen hatte. Alles, aber nicht das.

»Den Platz an meiner Seite?«

Sie schluckte. Ihr Magen verkrampfte sich. »Natürlich. Wo auch sonst.«

Vergangenheit: 01. November 336: Makaoh – Westviertel 22:10 Uhr

Chris verteidigte sich verbissen und scheuchte die verbliebenen Clankrieger zurück in ihre Deckung. Die Sturmtruppen zahlten einen hohen Preis für den Versuch, ihn zu überwältigen. Sein Glück verließ ihn, als die Clankrieger Verstärkung erhielten, um ihn von zwei Seiten unter Beschuss zu nehmen.

Sein Arm brannte von der Beanspruchung, in seinem Bein pulsierte ein scharfer Schmerz, dennoch war er entschlossen, nicht aufzugeben. Verdammt wollte er sein, wenn er sich widerstandslos ergab.

Die kleine Leuchtdiode des Blasters begann aufzublinken, die Waffe wurde in seinen Händen immer wärmer. Aber er würde so viele Krieger wie möglich mit in den Tod nehmen.

Wehmut mischte sich unter seine Entschlossenheit, als er den tragbaren Com von seinem Handgelenk löste und in hohen Bogen von sich schleuderte. Nichts durfte auf seine Verbindung zu dem Widerstand in den Bergen hinweisen. Dass er unberechtigt eine Uniform des Hiereon–Clans trug würde ihm ein Todesurteil einbringen. Urplötzlich wurde ihm bewusst, wie gerne er noch ein paar unbeschwerte Tage mit Larissa verbringen würde. Zusammen mit Dave lachen, mit Kaya trainieren. Er hätte das Mädchen wirklich gern aufwachsen sehen, Larissa dabei an seiner Seite. Der weiße Gartenzaun, den er sich insgeheim erträumt hatte, schien für immer verloren.

Ein Schuss traf seine Schulter. Chris schrie überrascht auf. Ein unangenehmes Kribbeln raste seinen Arm hinab und lähmte ihn. Der Blaster entglitt seinen nutzlos gewordenen Fingern. Keine Minute später waren die Clankrieger heran.

Schläge und Tritte prasselten auf Chris nieder. Er krümmte sich, versuchte seinen Kopf mit dem unverletzten Arm zu schützen, um den Kriegern so weniger Angriffsfläche zu bieten.

Ein scharfer Befehl ertönte und so schnell wie die Prügel angefangen hatten, hörten sie auf. Chris wagte es jedoch nicht, die Spannung seines Körpers zu lösen. Er blinzelte lediglich unter seinem Arm hervor, um sich einen Überblick zu verschaffen.

Die Clankrieger hatten einen dichten Kreis um ihn herum gebildet. Gut ein Dutzend Blaster waren auf ihn gerichtet.

»Eine Bewegung, und du stirbst.«

»Ist das ein Versprechen?«, krächzte Chris. Es war ihm unverständlich, warum sie ihn nicht sofort töteten.

»Ein ganz Schlauer, was? Du wirst noch lernen, nur zu reden, wenn du gefragt wirst.« Der hünenhafte Clankrieger, der sprach, schien der Kommandant der Truppe zu sein. »Mathie, Star, ihr bringt diesen Bastard zum Gleiter. Besondere Sicherheitsstufe für ihn. Aber lasst ihn am Leben. Lord Batisté wird sich besonders für ihn interessieren. Ihr anderen durchsucht dieses Viertel noch einmal. Findet die Frau, die ihn begleitete.«

Die Clankrieger zogen sich zurück. Nur die beiden zuerst Angesprochenen blieben zurück.

Larissa! In Chris kämpfte Entsetzten gegen Erleichterung. Bisher hatten die Krieger sie also noch nicht aufgegriffen. Doch sie schienen nicht gewillt, aufzugeben. Was aber hatte der Batisté–Clan damit zu schaffen?

»Steh auf Bastard«, befahl einer der Krieger. »Ich habe keine Lust, dich auch noch zum Gleiter zu tragen.«

Fast hätte Chris aufgelacht. Er hatte nicht einmal die Kraft, allein zu stehen, geschweige denn zu gehen.

Was die zwei Krieger offensichtlich wussten. In den Augen des Mannes, der gesprochen hatte, stand blanke Wut.

»Du sollst aufstehen«, wiederholte er.

Als Chris sich noch immer nicht rührte, traf ihn ein harter Tritt in den Magen.

»Gewöhn dich besser daran, meine Befehle zu befolgen«, spottete der Krieger, bevor er erneut zutrat.

Dieses Mal war Chris darauf vorbereitet. Er fing den Fuß seines Gegners ab und riss dessen Bein mit einem heftigen Ruck zur Seite. Der Clankrieger stürzte zu Boden.

Das Gesicht des Zweiten verzerrte sich vor Hass. »Wenn das alles ist, was du drauf hast, sehe ich schwarz für dich«, presste er wutentbrannt hervor und trat Chris mit aller Gewalt in die Rippen.

Die Bewegung kam zu schnell, als dass Chris darauf reagieren konnte. Er spürte, wie eine seiner Rippen brach, bekam mit einem Mal keine Luft mehr und begriff, er musste um sein Leben kämpfen. Die Clankrieger würden ihn töten, ganz gleich wie ihre Befehle lauteten.

Obwohl er geglaubt hatte mit seinem Leben abgeschlossen zu haben, ließ diese Gewissheit Chris noch einmal alle Kraft zusammennehmen.

Er drängte den Schmerz zurück, versuchte, an den Blaster zu gelangen, doch ein weiterer Tritt seines Gegners beförderte die Waffe aus seiner Reichweite. Mit einer Schnelligkeit, die weder die beiden Krieger, noch er sich selbst zugetraut hätte, wälzte Chris sich daraufhin herum und trat seinem Gegner die Beine unter dem Leib weg. Als der Krieger fiel, zog Chris sein unverletztes Bein an den Körper und rammte es seinem Widersacher wuchtig ins Gesicht.

Der stieß einen Schrei aus, wurde zurückgeschleudert, schlug die Hände vors Gesicht und starrte ungläubig auf das Blut, das aus seiner gebrochenen Nase, in seine Hände floss. Dafür griff nun der erste Krieger wieder in den ungleichen Kampf ein.

Mit einer fließenden Bewegung sprang er fast waagerecht auf Chris zu. Ein gepanzerter Fuß durchbrach seine Deckung und schien ihm den Kopf von den Schultern zu reißen.

Chris spürte, wie zwei seiner Zähne abbrachen. Er wurde herum geschleudert, sein Mund füllte sich mit Blut. Er verschluckte sich, bekam für einen entsetzlich langen Moment keine Luft mehr. Am Rande der Bewusstlosigkeit kämpfte er sich wieder hoch, hustete, spuckte Blut. Seine Arme gaben unter dem Gewicht seines Körpers nach, als er versuchte, sich noch einmal in die Höhe zu stemmen. Er stieß einen wimmernden Laut aus und sank erneut zurück.

»Na, Bastard«, höhnte einer der Krieger. »Lust auf eine zweite Runde? Du warst richtig gut, weißt du? Besser als ich erwartet habe. Ich hätte gewettet, allein mit dir fertig zu werden. Na ja, macht auch nichts. Außer uns erfährt es ja niemand, nicht wahr?« Der Krieger ließ sich neben Chris nieder, krallte seine Hand in dessen Haar und riss seinen Kopf in die Höhe. »Du wirst es doch niemanden erzählen, oder?«

Chris stöhnte. Er hatte kaum noch genug Kraft, um bei Bewusstsein zu bleiben. »Leck mich«, stieß er undeutlich hervor.

»Später vielleicht. Im Moment warte ich auf deine Antwort.«

»Beende es einfach«, keuchte Chris. »Oder scher dich zum Teufel.«

Der Clankrieger seufzte, schüttelte den Kopf und ließ ihn los. »Du machst es mir zu einfach.«

Chris hatte nicht einmal mehr die Kraft zu schreien, als er vom Boden hochgerissen wurde. Eine riesige Hand legte sich um seine Kehle und drückte mit gnadenloser Kraft zu.

Dave hatte Schutz in einem kleinen, verlassenen Vorbau gefunden. Von dort aus warf er seine Betäubungsgranate und beobachtete, wie beinahe die Hälfte der Clankrieger bewusstlos zusammenbrach. Für einen Augenblick brach unter den anderen das Chaos aus.

Zeit, die Dave nutzte, um sich tiefer in den Schutz der unbeleuchteten Straßen zurückzuziehen.

Er dachte darüber nach, Larissa zu suchen, entschied sich dann aber für Chris. Larissa hatte zwei Mann zu ihrem Schutz dabei, Chris war auf sich gestellt.

Vorsichtig spähte er aus einem der Fenster und zuckte sofort zurück. Ein Trupp von vier Clankriegern schien sich davon überzeugen zu wollen, dass dieser Teil des Viertels wirklich vollständig geräumt war. Sonderlich ernst nahmen die Krieger ihre Aufgabe offenbar nicht, denn sie wandten lediglich die Köpfe umher und leuchteten in die Ecken. Dennoch atmete Dave erst auf, als die Krieger hinter der nächsten Biegung verschwanden. Seine Erleichterung währte nur kurz.

Eine Gruppe von drei Personen erschien am anderen Ende der Straße. Aus der Art und Weise, wie sie sich immer wieder gehetzt umsahen, schloss Dave, dass sie sich auf der Flucht befanden.

Noch bevor er sich bemerkbar machen konnte, bogen sie in die Gasse ein, in der wenige Augenblicke zuvor die Clankrieger verschwunden waren.

Mit einem unterdrückten Fluch verließ Dave das Haus, um die Fremden zu warnen. Sie waren mittlerweile aus seinem Blickfeld verschwunden. Nach ihnen zu rufen war ausgeschlossen. Damit würde er die Clankrieger ebenfalls auf sich aufmerksam machen. Behutsam, jederzeit darauf gefasst, weiteren Kriegern zu begegnen, schlich Dave die Straße entlang.

Als er sich der Abzweigung näherte, hörte er die Stimmen. Er konnte die Worte nicht verstehen, erkannte aber an dem befehlsgewohnten Ton, dass es sich zumindest bei einem der Sprecher um einen Clankrieger handeln musste.

Vorsichtig spähte Dave um die Ecke und erstarrte. Dann tastete er nach dem Wurfmesser, das an seinem Gürtel hing und wog es abschätzend in der Hand. Das Aufblitzen des Blasterfeuers wäre weithin sichtbar und könnte ihn verraten. Er würde schnell sein müssen.

»Steh auf. Aber langsam", befahl einer der Clankrieger Larissa. »Ich will sicher gehen ...«

Er fuhr herum, als der Krieger neben ihm mit einem gurgelnden Laut zusammenbrach. Es gelang ihm noch, seine Waffe hochzureißen, bevor Dave mit vernichtender Wucht auf ihn prallte.

Er hieb dem Krieger die Rechte ins Gesicht, hämmerte ihm dann beide Fäuste in den Nacken. Sofort setzte er nach, trat dem Mann unter das Kinn, wälzte den Bewusstlosen herum, um ihn nach weiteren Waffen zu durchsuchen.

Er grinste, als er ein Zielvisier und einen Blitzdämpfer fand. Den Dämpfer schraubte er sofort an seine Waffe, stellte sie auf Betäubung und setzte damit den Clankrieger endgültig außer Gefecht.

Larissa kniete in der Zwischenzeit neben Lance und überprüfte seinen Puls, bevor sie die Prozedur bei Franklin wiederholte.

»Sie leben«, teilte sie Dave mit. »Wir müssen sie hier wegschaffen.«

Er nickte, kam zu ihr und reichte ihr die Waffe des Clankriegers.

Dann ging er zu Lance und griff ihm unter die Achseln. »Kümmere dich um Franklin. Er ist nicht so schwer.«

»Warum haben die Krieger sie nicht getötet? Ich meine, ich bin froh, dass sie es nicht getan haben. Aber warum haben sie ihre Waffen nun auf Betäubung gestellt?«

»Möglicherweise weil sie eine Clanuniform trugen. Aber das tat Clarence auch. Trotzdem wurde er getötet. Um ehrlich zu sein, ich habe nicht die geringste Ahnung, was hier vor sich geht. Alles was ich weiß ist, dass wir wegmüssen.« Er ächzte, als er Lance anhob.

Larissa packte Franklin unter den Achseln, um auch ihn in Deckung zu ziehen, verharrte dann mitten in der Bewegung.

»Dave, sieh doch! Ist das Chris auf dem Dach?«

Dave fluchte. »Verdammt, er hat Probleme! Beeil dich mit Franklin!«

Bevor Larissa etwas darauf erwidern konnte, erfüllte ein dumpfes, eher spür- als hörbares Dröhnen die Luft.

Larissa fuhr zusammen, doch Dave beruhigte sie. »Das wird die Verstärkung sein, die Chris angefordert hat. Los runter von der Straße!«

»Und Chris?«

Dave presste die Lippen zusammen. »Er wird klarkommen. Er muss! Die Sturmtruppen werden sich nicht ohne Widerstand zurückziehen. Jetzt wird es erst richtig losgehen.« Er hob den Arm mit dem Kommunikator, gab ihre Position durch und zerrte Lance in den Schutz eines Hauses. Dann half er Larissa mit Franklin. Sie suchten Schutz im Schatten des Eingangsbereiches, bis sie trampelnde Schritte hörten.

Als er die sechs Männer erkannte, wagte sich Dave aus der Deckung.

»Lagebericht!«, forderte er, ohne Zeit zu verschwenden.

»Wir kamen mit drei Gleitern. Zahlenmäßig sind wir den Clankriegern überlegen. Aber sie setzen ihre Bordwaffen ein. Unsere Priorität liegt auf dem Schutz und der Evakuierung der Einwohner.«

»Die inzwischen von den Kriegern als Schutzschild benutzt werden? Schaltet die Krieger aus, dann evakuiert ihr! Doch zuerst bringt ihr Larissa, Cooper und Franklin zu den Gleitern.«

»Und du?«, wollte Larissa wissen, als Dave sich abwandte.

»Ich suche Chris.« Er versuchte, sich an Larissa vorbei zu drängen, doch sie hielt ihn abermals zurück.

»Ich komme mit dir.«

»Auf keinen Fall!«

»Aber …«

»Chris ist es gewohnt auf sich aufzupassen. Du nicht. Regel Nummer eins: Wenn du weißt, du bist einem Gegner unterlegen, bringst du dich in Sicherheit. Gerade eben bist du mit knapper Not mit dem Leben davon gekommen. Daraus solltest du gelernt haben.« Er wartete Larissas Antwort nicht ab, sondern schüttelte ihre Hand ab und stürmte davon.

»Nun komm schon. Wir stehen hier wie auf dem Präsentierteller.« Einer der Rebellen wollte nach Larissas Arm greifen, um sie mit sich ziehen, doch sie wich vor ihm zurück. Sorgenvoll blickte sie in die Richtung, in die Dave verschwunden war. Es war die Falsche! Sie war sicher, Chris zur Rechten gesehen zu haben. Abrupt fuhr sie herum und lief los.

Vergangenheit : 01. November 336: Makaoh West-viertel 22:36 Uhr

Obwohl Chris am Ende seiner Kräfte war, versuchte er sich zu verteidigen. Seine Gedanken waren ein Chaos aus Schmerz und dumpfer Verzweiflung, doch sein Körper kämpfte weiter. Todesangst und der Wille zu überleben ließen ihn die letzte Kraftreserven aktivieren.

Er riss die Arme hoch, um den mörderischen Würgegriff zu sprengen, und hämmerte seine Fäuste immer wieder in das verschwommene Gesicht über sich. Vergeblich. Seine Abwehrbewegungen waren längst zu schwach, um seinem Gegner schaden zu können.

»Lass ihn los!«, gellte eine Stimme durch die Nacht.

Der erste Clankrieger wirbelte herum, erstarrte aber sofort, als er die Mündung eines Blasters auf sich gerichtet sah. Ein spöttisches Grinsen erschien auf seinem Gesicht. »Du wirst nicht schießen«, sagte er.

»Bist du dir da sicher? «, erkundigte sich Larissa beinahe sanft und drückte ab.

Der zweite Krieger, der noch immer Chris Kehle umklammerte, schleuderte ihn mit einer fast spielerischen Bewegung zur Seite und kam einen Schritt auf Larissa zu. Sie gab ihm nicht die Gelegenheit zu einem zweiten, sondern schoss erneut.

Noch bevor er am Boden aufschlug, lief sie zu Chris, der zusammengekrümmt am Boden lag und mühsam nach Luft rang. Ein eisiger Schreck durchfuhr sie, als sie erkannte, wie furchtbar er zugerichtet war.

»Bleib ganz ruhig.« Sie bemühte sich, ihre Stimme zuversichtlich klingen zu lassen. »Beweg dich nicht. Unsere Gleiter sind eingetroffen. Du musst nur noch ein bisschen durchhalten.«

Larissa redete immer weiter, sagte lauter sinnloses, unzusammenhängendes Zeug, obwohl sie nicht sicher war, ob Chris sie verstehen konnte. Aber sie erreichte damit, was sie wollte.

Chris, der nur noch mit letzter Kraft gegen eine Ohnmacht ankämpfte, aus der er vielleicht nicht erwachen würde, blieb bei Bewusstsein. Er stöhnte unterdrückt und versuchte sich aufzusetzen. Larissa hinderte ihn daran.

»Bleib liegen«, wiederholte sie bestimmt. »Du darfst dich nicht bewegen. Hör zur Abwechslung mal auf mich.«

Chris öffnete mühsam die Augen. »Du solltest nicht hier sein.«

»Typisch. Kaum rettet man dir das Leben, nörgelst du herum«, versuchte Larissa zu scherzen, was aber durch das Zittern in ihrer Stimme gründlich verdorben wurde.

»Danke«, stieß er undeutlich hervor. Noch immer ging sein Atem viel zu schnell.

»Du sollst nicht reden.«

»Wird er schon bald nicht mehr!«, erklang eine Stimme hinter ihnen.

Larissa erstarrte. Das Letzte, was sie sah, als sie auffuhr, war die Mündung eines Blasters. Sie spürte noch, wie etwas mit unbändiger Gewalt auf sie traf, dann wurde ihr Bewusstsein weggefegt.

Vergangenheit: 02. November 336: Makaoh – Westviertel 1:04 Uhr

Dave erreichte den Einsatztrupp der Rebellen gerade rechtzeitig, um den letzten noch flugfähigen Gleiter des Clans am Horizont verschwinden zu sehen. Von dem zweiten Gleiter war kaum mehr als ein Haufen Schrott übrig. Auch einer der Rebellengleiter war zerstört worden. Doch im Großen und Ganzen hatten sie Glück gehabt.

Die meisten Bewohner des Viertels konnten aus den Händen des Clans befreit werden. Nur wenige kehrten in ihre Häuser zurück. Die Mehrheit von ihnen bestieg die Rebellengleiter, um sich von den Widerstandskämpfern in Sicherheit bringen zu lassen. Sie alle wussten, die Clankrieger würden zurückkommen. Und dann wären sie nicht nur auf Beute aus.

Shawn, der den Einsatz bisher geleitet hatte, kam auf Dave zu und wies in die Richtung, in die der Clangleiter verschwunden war.

»Sollen wir sie verfolgen?«

Für einen Moment spielte Dave mit diesem Gedanken, doch schließlich schüttelte er müde den Kopf.

»Das kostet uns zu viel Zeit. Wir müssen weg sein, bevor sie zurückkommen. Hat Chris sich gemeldet?«

»Auf der Suche nach Überlebenden haben wir das komplette Viertel kontrolliert. Aber ihn haben wir nicht gefunden. Und noch etwas: Larissa ist ebenfalls verschwunden.«

»Verdammt! Ich hatte befohlen, dass sie in den Gleiter gebracht wird!«

»Scheint, als wäre sie damit nicht einverstanden gewesen.«

Dave atmete tief durch, während er den aufkommenden Ärger unterdrückte. Er hätte es wissen müssen. Hatte er wirklich geglaubt, dass sich dieses sture Weibsbild einfach so in einen Gleiter setzen ließ?

»Weder sie noch Chris sind unter den Verwundeten«, fuhr Shawn fort.

Daves Blick fiel auf die reglosen Körper, die in den Laderaum eines der Gleiter geladen wurde.

Eine ihrer Devisen lautete: *Lass niemals einen gefallenen Kameraden zurück, wenn es sich vermeiden lässt.*

Mit steifen Schritten ging er die Reihe der Toten entlang. Er gestattete sich nicht die kleinste Gefühlsregung. Später vielleicht, aber nicht jetzt. Nicht vor den Augen seiner Männer und vor den hilfesuchenden Blicken der Dorfbewohner.

Er zählte achtzehn Leichen. Achtzehn Männer, von denen er jeden einzelnen gekannt hatte. Ihre Gesichter brannten sich in sein Gedächtnis. Sie alle hatten das Risiko gekannt. Der Tod gehörte ebenso zu ihrem Leben wie der Kampf. Dennoch: Es waren achtzehn Tote zu viel. Von den Opfern, die der Angriff unter den Bewohnern des Viertels gefordert hatte, einmal ganz abgesehen. Noch immer suchten Mütter nach ihren Kindern, schrien Frauen ihren Schmerz über den Tod ihrer Angehörigen hinaus.

Dave zwang sich, diese Szenen nicht an sich heranzulassen. Ebenso, wie er sich kein Gefühl der Erleichterung gestattete, nachdem er sicher war, weder Chris noch Larissa befanden sich unter den Toten.

Von Minute zu Minute wurde er unruhiger. Er konnte es sich nicht leisten, das Viertel noch einmal absuchen zu lassen, war aber auch nicht bereit, die beiden zurückzulassen.

»Sie sind den Clankriegern in die Hände gefallen«, vermutete Shawn.

Dave hatte nicht einmal bemerkt, dass der Mann ihm gefolgt war. »Sie waren in dem Gleiter. Verflucht, ich hätte ihn gleich verfolgen lassen sollen.«

»Du konntest nicht ...«

»Ich hätte es wissen *müssen*.«

»So wie du hättest wissen müssen, was hier heute Nacht passieren würde?«

Dave schloss die Augen und zwang sich zur Ruhe.

»Es war ein Beutezug«, versuchte Shawn ihn zu beruhigen. »Somit können wir davon ausgehen, dass die beiden noch am Leben sind.«

Dave lachte bitter auf. »Es waren Batistés Männer. Sie wussten, wonach sie suchen. Das Ganze war eine verdammte Falle, und wir sind wie Anfänger mitten hineingelaufen.« Abrupt wandte er sich ab und betrat den wartenden Gleiter. Während sich die Ladeluke schloss, blickte er in die Richtung, in die der Clangleiter verschwunden war.

Ich hole euch raus, schwor er. Selbst *wenn ich dafür das gesamte Gebiet Batistés durchsuchen muss. Ich finde euch. Und wenn es das Letzte ist, was ich tue.*

Kapitel 5

Gegenwart 10. November 336: Clanbasis Batisté – Privatraum Lara 19:17 Uhr

»Senator Wortsch wird beeindruckt sein.«

Anthony trat hinter Lara, die vor dem mannshohen Spiegel ihres Umkleidezimmers stand, und betrachtete sie wohlwollend. Noch immer zeigte sie diese stolze Haltung, die ihm als Erstes an ihr aufgefallen war. So unbeugsam, so selbstbewusst.

Ihr Haar war zu einem kunstvollen Gebilde aufgesteckt. Lediglich ein paar Strähnchen hatten sich gelöst, die weich ihr Gesicht umrahmten. Der schwarze leicht glänzende Stoff ihres hautengen Kleides fiel weich an ihrem Körper herab. Zu wissen, sie trug nichts als Haut unter ihrem engen Kleid, belebte seine Fantasie und der Ausschnitt ... Von vorne züchtig bis zum Hals geschlossen. Von hinten allerdings begann der Ausschnitt knapp über ihrem Steißbein und zog sich, einem großen V gleich, bis zu den beiden dünnen Trägern auf ihren Schultern hoch. Gehalten wurde diese Kreation von sechs dünnen, mit winzigen Steinen besetzten Schnüren, die wie Wellen ihren Rücken hinab flossen.

Lara hatte die Befürchtung geäußert, die dunkle Farbe könne ihre Blässe hervorheben. So war es auch, dennoch wirkte sie dadurch nicht bleich, sondern zart. Was genau der Eindruck war, den Anthony erwecken wollte. Sie wirkte verletzbar, zerbrechlich und war verführerisch schön.

Sie erschauderte, als seine Hände langsam ihre Arme hinauf wanderten und auf ihren Schultern verharrten. Er konnte nicht widerstehen, sie zart auf die empfindliche Stelle ihres Halses zu küssen.

Ihr Atem beschleunigte sich leicht, während sie ihn im Spiegel durch halb geschlossene Augen ansah. Vermutlich hatte sie keine Vorstellung davon, welch Begehren sie mit diesem Blick in ihm auslöste.

Als er ihr etwas Kühles um den Hals legte, weiteten sich ihre Augen. Zwei Reihen weißer Diamanten funkelte auf ihrer Haut., bildeten den Rahmen für die Reihe schwarzer Steine, die in der Mitte lagen.

»Was ...?«

»Es gehört dir. Ebenso wie dieses.« Anthony zog ein schmales Kästchen aus der Hosentasche, um es Lara zu überreichen.

Ihre Hände zitterten, als sie es öffnete. Darin lagen, auf rotem Stoff, die passenden Ohrringe zu dem Collier.

»Sie sind wunderschön.« Ihre Stimme brach. »Erst dieses Kleid, nun ...«

»Dieser Schmuck gehört dir«, wiederholte er. »Ich schenkte ihn dir anlässlich unserer Verlobung. Du hast ihn an dem Abend getragen.«

Sie nickte, während sie die Tränen, die ihr noch immer in den Augen standen, wegblinzelte.

»Du hast es vergessen.« Anthony seufzte, trat einen Schritt zurück und wandte sich ab. Langsam ging er zu dem großen Kamin und starrte in die gasbetriebenen Flammen. Er mochte die nostalgische Ausstattung ihrer Räume. Normalerweise hatte das eine besänftigende Wirkung auf ihn. Nicht so an diesem Abend.

»Es tut mir leid.« Es war ungewohnt für ihn, sich zu entschuldigen, so konnte er nur hoffen die richtigen Worte zu finden. »Ich ging zu weit. Joshua sagte, ich solle Geduld haben. Doch du kennst mich. Geduld gehört nicht zu meinen Tugenden. Ich hoffte, der Schmuck würde dir helfen, dich zu erinnern.«

»Das tut er«, beteuerte Lara. »Ich erinnere mich an die freudigen Gesichter, Gelächter, einen riesigen Empfang.«

»Auch daran, wie glücklich du warst? Wie glücklich wir waren? Aber bitte, erweise mir den Respekt und belüge mich nicht.«

Sie senkte den Kopf. »Wie hätte ich nicht glücklich sein können, mit dir vermählt zu werden?«

Er achtete darauf, nur einen kleinen Teil Bitterkeit zu zeigen. »Du warst nicht glücklich. Anfangs nicht. Ebenso wenig wie ich. Ich brauchte eine Frau, um einen Erben zu zeugen. Du wurdest mir präsentiert, zusammen mit vielen anderen Frauen.«

»Dann ist es nicht Liebe, die uns verbindet?«

Er runzelte die Stirn. Klang sie erleichtert? »Das freut dich?«, fragte er hart.

»Nein! So ist es nicht.« Sie kam zu ihm, legte ihm eine Hand auf den Arm.

Er sah, wie sie nervös schluckte.

»Ich verspüre durchaus Zuneigung zu dir. Nur ...« Sie straffte sich und sah ihm in die Augen. »Zu vergessen, dass man jemanden liebt ... Das ist eine schreckliche Vorstellung. Ich will mich erinnern!« Eine Träne löste sich von ihren Wimpern. Anthony wischte sie behutsam fort.

»Du standst in dieser Menge und sahst so missmutig aus.« Er lachte leise. »Du wolltest nicht dort sein und zeigtest es deutlich. Auch mir. Aus Neugier fragte ich dich, warum du nicht ebenso unecht lächelst wie alle anderen. Du sahst mich an – mit diesem halb trotzigen Blick – und sagtest, du wärst auf dem Empfang, weil du es müsstest. Sollte ich dich erwählen, würdest du dich meinen Wünschen beugen und meine Frau werden. Jedoch nur aus Pflichterfüllung. Mir solle klar sein, du wärst eine schlechte Schauspielerin und nicht bereit, das zu ändern.«

Ihre Hand flog zu ihrer Kehle. »Ich war respektlos.«

»Du warst ehrlich. Das beeindruckte mich, sodass ich dich näher kennenlernen wollte. Wir lernten uns lieben, Lara.« Er nahm sie bei den Schultern, um seine nächsten Worte zu bekräftigen. »Ich zweifle nicht eine Sekunde daran, dass du dich daran wieder erinnern wirst. Joshua schwor es mir. Doch mein Glaube entspringt nicht der Überzeugung dieses alten Quacksalbers. Ich glaube an dich. An uns.«

»Du musst mir Zeit geben.«

»Das tue ich.« Anthony bemühte sich, seine Stimme sachlich klingen zu lassen. »Unsere Gäste warten. Ich kann dich entschuldigen, falls du dich außerstande fühlst …«

Ihr Lächeln wirkte gezwungen, doch ihre Worte erfüllten ihn mit Stolz. »Das ist nicht nötig. Es geht schon.« Rasch legte sie die Ohrringe an. »Gehen wir?«

Vergangenheit: 02. November Clanbasis Hiereon Privatgemach Gari Hiereon 1:37 Uhr

Gari Hiereon saß entspannt in seinem Sessel, die Füße auf dem Schreibtisch, ein Glas Branntwein in der Hand. Er nippte daran und schloss kurz die Augen, um den Geschmack zu genießen. Reichtum hatte einige Vorteile, Macht noch viele mehr. Heute hatte er den Grundstein zu einer Machterweiterung gelegt, die sein Onkel immer gescheut hatte.

Elender Zauderer, schoss es Gari durch den Kopf. *Mein Onkel, mit seinem verzerrten Gerechtigkeitssinn, lässt die Ländereien dieses Clans zu durchschnittlichen Bezirken verkommen, anstatt ihnen zu neuem Glanz zu verhelfen. Hört der alte Mann dabei auch nur einmal auf mich? Nein! Alle meine Vorschläge werden abgeschmettert, verhallen ungehört, versickern in dem Pelz aus Selbstgefälligkeit, in den der alte Esel sich hüllt.*

Doch heute hatte Gari bewiesen, zu was er fähig war. Er hatte sich Larissas entledigt, bevor sein Onkel auf die Idee einer Begnadigung kommen konnte. Verbannung genügte nicht für diese Schlampe. Sie war viel zu gefährlich, um sie frei herumlaufen zu lassen. Selbst wenn es nur im Bodensatz der Gesellschaft war.

Er hatte sich nicht zurückhalten können, auf ihrer Verlobungsfeier vor ihr zu prahlen. Aber war das nicht sein naturgegebenes Recht? Zugegeben, ein Recht, dem er hatte nachhelfen müssen. Als er vor Jahren Leon vergiftete, hatte es Bauernopfer gegeben.. Was schenkte sein verwöhnter Cousin Larissas Mutter auch das präparierte Konfekt?

Selbst als Leon Wochen später ebenfalls erkrankte, war niemand auf den Gedanken gekommen, es könne sich um eine Vergiftung handeln. Bewies das nicht zur Genüge, wie nachlässig dieser Clan geführt wurde?

Unter seiner Herrschaft würde sich das ändern. Ein wahrer Clanführer zauderte nicht! Er herrschte, unbeeinflusst von der Meinung anderer, und ließ sich dabei weder von närrischer Zuneigung noch von nostalgisch verklärten Erinnerungen leiten.

Larissa hätte auf der Stelle hingerichtet werden müssen! Da sein Onkel sich dafür als zu schwach erwies, blieb Gari nichts anderes übrig, als persönlich dafür zu sorgen, sie zur Rechenschaft zu ziehen. Niemand verriet ein Mitglied der Clanfamilie oder entzog sich durch Flucht einer arrangierten Ehe.

Was hätte er anderes tun sollen, als nun ein Bündnis einzugehen und damit den Grundstein für die Auferstehung des Hiereon–Clans zu legen? Viel zu lange schon stand der Clan am unteren Ende des Herrschaftsgefüges. Doch damit war nun endlich Schluss! Schon bald würde sein Onkel kein Problem mehr da stellen.

Das akustische Signal seines Coms unterbrach seine Gedanken. Er nahm die Füße vom Tisch, beugte sich vor. Sein Magen kribbelte vor freudiger Erwartung.

Jetzt, endlich, würde er den Lohn für seine Mühen einstreichen!

Als er die eingegangene Nachricht las, entglitt das Glas seinen plötzlich tauben Fingern.

Nein! Das konnte, das durfte nicht sein!

Er sprang auf, bemüht, seinen rasenden Herzschlag unter Kontrolle zu bringen.

Nein, nein, nein! Was sollte er tun? Wie sollte er das bereinigen?

Er eilte zur Tür, riss sie auf und stürmte den Gang entlang. Seine beiden Leibwächter folgten ihm unaufgefordert, wobei sie laufen mussten, um mit ihm Schritt zu halten.

Er stieß die Tür zum Zimmer in der Ebene der Bediensteten auf, ohne anzuklopfen.

Der Mann im Zimmer fuhr zusammen. »Lord Hiereon, welch überraschende Freude, Euch zu sehen.«

»Rayen«, knurrte Gari, packte ihn am Kragen und zog ihn sich vors Gesicht. »Du wagst es, hierher zu kommen, angeblich mit Informationen über diese Hure, die mich hinterging, und hast es nicht für nötig gehalten, mich über alles Übrige in Kenntnis zu setzen?«

Rayen erbleichte. »Ich verstehe nicht ...«

»Haltet ihn fest!«, befahl Gari seinen Leibwächtern.

Rayen wollte Widerstand leisten, wurde aber von den Kriegern auf die Knie gezwungen.

»Wer hat sie befreit? Der Haufen Bauern, der ihr angeblich geholfen hat, wohl kaum.« Garis Hand krallte sich in das Haar des Mannes. Er war außerstande, etwas anderes als diesen grenzenlosen Zorn wahrzunehmen, der in ihm wütete. »Ein Gleiter meines Verbündeten wurde beschädigt! Viele seine Krieger wurden getötet. Meine Glaubwürdigkeit ist angeschlagen! Nur wegen dir unnützem Bauerntrampel!«

Bei jedem Satz hieb Gari dem Mann seine Faust ins Gesicht. »Weißt du, wie Lord Batisté Verbündete behandelt, die Fehler begehen? Mein Ruf ist ruiniert!«

»Es ist nicht meine Schuld«, verteidigte Rayen sich, wobei er blutigen Speichel versprühte. »Ich kam sofort, als die Schlampe zu Euch aufbrach. Ich sagte Euch, sie würde versuchen, Cooper zu retten. Ebenso, dass es Menschen gibt, die sie aus Eurer Gewalt befreien würden.«

»Dabei hast du nur vergessen, mir mitzuteilen, über was für eine Schlagkraft diese Menschen verfügen!«

»Ihr habt nicht gefragt. Unsere Abmachung lautete: 'Informationen über die Frau im Austausch für ein bescheidenes Auskommen und Sicherheit für mich'.«

»Relevante Informationen müssen nicht erfragt werden«, wütete Gari und schlug erneut zu. »Man geht davon aus, dem Informanten ist klar, wie wichtig sie sind!«

Trotz seiner Lage blitze es in Rayens Augen auf. »Relevante Informationen sind teuer, Eure Lordschaft.«

»Du wolltest mich erpressen!«

»Es war eine Rückversicherung. Lasst mich los und ich erzähle Euch, was ich weiß.«

»Du wirst auch so reden!«

Rayen schüttelte den Kopf. »Ihr lasst mich gehen und Ihr bezahlt mir den doppelten Preis für meine Unannehmlichkeiten. Ansonsten erhält Euer Onkel eine Nachricht meines Verbündeten, in der er darüber informiert wird, wer Batisté die Erlaubnis gab, das Westviertel zu plündern. Nur weil Ihr eine Frau loswerden wolltet.«

»Was denkst du, wie sehr ich das Wort eines Verräters schätze?«

»Das Wort eines Verräters zu einem anderen? Ihr solltet es hoch schätzen. Was wird Euer Onkel wohl unternehmen, wenn er von Eurem Verrat erfährt?«

Gari ließ Rayen los, entriss einem der Krieger das Blastergewehr und schlug damit zu. Wieder und wieder.

»Du Kretin willst mich erpressen? Ich werde dich lehren, wie du dich im Umgang mit der Obrigkeit zu benehmen hast!«

»Sir!«, durchdrang die Stimme seiner Wache den roten Nebel der Wut, die Gari einhüllte. »Sir, ich glaube, der Mann ist tot.«

Er war was? Gari hielt inne, starrte in blicklose Augen, ohne sich zu rühren, und fluchte. Dann sah er seine Wachen an. »Es war kein Verrat«, zischte er.

»Nicht im Entferntesten, Sir!«

»Schön, dass ihr mir zustimmt.« Gari hob das Gewehr und erschoss den Mann. Noch bevor sein Körper den Boden berührte, fiel auch der zweite Leibwächter.

»Sieht so aus, als hättet ihr einen Attentäter angetroffen. Schade für euch, dass er sich bis zum Schluss erbittert wehrte.« Er warf die Waffe auf den toten Körper, betrat das kleine Bad, das zu Zimmer gehörte, um sich das Blut von den Händen zu waschen. Danach richtete er seine Kleidung und ging zurück in seine Gemächer. Er musste eine Audienz bei Batisté erwirken und diese leidige Angelegenheit aus der Welt schaffen. Idealerweise inklusive eines frühzeitigen Ablebens seines Onkels.

»Ihr dürft nicht aufstehen.« Die junge Frau, die das Pech hatte, seine Krankenschwester zu sein – oder bei der Auslosung, wer auf ihn aufpassen musste, verloren hatte – sah Lance streng an.

»Sagt wer«, knurrte er, ignorierte, wie sie vor ihm zurückwich, während er die Decke zur Seite schlug. Als sie spöttisch lächelnd den Blick senkte, wünschte er, er hätte es nicht getan.

»Wo verdammt ist meine Kleidung?«

»Ihr seid verletzt. Bitte wartet, bis unsere Ärztin zu Euch kommt.«

»Es war ein verdammter Betäubungsschuss. Der bringt mich nicht um.«

Er hatte ihn nur außer Gefecht gesetzt, was Lance verflucht wütend machte. Wie hatte er nur so grenzenlos dämlich sein können, sich überrumpeln zu lassen? Wozu das ganze Training, wenn er versagte, sobald es ernst wurde? Er war für Larissa verantwortlich gewesen und hatte sie im Stich gelassen, mitten in einem Angriff! Anstatt seine Pflicht zu erfüllen, wachte er in einem Bett auf, ohne zu wissen, wo er sich befand. Aber gut, das würde er herausfinden, sobald er mit Larissa gesprochen hatte.

So würdevoll wie er es in seiner Nacktheit zustande brachte, setzte er sich auf die Bettkante und zog sich die dünne Decke über den Schoß.

»Also, bringst du mir nun meine Kleidung oder muss ich ohne hier herausspazieren?«

»Ihr könnt nicht …«

»Ich kann und ich werde.«

Zumindest, sobald er dieses lästige Zittern seiner Glieder unter Kontrolle bekam. Nachwirkungen eines Betäubungsschusses waren wirklich übel. Nicht nur, dass ihm sterbenselend zumute war. Jeder seiner Muskeln zitterte, und die Stelle auf seiner Brust, wo ihn die Plasmaladung getroffen hatte, brannte schmerzhaft. Warum verweigerte man ihm hier eine Behandlung mit dem Dermalregenerator? Eine Minute, und die Brandwunde und die Hautabschürfungen wären verschwunden.

Egal, er war nicht auf die Mildtätigkeit Fremder angewiesen. Nur sollten sie ihn dann nicht behandeln, als wäre er etwas Besonderes.

»Hör auf zu starren und spar dir vor allem dieses 'Ihr'«, murrte er, wissend, er ließ seine schlechte Laune an jemanden aus, der nichts dafür konnte. »Ich mag solche Ehrbezeugungen nicht.«

Nicht mehr zumindest. Er könnte kotzen, dachte er daran, wie er jahrelang genau diese Anrede verwendet hatte und darauf sogar noch stolz war. Clankrieger, was für eine Ehre. In Wahrheit war er nichts weiter als ein Soldat ohne Willen oder Rechte. Er hatte zu tun, was man ihm sagte, zu gehen wohin man ihn schickte, Aufträge auszuführen, egal wie sehr es ihm widerstrebte. Die zehn Jahre als Larissas Leibwächter hatten es ihn vergessen lassen. Die vergangenen acht Wochen hingegen hatten es ihm wieder deutlich vor Augen geführt. Dabei wusste er nicht einmal genau, was er ihn in dieser Zeit alles getan hatte. Verdammte Neurotransmitter …

Lord Hiereon hatte ihn in die Provinz zwangsversetzt. Ein kleines Nest inmitten der Einöde rund um die beiden Berylliumminen, die die Haupteinnahmequelle des Hiereon-Clans darstellten. Die Bewohner allesamt Minenarbeiter, keiner davon freiwillig. Seine Aufgabe bestand darin, diese Menschen zu bewachen. Vom Luxus des Clansitzes in die Baracke eines Zwangsarbeiterlagers. Konnte es einen steileren Abstieg geben?

Der Zustand der Arbeiter hatte ihn betroffen gemacht. Ausgemergelte Gestalten mit toten Augen, denen jeglicher Wille abhandengekommen war. Ihre einzige Daseinsberechtigung bestand darin, sich im Morgengrauen aus dem Bett zu quälen, sechzehn Stunden in den Minen zu schuften, ein karges Mahl einzunehmen, um sich anschließend wieder auf ihren schmalen Pritschen zusammenzurollen.

Diese gebrochenen Seelen zu bewachen erschien ihm unnötig, doch Befehl war Befehl. Auch wenn der laute, jemanden für den Diebstahl eines Stück vertrockneten Brotes zu bestrafen.

Urteile durchsetzen, Strafen vollziehen, das war fortan seine Aufgabe gewesen. Sein Kommandant hatte vom ersten Moment an eine Schwäche für ihn gehabt. Was bedeutete, er stellte ihn für die Drecksarbeit ab.

Gedankenverloren rieb Lance sich über die Stelle an seinem Oberarm, wo der Neurochip unter seiner Haut transplantiert war.

Nicht größer als der Daumennagel eines Kleinkindes, maß dieses Teufelswerkzeug jede körperliche Reaktion und meldete sie weiter, unterstützt durch das EEG in seinem Helm.

Angst, Unsicherheit, Zögern, all diese Schwächen wurden in Bruchteilen von Sekunden behoben, indem der Einsatzleiter, der Kilometer entfernt sicher vor seinem Schaltpult saß, ein paar Knöpfe drückte. Die Uniform eines Kriegers war ein perfekt ausgestattetes Mikrolabor. Jede unerwünschte Reaktion des Trägers wurde durch einen kleinen Stich des eingearbeiteten Injektors beseitigt. Beschloss der Kommandeur, es wäre nötig, wurden einem Krieger Substanzen zur Aggressionssteigerung verabreicht. Alternativ auch ein Stoff, der verhinderte, dass das Gehirn Erinnerungen speicherte. Regelmäßig morgens aufzuwachen und nicht zu wissen, was er anderen am Vortag angetan hatte, setzte eine unaufhaltsame Abwärtsspirale in Gang. Mehr Hemmungen, verstärktes Zögern, erhöhte Injektionen, bis Lance schließlich beinahe dankbar für die Erinnerungslücken war. Nur die Erinnerung an Marsha wurde ihm nicht genommen.

Sie war neu im Lager. Aufmüpfig, tapfer mit einem ausgeprägten Gerechtigkeitssinn. Zwei winzige Einstiche, ein paar Mikrogramm C10 zusammen mit C17, hatte Lance Dinge mit ihr tun lassen, die sie brachen. Das Wissen, was er ihr angetan hatte, ließ ihm sein Kommandeur, um deutlich zu machen, wer er war. Ein Krieger, ein Werkzeug des Clans. Seit dem vermied es Lance, sich im Spiegel in die Augen zu sehen.

»Du musst nicht gleich meine Hilfskräfte erschrecken, nur weil du wach bist, Krieger«, riss ihn eine Stimme aus den Gedanken. »Und hör auf an deinem Arm herumzufummeln. Ich habe den Neurotransmitter entfernt. Ebenso den Ortungschip.«

Ertappt zuckte Lance zusammen. Reflexartig fuhr seine Hand hoch in seinen Nacken. Die kleine Erhebung dort war verschwunden. Erst da wurde ihm bewusst, was es ihn irritiert hatte, als er über seinen Oberarm strich. Als er aufblickte, sah sich Lance einer hochgewachsenen Farbigen gegenüber, deren Gesicht von einer Flut grauer Locken umrahmt wurde. Was nichts an ihrer resoluten Ausstrahlung änderte.

»Wie Brina dir sicher sagte, habe ich dir Bettruhe verordnet. Da ich die einzige Ärztin bin, die bereit ist, sich um dich zu kümmern, solltest du meinen Anordnungen Folge leisten.«

»Mir geht es gut. Ich bin durchaus imstande aufzustehen.« Lance wollte seinen Worten Taten folgen lassen, doch die Frau legte ihm die Hand auf die Brust und drückte ihn so mühelos zurück auf die Matratze, als wäre er ein hilfloses Kind.

»Ja, ich sehe es«, kommentierte sie trocken. »Hier gibt es nur wenige einsatzfähige Biobetten. Die, die ich habe, benötige ich für die Menschen, die bei dem Überfall verletzt wurden. Das Letzte, wonach mir jetzt der Sinn steht, sind Debatten mit einem störrischen Maulesel, der seine Kräfte überschätzt. Du wirst dich also an die verordnete Bettruhe halten müssen, um wieder auf die Beine zu kommen.«

»Ich habe nicht darum gebeten, gerettet zu werden!«

Sie musterte ihn. Ihre Stimme wurde etwas sanfter, als sie sagte: »Nein, das hast du nicht. Doch du warst jemandem wichtig genug, um sehr viel zu riskieren, um es trotzdem zu tun. Also erweise ihr die Ehre, alles für deine Genesung zu tun, was in deiner Macht steht.«

»Ehre?« Er spie ihr das Wort beinahe vor die Füße. »Das sind nur aneinandergereihte Buchstaben ohne Bedeutung.«

»Ich kann nicht glauben, dass du so denkst, Krieger.«

»Was weißt du schon?«

»Über dich? Nichts. Aber genug über die Frau, die dich für Wert befand, gerettet zu werden.«

»Larissa.« Lance bemerkte, wie sich ein Lächeln auf seine Lippen stahl, obwohl er wirklich sauer auf seine ehemalige Schutzbefohlene war. Wie hatte sie sich derart in Gefahr bringen können? Sein Lächeln verflog, als ihm aufging, was ihn so störte, dass es sich sogar auf seine Stimmung auswirkte. »Wo ist sie?«

Unter normalen Umständen wäre sie hier gewesen. Er kannte Larissa gut genug, um zu wissen, sie wäre ihm nicht von der Seite gewichen, bis er aufwachte. Erst recht nicht nach dem Risiko, das sie für ihn eingegangen war.

»Wo?«, wiederholte er, als die Ärztin nicht antwortete.

Dass sie auch seinem Blick auswich, weckte seine Unruhe. Erneut stemmte er sich in die Höhe, begleitet von einem beunruhigten Ziehen im Magen.

»Nicht hier.«

»Ach! Das habe ich bereits bemerkt. Dann hol sie.«

Er wusste, er war unfreundlich, aber verdammt, ihr Schweigen machte ihn wahnsinnig. Ebenso wie das ungute Gefühl, das sich hartnäckig eingenistet hatte. Dieses Mal zitterten seine Muskeln nicht, als er sich aufsetzte. Das Adrenalin ließ ihn sich stärker fühlen, als er war.

»Entweder bringst du mir meine Kleidung oder ich mache mich ohne auf die Suche nach Larissa.«

Das Kopfschütteln der Frau interpretierte er als Resignation. Sie wandte sich um und verließ den Raum. In weniger als einer Minute war sie zurück.

Ohne seine Kleidung, stattdessen in Begleitung des großen Blonden, der Lance aus seiner Zelle geholt hatte.

»Ich höre, du wärst ungeduldig«, sagte Dave anstelle einer Begrüßung.

»Was dagegen?«

»Im Gegenteil. Nur fürchte ich, du wirst in deinem Zustand nicht weit kommen.«

»Was nicht dein Problem ist, Blondie.«

»Für deinen Charme könnte ich dir glatt einen Kauknochen spendieren, Wachhund. Aber leider muss ich dich enttäuschen. Aktuell bist du sehr wohl mein Problem. Wegen dem, was ich gleich tun werde, halten mich einige für verrückt, aber sei es drum.« Er warf Lance ein Bündel zu. »Zieh dich an und folge mir.«

Schlagartig erwachte sein Misstrauen. »Einfach so? Nachdem mir vor nicht einmal fünf Minuten verboten wurde, überhaupt auszustehen?«

»Wenn du lieber weiterschlafen willst …«

Dave zuckte betont gleichmütig die Schultern, ohne Lance damit täuschen zu können. Die Besorgnis in den Augen des Blonden war nicht zu übersehen.

»Spar dir diesen Scheiß«, murrte Lance, während er seine Hose aus dem Bündel zog. Er registrierte, dass sie gewaschen worden war, und machte Anstalten, die Decke zurückzuschlagen.

Im letzten Augenblick meldete sich sein Anstand. Er zögerte und warf der Ärztin einen auffordernden Blick zu.

»Es gibt nichts an dir, was ich nicht bereits gesehen hätte, Krieger.«

»Ich freue mich ein anderes Mal darüber.«

Sie verdrehte die Augen, bevor sie sich an Dave wandte. »Ich halte es nach wie vor für keine gute Idee. Er braucht noch Ruhe.«

»Er kann sich hinterher weiter ausruhen. Ich brauche ihn bei der Besprechung. Außerdem wirkt er nicht so, als würde er sich zurücklehnen und abwarten wollen.«

»Ich kann euch hören, das wisst ihr, oder? Ihr könnt ebenso gut mit mir persönlich sprechen«, grollte Lance, während er in seine Hose schlüpfte.

Besprechung klang interessant.

»Wozu?«, fragte Dave. »Du verstehst uns doch auch so.«

Lance warf ihm einen mürrischen Blick zu, verzichtete aber auf eine Antwort. Stattdessen zog er sich das Shirt über den Kopf und erhob sich. Er benötigte eine Minute, um sicheren Stand zu finden.

Das missbilligende Schnauben der Ärztin veranlasste ihn, die Zähne zusammenzubeißen und stur einen Fuß vor den anderen zu setzen.

Obwohl er sich mit der Geschwindigkeit eines altersschwachen Faultieres voran schleppte, spürte er Daves Wachsamkeit. Der Mann behielt ihn genau im Auge, was Lance deutlich zeigte, wie fatal es wäre, ihn zu unterschätzen.

Als er mit ihm auf gleicher Höhe war, zog Dave etwas hinter seinem Rücken hervor. Lance spannte sich. Er blieb stehen, fixierte zuerst die Handfesseln, dann Dave.

»Ein Willkommensgeschenk?«

»Es macht es leichter, wenn du es so siehst.«

»Rebellen also«, sprach Lance aus, was er sofort beim ersten Anblick Daves gedacht hatte.

»Als ob du es nicht längst gewusst hättest. Wer sonst hätte sich um deine Befreiung geschert?«

»Das Warum ist mir inzwischen klar. Ich habe nur nicht damit gerechnet, von einer Gefangenschaft in die Nächste zu wechseln.«

»Die Lage ist angespannt.« Dave erwiderte seinen Blick unbeeindruckt, wobei er die Fesseln anhob. »Sie dienen deiner Sicherheit.«

Vielleicht war es dämlich, aber Lance glaubte ihm. Diese Leute hatten ihn aus Makaoh herausgeschafft und seine Verletzungen behandelt. Nichts davon hätten sie tun müssen. Möglicherweise konnte er den Menschen hier bis zu einem gewissen Grad vertrauen. So wie Larissa es offenbar getan hatte.

Lance holte noch einmal tief Luft, streckte dann seine Arme aus, um sich die Fesseln anlegen zu lassen.

Das kühle Metall schloss sich um seine Handgelenke. Beklommenheit breitete sich in ihm aus. Er musste das Bedürfnis unterdrücken, zurückzuzucken.

Trotzdem verzog er keine Miene, sondern zwang sich, die Anspannung in seinen Schultern zu lockern.

Dave bedeutete ihm, voranzugehen.

Sobald Lance das Zimmer verlassen hatte, sah er sich unvermittelt einer bedrückenden Enge gegenüber.

Auf beiden Seiten des Ganges drängten sich Menschen. Alte, junge Frauen, Kinder – so viele Kinder.

Sie saßen auf Decken, standen beieinander, unterhielten sich leise, während die Jüngsten herumliefen und sich mit Spielen beschäftigten, die nur sie verstanden. Die Luft war stickig und angefüllt von dem Auf und Ab unzähliger Stimmen. Die allmählich verstummten, nachdem Lance durch die Tür getreten war.

Mütter schoben sich vor ihre Kinder, andere wichen zurück, um ihm und Dave Platz zu machen. Die Blicke, die Lance folgten, variierten von Vorsicht über Misstrauen bis hin zu blanker Wut.

Zehn Jahre als Larissas Leibwächter hatten Lances Sinne für bevorstehende Krisen geschärft. Das hier war keine. Eher eine Katastrophe kurz vor der Eskalation.

»Gemütlich habt ihr es hier.«

»Ja«, stimmte Dave zu. »Normalerweise ist es das. Zumindest, wenn wir nicht gerade einen Clankrieger befreien, damit fast einen Krieg heraufbeschwören und deswegen kurz vor einer Evakuierung stehen.«

Lance fuhr zu ihm herum. »Willst du mir sagen, es wäre meine Schuld?«

Für eine Sekunde flackerte Angriffslust in Daves Augen auf, zusammen mit etwas, was Lance nicht einordnen konnte. Aber er hatte sich sofort wieder unter Kontrolle und schüttelte den Kopf.

»Die Entscheidung wurde getroffen, unabhängig davon ob es jedem gefiel. Einige waren dagegen, wie du vielleicht bemerkst. Es wäre also schlau, das nicht hier zu besprechen. Es wurde alles getan, was aktuell möglich ist. Also ist es sinnlos, nun noch jemanden Vorwürfe zu machen.«

»Was nicht alle so sehen.«

Dave zuckte die Schultern. »Es war nur eine Frage der Zeit. Zumindest wurde nun eine Entscheidung herbeigeführt.«

»Was für eine?«

»Das hat dich nicht zu interessieren. Es wäre Narretei so etwas einem Krieger gegenüber preiszugeben.« Er legte den Kopf schief und sah Lance an. »Wirke ich auf dich wie ein Narr?«

»Nein, auch wenn du dir alle Mühe gibst, es dennoch zu tun. Allerdings bin ich ebenfalls keiner. Ich erkenne einen anderen Clankrieger, wenn ich ihm gegenüberstehe.«

Eine Schicht aus Eis legte sich um Daves Herz und schnitt ihn von fast allen Emotionen ab. Einzig die stets in ihm schwelende Erbitterung war noch da. Normalerweise hielt er sie in einer Grube, tief in seinem Inneren, verschlossen. Doch die Sorge um Chris, die Anspannung der letzten Stunden, die Entscheidungen, die er hatte treffen müssen, hatte den Deckel dieser Grube morsch werden lassen. So brach seine Gereiztheit aus ihm hervor, ließ seine Hände zittern und brüllte nach Vergeltung. Wobei es ihm nur recht war, das seine Aggression den Clankrieger traf und keinen der anderen.

Er entdeckte eine Tür ohne Zifferncode, griff nach Lances Schultern, zerrte ihn vorwärts und stieß ihn in das Zimmer.

»Raus!«, knurrte er die beiden Techniker an, die ihnen irritiert entgegensahen. Sie waren klug genug, nicht zu fragen, sondern flüchteten auf den Gang.

»Das mit der Vergangenheitsbewältigung liegt dir nicht sonderlich, hm?«, sagte Lance, nachdem sie allein waren.

»Meine Vergangenheit ist meine Sache! Nur reagiere ich allergisch, wenn jemand Halbwahrheiten herausposaunt, die das Pulverfass, auf dem ich sitze zum Explodieren bringen können.«

»Kann ich ahnen, was für ein Geheimnis du daraus machst?«

»In einer solchen Umgebung würde es einem klugen Mann bewusst sein!«

Lance ging nicht auf die Provokation ein, sondern sah ihn ruhig an. »Du hast Recht«, gab er zu. »Verzeih, ich habe nicht nachgedacht.«

Die Sachlichkeit dieser Worte machte Dave bewusst, dass es nicht Lance war, dem seine Wut galt. Er zwang sich, einen Schritt zurückzutreten. Mit einem Mal konnte er dem Krieger nicht mehr in die Augen sehen. So wandte er sich ab und tat so, als würde er die Ausrüstung in dem engen Lagerraum inspizieren.

»Sie löschen einem nicht immer alle Erinnerungen, weißt du?«, hörte er sich sagen, ohne zu wissen, warum er das tat.

»Sie lassen einem stets eins der richtig üblen Dinge im Gedächtnis«, bestätigte Lance.

Dave verzog das Gesicht. Oh, sein Ausbilder war gut gewesen. Er nahm ihm all das Wissen darüber, was er getan hatte. Nur die größte Lüge von allem ließ er ihm. Diese eine Erinnerung, die ihn täglich in die Arme einer anderen Frau trieb, wobei es ihm gleich war, um wen es sich handelte, solange sie nur irgendwie die Stimmen, die in der Dunkelheit lauerten, zum Schweigen brachte.

Damals, in einem längst vergangenen Leben, galt er als einer der talentiertesten Nachwuchskrieger, obwohl er sich nicht freiwillig zu dieser Ausbildung entschlossen hatte, sondern sich dazu gezwungen sah.

Seine Kindheit war nie sorglos gewesen. Sein Vater hatte die Familie verlassen, als Dave noch keine fünf Jahre alt war. Seine Mutter, eine labile Frau, die nach dem Verschwinden ihres Mannes das wenige Geld vertrank, anstatt dafür zu sorgen, dass ihre Kinder satt wurden. So versorgte Dave sich und seine beiden jüngeren Geschwister allein. Als er noch klein war, funktionierte es gut durch die Bettelei. Nur wenige konnten einem kleinen Jungen, der sie mit großen Augen hungrig ansah, etwas verweigern. Doch er wurde älter, der unschuldige Blick verschwand und wurde hart.

Er fing an zu stehlen, beging kleinere, bei Gelegenheit auch größere Einbrüche. Zu seiner Mutter ging er nicht mehr, seitdem sie dem Clan seine Geschwister übergeben hatte, weil sie außerstande war, die Abgaben aufzubringen. So blieb dem Elfjährigen ohne Schulbildung und Manieren nur das Leben auf der Straße. Er war gezwungen, sich jeden Respekt, jedes noch so kleine Recht zu erkämpfen.

Sein Vorteil war die Schnelligkeit und seine Größe. Er begann anderen Straßenkindern einen Teil der täglichen Einnahmen abzunehmen. Dafür versprach er ihnen Schutz. Innerhalb von vier Jahren herrschte er über sein Viertel. Selten wagte es jemand, sich gegen ihn aufzulehnen. Wer es dennoch tat, bereute es. Auf der Straße zählte einzig das Recht des Stärkeren, und das war zu dem Zeitpunkt Dave.

Mit siebzehn traf er Susanna. Nach nur zwei Monaten war sie schwanger. Dave wusste, es wäre besser, sie zu verlassen, aber das brachte er nicht über sich. Er wollte sich nicht aus der Verantwortung stehlen wie einst sein Vater. Zumal er sich insgeheim nach einem Platz sehnte, an den er gehörte. Ein wenig Ruhe, Zuneigung, eine Familie. Weiter dachte er nicht, als er Susanna heiratete.

Sein Geld verdiente er weiterhin durch die gewohnte Art. Stets mit dem Kick von Adrenalin und dem Gefühl, unbesiegbar zu sein. Seine junge Familie brauchte das Geld, also besorgte es von denen, die seiner Meinung nach genug davon hatten.

Bis er eines Tages an den Falschen geriet. Ihm hätte klar sein müssen, dass die Spezialeinheit zum Schutz Terras, kurz SUT, früher oder später auf ihn aufmerksam werden musste. Sie erwischten ihn auf frischer Tat.

Bevor Dave wusste, wie ihm geschah, fand er sich, auf seine Verurteilung wartend, in einer Zelle wieder. Ein Urteilsspruch erfolgte nicht. Stattdessen bot man ihm eine Ausbildung zum Clankrieger an.

Da man ihm versprach, sich um seine Frau und seinen ungeborenen Sohn zu kümmern, willigte Dave ein.

Susanna durfte er erst nach Abschluss der Ausbildung sehen, so steckte er seine ganze Energie in das Ziel, so schnell wie möglich den Abschluss zu schaffen. Als er es nach nur zwei Jahren endlich geschafft hatte, wollte er seine Frau sehen.

Sie war nicht dort, wo man es ihm versprochen hatte. Er suchte sie, doch er sollte sie nicht wiedersehen.

Nach und nach begriff er, dass die SUT ihn betrogen hatte. Susanna hatte nie auch nur eine einzige Einheit der versprochenen Unterstützung erhalten. Offenbar hatte sie sich daraufhin Arbeit in einer billigen Spelunke gesucht, in der es kurz danach zu einer Schlägerei gekommen war. Susanna starb, weil sie zur falschen Zeit am falschen Ort gewesen war.

Da niemand in dem Elendsviertel, in dem sie wohnte, auf Babygeschrei achtete, verhungerte Daves drei Monate alter Sohn Julien, der seinen Vater nie gesehen hatte, in seinem Kinderbett.

Die SUT sandte ihm ein Beileidsschreiben und eine Entschuldigung. Es war Clankriegern nur in Ausnahmefällen gestattet eine Familie zu haben. Sie sollten sich ganz auf ihre Aufgaben für den Clan konzentrieren. Bedauerlicherweise hätte Dave die Kriterien für eine Ausnahmegenehmigung nicht erfüllt. Man hätte schlicht vergessen, ihm das mitzuteilen.

Der Mann, der Susanna erstochen hatte, wurde in einer schmutzigen Nebenstraße gefunden. Seine abgeschnittenen Hoden hatte man ihm in den Mund gestopft.

Auch war es viel zu einfach, das Ausbildungslager der Clankrieger in die Luft zu jagen.

Die Ausbilder, die Schüler, selbst die ausgebildeten Krieger fühlten sich so verdammt sicher in ihrem elenden Bau, dass sie wahrscheinlich gar nicht begriffen hatten, was sie tötete. Pech für sie, dass erst danach das Ausbildungslager in die neutrale Zone, in die Nähe des Raumhafens, verlegt wurde.

Nachdem er alles erledigt hatte, verlor Daves Leben seinen Sinn. Er stahl, er tötete, er besorgte sich Drogen, um zu vergessen.

Bis Larn ihn fand, irgendwo in einer schäbigen Gosse, in seinem eigenen Erbrochenen liegend.

Larn kannte die Geschichte des belogenen Kriegers und brachte Dave in die Quan–Berge. Dort bot er ihm die Chance, effektiv die Clans, deren Krieger, und die verdammte Oberschicht zu bekämpfen.

Dave verließ den Abstellraum, ohne Lance anzusehen. Schweigend gingen sie nebeneinander zum Fahrstuhl, der sie in die obere Ebene brachte.

Vergangenheit: 02. November 336: Clanbasis Batisté – Gefangenenebene 7:37 Uhr

Das Erwachen war eine Qual. Jede einzelne Zelle ihres Körpers schien in Flammen zu stehen. Das dumpfe, mühsame Schlagen ihres Herzens schickte vibrierende Linien aus Schmerz bis in den entlegensten Winkel ihres Bewusstseins. Erst beim zweiten Versuch gelang es Larissa, die Augen zu öffnen. Sofort begannen sie zu tränen, obwohl ihre Umgebung nur von flackerndem Licht erhellt wurde.

Die Bemühung sich aufzusetzen gab sie sofort auf, als ein scharfer Schmerz durch ihren Schädel raste. Übelkeit stieg in ihr empor, drohte sie zu überwältigen. Sie schluckte bittere Galle und drängte mit aller Macht den Brechreiz zurück.

Von dem Haufen halb verfaulten Strohs, auf dem sie lag, stieg ein Geruch auf, der vermutlich mit Schuld an dem pelzigen Belag auf ihrer Zunge war. Es stank nach Erbrochenem und weitaus übleren körperlichen Ausscheidungen. Das gab ihr die Kraft, sich doch aufzurichten.

Erst dann sah sie sich erneut um. Der Raum, in dem sie sich befand, war winzig und, abgesehen von dem dreckigen Stroh, leer. Die Wände bestanden aus unterschiedlich großen, grob zusammengefügten Steinen, von denen die Feuchtigkeit rann. Die Eintönigkeit des dunklen Gesteins wurde lediglich durch eine Pforte aus armdicken Gitterstäben unterbrochen, die den Zugang zu dieser Zelle bildeten.

Ein kaum hörbares Summen verriet Larissa, dass diese Gitter durch ein zusätzliches Energiefeld gesichert waren. Flackernder Lichtschein fiel hindurch und erhellte die Kammer notdürftig. Nicht, dass Larissa Wert darauf gelegt hätte, weitere Einzelheiten zu erkennen. Irgendwoher kannte sie Räume wie diesen. Aber es dauerte eine Weile, bis ihr klar wurde, woran sie ihre Umgebung erinnerte.

In alten Geschichtsbüchern der ursprünglichen Erde hatte sie Abbildungen solcher Kammern bereits gesehen. Sie befand sich in einer perfekten Nachbildung einer mittelalterlichen Gefängniszelle. Nicht einmal die Ringe an den Wänden, mit denen früher Gefangene an die Wand gekettet wurden, fehlten. Nur, dass diese Ringe hier nicht aus Metall, sondern aus nahezu unzerstörbarem Beryllium bestanden. Dennoch war Larissa erleichtert, noch am Leben zu sein.

Die Sorge um Chris verdrängte dieses Gefühl sofort wieder. Wo war er? War es ihm gelungen zu entkommen, oder war er ebenfalls hierher gebracht worden? Wo auch immer dieses *hier* sein mochte.

Schritte, die sich vom Gang her ihrer Zelle näherten, weckten die Hoffnung auf eine baldige Beantwortung ihrer Fragen, fachten aber auch ihre Angst an. Vorsichtshalber wich sie zurück in die hinterste Ecke ihrer Zelle.

Ein dunkler Schatten erstickte kurzzeitig das Licht, das in ihr Gefängnis drang. Das leise Summen des Energiefeldes verstummte, die Tür schwang auf und eine große Gestalt betrat den Raum.

Blinzelnd versuchte Larissa die Gestalt zu erkennen.

Dunkle Kleidung, breite Schultern, das Abzeichen des Batisté–Clans auf der Brust. Ein Clankrieger, der nicht so wirkte, als wäre er ihr freundlich gesonnen.

Noch enger drückte Larissa sich an die Wand. Ihre Übelkeit war verflogen, verdrängt von dem Adrenalin, das bei seinem Anblick durch ihren Körper jagte.

»Mitkommen!«, bellte der Unbekannte.

Sie blieb wo sie war. Nicht, weil sie seinen Befehl nicht befolgen wollte, sie konnte es schlicht nicht. Der Blick aus seinen kleinen dunklen Augen erschien ihr tückisch. Er taxierte sie, als wäre sie ein Käfer, dafür vorgesehen, demnächst auf eine Nadel gespießt irgendwo als Ausstellungsstück zu dienen.

Er kam näher, ergriff hart ihren Arm, um sie in die Höhe zu ziehen. Larissa stemmte die Füße in den Boden und machte sich schwer.

»Du bist nicht verletzt. Willst du, dass das so bleibt?«

Sie brachte ein schwaches Nicken zustande.

»Dann komm!«

»Wohin?«

»Mein Lord will dich sehen.«

Die feinen Härchen in ihrem Nacken stellten sich auf. »Batisté!«

Sie hatte zu viel Negatives über diesen Mann gehört, um gelassen zu bleiben. So ließ sie zu, dass der Krieger sich weiter zu ihr herab beugte, um ihm dann ohne Vorwarnung beide Fäuste in den Unterleib zu stoßen. Der Angriff überraschte sie selbst ebenso wie ihn. Mit einem schmerzerfüllten Keuchen klappte der Mann zusammen. Seine Augen schienen aus ihren Höhlen zu quellen, während er sich am Boden wälzte.

Larissa sprang auf, verpasste ihm einen Tritt in den Magen und hechtete über ihn hinweg.

Die Hand des Kriegers schoss vor, umklammerte ihr Bein, wobei er sie zurückkriss.

Larissa schrie auf, als sie fiel. Es gelang ihr, den Sturz mit den Händen abzufangen, dennoch presste er ihr die Luft aus den Lungen.

Sofort war der Krieger über ihr. Seine Hand schloss sich erneut um ihren Arm. Mit der anderen riss er ihren Kopf an den Haaren nach hinten. Wieder schrie Larissa auf, verstummte aber sofort, als sich der Griff um ihren Arm löste und sie den kalten Lauf eines Blasters an ihrer Schläfe spürte.

»Mein Befehl lautet, dich lebend zu Lord Batisté zu bringen. Das schließt nicht unbedingt unverletzt mit ein.« Er trat zurück, ohne die Waffe zu senken. »Geh voran. Langsam. Noch eine solche Aktion und ich breche dir die Beine.«

Vorsichtshalber hob Larissa die Hände, um ihm zu signalisieren, dass sie sich fügen würde. Seinen Anweisungen folgend ging sie einen kurzen Gang hinunter, indem sich auf beiden Seiten ebensolche Zellen befanden wie die, in der sie aufgewacht war.

Aus den Augenwinkeln nahm sie wahr, dass alle besetzt waren. Manche mit erschreckend vielen Personen. Trotzdem war es beängstigend still. Die Menschen drängten sich aneinander wie erschrockene Kälber, wagten offenbar weder zu sprechen noch sich zu bewegen. Der Geruch nach Schweiß, Blut und Exkrementen lag schwer in der Luft und jagte Larissa einen Schauer über den Rücken.

Wie viel Furcht musste ein Mensch haben, um jeden Widerstand aufzugeben? Welche Mittel waren nötig, um eine solche Angst hervorzurufen?

Larissas Fragen wurden beantwortet, als ihr Weg in einem weiteren Raum endete. Auch hier bestanden die Wände anscheinend aus grob gemauerten Steinen, doch das nahm sie nur am Rande wahr. Der Mann in der Mitte des Zimmers lenkte alle Aufmerksamkeit auf sich.

Er war sehr groß, hatte sonnengebräunte Haut und ein kantiges Gesicht. Sicherlich hätte ein Maßanzug ihm genauso gestanden, wie die enge schwarze Hose, die er trug. Sein nackter Oberkörper ließ erkennen, wie durchtrainiert er war. Vielleicht hätte Larissa ihn als gut aussehend bezeichnen können, wäre da nicht der harte Zug um seinen Mund gewesen.

Er musterte sie abschätzend, kam dann auf sie zu und streckte die Hand aus. Unwillkürlich zuckte Larissa zurück. Der Mann runzelte die Stirn.

»Du fürchtest dich«, stellte er fest.

Larissa straffte die Schultern, während sie sich zwang, seinen Blick ruhig zu erwidern, obwohl ihr das Herz bis zum Hals schlug. »Ich wurde betäubt, verschleppt und wachte in einer stinkenden Zelle auf. Wo mir mein freundlicher Begleiter mitteilte, er würde mir die Beine brechen, sollte ich seinen Anweisungen nicht Folge leisten. Ihr dürft mich gern korrigieren, doch mir scheint, ich hätte allen Grund zur Furcht.«

Er antwortete nicht, sondern legte ihr die Hand unter das Kinn, um es anzuheben. »Du wurdest verletzt«, sagte er und sah den Krieger an, der Larissa zu ihm brachte. »Wie ist das passiert?«

»Sie griff mich an und versuchte zu fliehen, als ich sie aus ihrer Zelle holte. Dabei stürzte sie.«

»War es so?« Prüfend glitt der Blick des Dunkelhaarigen über Larissas Gesicht.

Sie stand ganz starr, bemerkte, dass sie den Atem angehalten hatte, und zog tief die Luft ein. Der intensive Blick des Mannes bannte sie, sodass sie nur ein Nicken zustande brachte.

»Weißt du, wer ich bin?«, fragte er leise, fast sanft.

»Anthony Batisté. Euch untersteht der größte Clan auf Terra. Was der Grund sein muss, dass Ihr glaubt, Ihr dürftet Euch alles erlauben.«

Larissa riss sich zusammen. Sie würde ihm nicht länger die Genugtuung gönnen, ihm ihre Angst zu zeigen. Sie riss den Kopf zurück, um sich aus seinem Griff zu befreien. Keine Sekunde länger wollte sie seine Berührung auf der Haut spüren.

»Hübsch und klug. Es ist mir eine Freude, dich in meiner Residenz willkommen heißen zu dürfen.«

»Danke, aber auf Eure Art von Gastfreundschaft lege ich keinen Wert. Darf ich erfahren, warum ich hier bin?«

Der Clanführer hob eine Braue. »Du lässt dich nicht einschüchtern. Das gefällt mir. Allerdings bin ich es gewohnt, dass man mir mit einem Mindestmaß an Respekt begegnet. Du kennst meinen Namen, erfahre ich auch den Deinen?"

Larissa presste die Lippen aufeinander und schwieg. Das Gefühl, einen Fehler begangen zu haben, ließ ihre Brust eng werden.

Sie erinnerte sich nicht daran, Batisté schon einmal begegnet zu sein. Sein Clan verkehrte nicht mit einem so kleinen wie dem Lord Hiereons. Ein Umstand, über den sie unvermittelt dankbar war.

»Du erscheinst mir etwas störrisch. Gebietet es nicht die Höflichkeit, dass wie einander vorstellen?«

»Fragt Ihr jeden, den Ihr verschleppen lasst, nach seinem Namen?«

Batisté lachte. »Nur diejenigen, die mein Interesse wecken.« Er ergriff Larissas Hand, drehte sie und strich über ihre Handfläche. »Sie sind ohne Schwielen«, bemerkte er. »Deine Kleidung ist von guter Qualität, deine Haltung aufrecht. Weder weichst du vor mir zurück, noch bist du bereit, mir gegenüber deine Angst einzugestehen. Das deutet auf eine ausgezeichnete Erziehung hin. Doch etwas passt nicht in dieses Bild. Das Loch in deinem Zahn, weist auf Unterschicht hin. Ich erlaubte mir übrigens, diesen Makel beheben zu lassen. Auch der Mann in deiner Begleitung passt nicht ins Bild. Wo hat er so zu kämpfen gelernt? «

Larissa stockte der Atem. Wusste der Clanführer über Chris Bescheid?

»Wo ist er? Er schützte mich, wobei er verletzt wurde.«

Tadelnd schüttelte Batisté den Kopf. »Du stellst Forderungen, ohne selbst etwas preisgeben zu wollen. Wie lautet dein Name?«

»Wenn ich ihn Euch nenne, sagt Ihr mir dann, wo sich mein Begleiter befindet?«

»Du hast mein Wort.«

Larissa nickte. Sie traute diesem Mann nicht, doch sie musste wissen, wie es Chris ging. Die Sorge um ihn machte ihre Gedanken träge. »Mein Name ist Larissa Mc… McNeal«

Der Clanführer lächelte. »Na siehst du. War das jetzt so schwer? Dein Freund befindet sich in der Obhut meiner Ärzte. Sie kümmern sich um seine Verletzungen. Du wirst ihn bald sehen können. Bis dahin wirst du in einer angemessenen Unterkunft ausruhen, dich säubern und umziehen.«

»Einen Haufen schmutzigen Strohs betrachte ich nicht als angemessen.«

Batistés Lippen zuckten. »Ich ebenfalls nicht. Selbstverständlich werde ich dich in einem meiner Gästezimmer unterbringen. Ich fürchte, diese ganze Angelegenheit beruht auf einem großen Missverständnis. Ich werde mich bemühen, das wieder gut zu machen. Erweise mir die Ehre, mit mir zu Mittag zu speisen, sobald du dich ausgeruht hast.«

»Nicht bevor ich C… meinen Begleiter gesehen habe.«

»Macht es Sinn zu hungern, um deinen Willen durchzusetzen? Er benötigt Ruhe, ebenso wie du. Beim Essen wird er uns Gesellschaft leisten, sofern er kräftig genug ist. Nun geh. Ich bin kein sonderlich geduldiger Mann. Du solltest mich nicht über Gebühr reizen, Larissa *McNeal*. Hunter wird dich zu deinem Zimmer bringen und dir beschaffen, was du benötigst. Ich möchte dich allerdings bitten, seinen Anordnungen Folge zu leisten. Meine Ärzte sind zu beschäftigt, um sich um einen weiteren Patienten zu kümmern.«

Die Worte waren höflich, die kaum verschleierte Drohung darin nicht. So wagte Larissa nicht, den Clanführer weiter herauszufordern. Zumindest nicht, solange die Möglichkeit bestand, er könne die Wahrheit sagen.

»Ich hoffe, Ihr seid ein Mann von Ehre, wie es Eurem Stand entspricht, und steht zu Eurem Wort.«

»Das tue ich. Zu jedem meiner Worte.«

Da Larissa ihrer Stimme nicht länger traute, nickte sie nur, bevor sie sich umwandte, um Hunter zu folgen. Obwohl der Krieger seine Waffe mittlerweile gesenkt hatte, überlief sie ein kalter Schauer. Sie fühlte Batistés Blick wie eine kalte Berührung in ihrem Nacken.

Kapitel 6

Gegenwart
10. November 336: Basis Batisté – Festsaal 19:30 Uhr

Laras Hand lag auf seinem Arm, als Anthony mit ihr den Festsaal betrat. Er spürte das leichte Beben ihrer Glieder, wusste, wie eingeschüchtert sie von der versammelten Prominenz in diesem Saal sein musste. Es gab bedauerlich wenig weibliche Gesellschaft.

Normalerweise achtete er auf eine ausgewogene Zusammenstellung seiner Gäste. Für die Einführung Laras in die Gesellschaft indes hatte er eine Ausnahme gemacht. Ihr Benehmen entsprach vollständig seinen Erwartungen, ihre Anwesenheit erfüllte ihn mit Stolz. Es war viel zu lange her, dass er sich ein Spiel mit einem derartigen Einsatz gegönnt hatte.

Während seine Gäste in formlosen Gruppen zusammenstanden und sich unterhielten, hatte er Gelegenheit, Lara vorzustellen.Ihre Reaktion war unvergleichbar. Sie vergaß nicht einen der Namen, fand für jeden, gleich ob Clanführer, Ratsmitglied oder Richter, die passenden Worte. Ihr Lachen perlte durch den Raum, erweckte Aufmerksamkeit. Sie beeindruckte, was Anthony genoss.

Bevor er sie zu ihrem Platz führte, überzeugte er sich mit einem Blick davon, dass alles seine vollste Zufriedenheit fand. Er stand in dem Ruf, ein verschwenderischer Gastgeber zu sein. Seine Feste waren beispiellos, seine Empfänge legendär.

Mit der gleichen Umsicht, mit der er einen Angriff oder die Beseitigung eines Gegners plante, bereitete er seine Feierlichkeiten vor. Ein Galadiner mit einem Senator und etwa einem Dutzend anderer einflussreicher Persönlichkeiten, bildete da keine Ausnahme.

Der große Raum war erhellt vom Schein hunderter Kerzen. Anthony schätzte das Spiel von Licht und Schatten. Es faszinierte ihn, die Schatten zu beobachten und sich die Geheimnisse auszumalen, die sich darin verbergen konnten. Die Tische waren bedeckt mit feinstem weißem Leinen, dekoriert mit üppigen Blumengestecken und antiken Kerzenleuchtern. Bedienstete eilten umher, um seinen Gästen jeden Wunsch von den Augen abzulesen.

Anthony erblickte Senator Wortsch sofort. Trotz seiner nahezu siebzig Jahre war die Erscheinung des Mannes noch immer beeindruckend. Hoch aufgerichtet, als hätte er den sprichwörtlichen Stock verschluckt, fiel seine geringe Körpergröße nicht auf. Es war die Aura der Macht, die ihn aus der Menge hervorstechen ließ. Es gab nicht einen Mann in dem Zimmer, der nicht mächtig war. Doch Wortsch, einer der acht Senatoren des Weltenrates, übertraf sie alle. Anthony beabsichtigte, diesen strapaziösen Aspekt noch in der heutigen Nacht zu ändern.

Es wurde Zeit, sich zu setzen. Lange genug hatte er den Anwesenden einen Blick auf Laras verlockende Rückenansicht gewährt.

Anthony geleitete sie zum Tisch, nahm am Kopf der Tafel Platz, Lara zu seiner Rechten, Senator Wortsch zu seiner Linken.

Wie Anthony mit Genugtuung registrierte, war auch der Senator nicht immun gegen ihren Charme. Während des ersten Ganges verschlang der Mann sie mit seinen Blicken. Etwas, wofür Anthony ihm normalerweise die Augen ausgestochen hätte. Heute Abend jedoch kam dieser Umstand seinen Plänen entgegen.

Da er beim Essen niemals Geschäftliches besprach, hatte er für Unterhaltung gesorgt. Zwischen den einzelnen Gängen traten Musiker und Akrobaten auf, um für Kurzweil zu sorgen. Vor dem Dessert erschien eine Tanzgruppe. Sieben Frauen, in durchsichtige Schleier gehüllt. Die Musik, fremd und schnell, die Tänzerinnen blutjung. Verführerisch kreisende Hüften zogen die Blicke der Männer auf sich. Wild und immer wilder wurde der Tanz, dabei so erotisch, dass die Augen aller Anwesenden an den Körpern der Tänzerinnen hingen.

Alle Schleier fielen, der Letzte wurde dem Senator zugeworfen. Die Tänzerin umgarnte ihn damit. Verführte mit den Augen, ließ mit kreisenden Hüften Wünsche entstehen und versprach mit zuckender Bauchdecke die Erfüllung derselben. Schlangenartig wand sie sich um Wortsch, ohne ihn auch nur ein einziges Mal zu berühren.

Wortsch atmete längst schwerer. Die Stirn voller feiner Schweißtropfen, den Mund halb geöffnet, die Augen glasig, mit einem Ausdruck, der Lara veranlasste, den Blick zu senken.

Anthony legte seine Hand leicht auf die Ihre. Seine Augen, leuchtend vor Stolz, waren auf ihr Gesicht gerichtet. Keinen Blick verschwendete er an die Tänzerinnen. Vermittelte ihr so Sicherheit und Vertrauen.

»Verzeih«, flüsterte er, die Lippen vertraulich nahe an ihrem Ohr. »Eine Vorliebe des Senators. Ich ging davon aus, dass du den heutigen Abend nicht in unserer Gesellschaft verbringst. Ich mochte ihm die Freude nicht verwehren.«

Sie nickte nur, fand die Vorstellung der Tänzerinnen in keiner Weise anstößig. Nur die Reaktion des Senators darauf. Ein Mann in seiner Position sollte sein Verlangen mitnichten so öffentlich zur Schau stellen.

Die Musik verstummte, der Tanz endete, die unverhüllten Brüste der Tänzerin befanden sich keine Armeslänge vom Senator entfernt.

Lara sah auf, wobei sie es sich verkniff, die Stirn zu runzeln. Der Ausdruck auf dem Gesicht des Mannes bestürzte sie. Beinahe erwartete sie, dass er sich auf die Tänzerin warf, um sie vor aller Augen zu nehmen.

Das Mädchen lächelte noch einmal kokett, wirbelte dann herum und lief hinaus. Lara hätte schwören können, den Senator wimmern zu hören.

Nur langsam nahmen die Gäste ihre Tischgespräche wieder auf. Lara sah ihnen an, sie alle waren hungrig geworden, was wenig mit Essen zu tun hatte. Wie sie wusste, würde Anthony dafür Sorge tragen, dass sie ohne Ausnahme am nächsten Morgen hinreichend gesättigt waren.

Er wandte sich an Wortsch. »Sie war bezaubernd, nicht wahr?«

Der Senator schien sich endlich wieder seiner Stellung zu erinnern. Er zog ein blütenweißes Taschentuch aus seiner Weste, um sich damit die Stirn abzutupfen.

»Wahrhaftig«, antwortete er, noch immer schwer atmend. »Jedoch nicht zu vergleichen mit Eurer Tischdame.«

Wortsch lächelte Lara an, die sich beherrschen musste, um diese Geste zu erwidern.

Züchtig senkte sie den Blick, bevor sie antwortete: »Ihr schmeichelt mir, Senator.«

Seine feuchte Altmännerhand langte über den Tisch, legte sich über die Ihre. »Absolut nicht. Bedenkt man, was Euch widerfuhr, gleicht es einem Wunder, Euch hier so strahlend zu sehen.«

Anthony spannte sich. Lara ahnte, er genoss es, neidete jemand seinen Besitz, doch er duldete nicht, ihn durch die Berührung fremder Hände entweiht zu sehen.

Laras Blick streifte den Clanführer. Was immer er darin erkannte, es brachte ihn dazu, sich entspannt zurückzulehnen. Als sie den Senator erneut ansah, hatte sie Tränen in den Augen.

Ihre Stimme, sanft wie ein Hauch mit genau portioniertem Schmerz darin. »Anthony hilft mir über alle Maßen. Doch ist es der Gedanke, mein Peiniger wird seine gerechte Strafe bekommen, der mich aufrecht hält. Sollte er davonkommen, nach all diesen unaussprechlichen Grausamkeiten, ich wüsste nicht, wie ich mit einer solchen Schmach weiterleben sollte.«

Wortsch tätschelte ihre Hand. Ganz väterlich mit einem Mal. »Ich werde all meinen Einfluss aufbieten, um an diesem Hund eine adäquate Sanktion durchzuführen.«

»Damit stände ich immerwährend in Eurer Schuld.«

Die Zunge des Senators zuckte über seine schmalen Lippen. Es war ihm anzusehen, wie er diese Schuld gern eingelöst hätte. Noch lieber hätte er vermutlich mehr über die *unaussprechlichen Grausamkeiten* erfahren, doch er beherrschte sich. Auch ein Senator des Weltenrates spielte nicht mit dem Wohlwollen eines so einflussreichen Clanlords wie Batisté.

So bedachte er Lara mit einem mitfühlenden Blick. »Ihr müsst verzeihen, aber ich muss Euch dennoch ein paar Fragen stellen. Immerhin ist die Bitte Lord Batistés recht ungewöhnlich.«

Sie biss sich auf die Unterlippe, bevor sie nickte. Das einzige Zeichen, wie unangenehm ihr diese Situation war.

»Wie ist es diesem … Abschaum gelungen, Euch in seine Gewalt zu bringen? Die Sicherheitsmaßnahmen, von denen seine Lordschaft berichtete, erscheinen mir ausreichend.«

»Er erschlich sich unser Vertrauen«, schaltete Anthony sich ein.

Wortsch nickte verstehend, wandte sich dann wieder an Lara. »Könnt Ihr mir sagen, was passierte, nachdem Ihr den Clansitz verlassen habt? Ihr habt doch sicher versucht, auf Eure Lage aufmerksam zu machen?«

Laras Lächeln zerfiel. Sie wusste, wie wichtig ihre Antwort war, aber sie konnte kein Wort hervorbringen. Sie war glücklich gewesen, danach besorgt, dann war die Furcht gekommen. Eine panische Angst ohne, dass sie erklären konnte wovor.

Schmerz, Wut und Dunkelheit, unvermittelt erinnerte sie sich daran. Wut, die sie alle Vorsicht vergessen ließ.

Schmerz, der sie zum Schreien brachte. Trauer, Verzweiflung, die Erkenntnis belogen worden zu sein. Anthony hatte sich getäuscht. Lara erinnerte sich. Alles war da, irgendwo in ihr. Nur die Reihenfolge stimmte nicht. Es begann mittendrin und war restlos verworren.

Dass sie zumindest die letzten Worte laut ausgesprochen hatte, bemerkte Lara erst, als sie Anthonys Hand auf ihrer Schulter spürte. Sein Griff war hart, fast schmerzhaft. Mit einem Mal war die Angst da. Ihr Magen krampfte sich zusammen, Übelkeit schoss wie eine große Welle in ihr empor, ihr Kopf schien zerspringen zu wollen.

»Lara, sieh mich an.« Anthonys Stimme klang scharf, befehlsgewohnt, unmöglich zu ignorieren. Sie zwang sich, ihre Augen auf ihn zu richten.

»Atme, verdammt noch mal. Atme! Tief und gleichmäßig! So ist es gut. Weiter!«

So viele Stimmen um sie herum. Sie dröhnten in ihren Ohren, waren viel zu laut. Der Schmerz in ihrem Kopf stieg an. Lara erkannte ein verschwommenes Gesicht über sich.

Über? Joshua? Was hat der alte Arzt auf Anthonys Empfang zu suchen und warum scheint er zornig zu sein?

»Ich sagte Euch, Ihr mutet ihr zu viel zu.« Die Worte Joshuas waren das Letzte, was Lara bewusst wahrnahm, bevor es dunkel um sie wurde.

Zwei Stunden später lächelte Anthony zufrieden, während er das Band mit der Holografieaufnahme zu den übrigen in den Safe legte. Wortschs weißer schwammiger Körper unter dem schmalen Leib der minderjährigen Tänzerin, die Gesichter deutlich zu sehen.

Es gab nicht viel, was Anthony so schätzte wie die Scheinheiligkeit der Oberschicht. Viele von ihnen hielten sich eine oftmals blutjunge Geliebte, besuchten die Bordelle, nahmen an den Jagden auf die Mädchen teil, betrieben Sodomie. Keine Sünde war ihnen fremd, kein Vergnügen zu anrüchig. Doch wehe dem, dessen Treiben an die Ohren und Augen der Bevölkerung gelangte. Öffentliche Anprangerungen und Gesichtsverlust waren das Geringste, was ihnen in dem Fall drohte.

So dienten diese Aufnahmen nicht nur dem persönlichen Amüsement Anthonys, sondern ebenso als überzeugendes Pfand, mit dem er sich das Wohlwollen des Senators sicherte.

Nicht, dass dies noch nötig gewesen wäre. Nach Laras Zusammenbruch hatte sich Wortsch über alle Maße bestürzt gezeigt. Was musste sie alles erlebt haben, dass bereits die kleinste Erinnerung sie derart aus der Fassung brachte? Der Mann, der ihr das angetan hatte, verdiente nichts anderes als den Tod. Kurz darauf unterschrieb der Senator den Bericht eines Prozesses, der nie stattgefunden hatte. Damit bestätigte er das Todesurteil, das Anthony längst verhängt hatte. Anthony war beinahe ein wenig enttäuscht. Es war wirklich zu einfach gewesen.

Vergangenheit: 02. November 336: Clanbasis Batisté – Krankenstation 9:17 Uhr

Chris bemerkte Hände auf seiner Haut, die den Schmerz zuerst verstärkten, bevor sie Linderung brachten, hörte ein leises Murmeln, das ihn beruhigte, ohne dass er die Worte verstand. Er versuchte die Lider zu öffnen, um zu sehen, wer mit ihm sprach, doch es gelang ihm nicht. Zu schwer erschienen sie ihm.

Larissa! Die Erinnerung zerstörte den brüchigen Frieden, der ihn einhüllte. Er spannte sich, bemerkte, dass er seine Arme nicht bewegen, seine Hände nicht spüren konnte und dachte an seinen Bruder, dem Batisté die Gliedmaßen nahm, bevor er ihn tötete.

Nein! Gott nein! Hatte Batisté…?

Adrenalin schoss in seine Adern, befähigte ihn die Augen aufzureißen. Wild irrte sein Blick umher, bis er auf seine Hände fiel. Er spürte kaum, wie er sanft zurück auf die Unterlage gedrückt wurde. Dabei war diese Hilfestellung unnötig. Die Erleichterung ließ ihn in sich zusammensinken wie einen Ballon, dem die Luft entwich. Breite Reifen aus Beryllium umspannten seine Handgelenke und fesselte ihn, aber jedes seiner Körperteile war dort, wo es sein sollte. Zumindest, soweit er es überblicken konnte.

»Du musst dich beruhigen, wenn du überleben willst.« Endlich verstand Chris die Worte. Mühsam drehte er den Kopf, blinzelte ob der Helligkeit, die ihn blendete.

Ein Gesicht schob sich vor ihn, mit unscharfen Konturen, sodass er nicht viel mehr als einen ergrauten Haarschopf und besorgt blickende Augen wahrnahm.

Etwas darin kam ihm sonderbar vertraut vor, sodass er sich ein wenig beruhigte.

»Wo bin ich?«

Anstelle einer Antwort wurde sein Kopf angehoben und etwas Kühles an die Lippen gehalten.

Erst da bemerkte er, wie durstig er war. Gierig schluckte er die kühle Flüssigkeit, die ihm viel zu rasch entzogen wurde.

»Nicht so hastig«, drang die Stimme seines Wohltäters erneut an sein Ohr. »Mein Name ist Joshua. Ich bin dein Arzt und dafür zuständig, dass du dich erholst. Deine gebrochenen Rippen und dein Bein setzte ich mit einem Alpha–Reduskose-Produkt wieder zusammen. Aber die Verbindung ist noch instabil. Auch wenn das Gel die Knochen zusammenhält, darfst du dich nicht überanstrengen. Bereits ein Husten könnte deinen Zustand erneut verschlimmern.«

»Warum tust du das? Alpha-Reduskose ist kostbar.«

»Und du denkst, es wäre an dich verschwendet?«

»Nein, nur erscheint mir dies hier nicht wie ein Ort der Mildtätigkeit.«

»Das ist er auch nicht. Aber seiner Lordschaft ist daran gelegen, dich vorzeigbar zu präsentieren.«

»Batisté?« Das Nicken des Arztes nahm Chris jede Hoffnung. Hatte dieser Mann seinen Bruder auf dieselbe Art auf ein Zusammentreffen mit dem Clanführer vorbereitet? »Du hättest mich sterben lassen sollen.«

»Gibst du dich immer so rasch geschlagen? Wer soll deiner Begleiterin dann noch Zuversicht schenken?«

Larissa? Sie ist hier?

Chris presste die Lippen zusammen, um ein Stöhnen zu unterdrücken. Ein schmerzhaftes Ziehen breitete sich in seinem Magen aus, das nichts mit den Prügeln zu tun hatte, die er hatte einstecken müssen.

Er hatte geschworen, Larissa zu schützen und in Sicherheit zu bringen. Stattdessen hatte er sie hineingezogen in einen Krieg, der nicht der ihre war.

»Zuversicht? Hier?«, presste er hervor. »Batisté ist kein Mann, der einem Platz dafür lässt.«

»Fürchtest du ihn so sehr, dass du aufgibst, noch bevor du ihm persönlich gegenüberstandst? Ich hielt dich nicht für jemanden, der anderen eine solche Macht über sich gibt.«

Aufgeben? Das würde er nicht. Nicht, solange Larissas Sicherheit nicht gewährleistet war.

Sein Sehvermögen stabilisierte sich weit genug, um den Unbekannten genauer mustern zu können. ‘Unscheinbar’ war das Erste, was ihm zu dem Mann einfiel. Etwa fünfzig Jahre alt, schlank, fast schon dürr, ergraute Schläfen, ein scharf geschnittenes Gesicht. Früher einmal musste er massiger gewesen sein. Darauf deuteten seine breiten Schultern hin, die nicht zum Rest seines Körpers zu passen schienen.

Chris konnte es nicht einordnen, doch die merkwürdige Vertrautheit bestand noch immer.

»Du wirkst nicht wie jemand, der es wagt, offen solche Worte über seinen Lord zu verlieren«, bemerkte er stattdessen, um den Anderen aus der Reserve zu locken. Alles was er an Informationen bekommen konnte, mochte nützlich sein.

»Sagte ich ein schlechtes Wort gegen meinen Lord?«, erkundigte sich Joshua. »Ich wunderte mich nur, wie ein Mann, der sich so entschieden verteidigte, wie du es getan hast, so rasch einzuschüchtern ist. Was mich auf den Gedanken bringt, deine Entschlossenheit könnte etwas mit deiner Begleiterin zu tun haben.«

Chris bemühte sich, ruhig weiter zu atmen. Offensichtlich hatte das Verhör bereits begonnen, ohne dass er es bemerkt hatte. Verdammter Narr, der er war.

»Die Frau hatte nichts damit zu tun. Ich war nur nicht bereit, mich einem Feind zu ergeben. Wir befanden uns auf dem Gebiet des Hiereon-Clans, als Batistés Krieger uns angriffen. Soweit ich weiß, gilt das Verbot des Großherrschers noch, das feindliche Übergriffe auf einen anderen Clan verbietet.«

»Du trugst die Kleidung des Hiereon-Clans, wurdest bei Ausübung deiner Pflicht verletzt und hierher gebracht, damit du versorgt werden konntest. Eine Geste der Sympathie meines Lords gegenüber der Familie Hiereon, kein kriegerischer Akt.«

»Wären es nicht die Krieger Batistés gewesen, die uns angriffen.«

»Sieh es als Versehen. Immerhin zeigt mein Lord Bereitschaft zur Wiedergutmachung,. Demnach hast du nichts zu befürchten.« Joshua näherte sich Chris mit einer Infektionseinheit und beugte sich über seinen Arm. Dabei brachte er die Lippen nahe an Chris' Ohr. »Andererseits ist Lord Batisté sich stets über sein Handeln im Klaren. Täuschungen durchschaut er schnell. Es wäre also ratsam, sich dicht an die Wahrheit zu halten.«

Chris zog den Atem ein. Versuchte der Mann ihn zu warnen?

»Ich verabreiche dir nun ein Stärkungsmittel«, fuhr der Arzt fort, wobei er sich aufrichtete. »In weniger als vier Stunden wirst du meinen Lord treffen. Bis dahin wird dich ein biogeneratives Feld umgeben, das das Wachstum der Körperzellen beschleunigen und deine Wunden schließen wird. Dazu ist es nötig, still zu liegen. Du wirst schlafen, weiter nichts. Es ist in deinem Sinne, bei dem Treffen einen guten Eindruck zu machen.«

»Es ist mir egal, was ich für einen Eindruck ...« Das Sprechen fiel Chris mit einem Mal viel zu schwer. Er versuchte, die Augen offen zu halten, verlor diesen Kampf aber binnen Minuten. Das Letzte, was er hörte, waren die gemurmelten Worte des Arztes.

»Egal was du tust, lass ihn nicht merken, dass dir etwas oder jemand wichtig ist. Er wird es gegen dich verwenden und dabei keine Rücksicht kennen.«

Vergangenheit: 02. November 336: Clanbasis Batisté – Speisesaal 11:59 Uhr

Chris wusste nicht, was genau er erwartet hatte. Sicher nicht das Bild, das sich ihm nun bot. Inmitten des von sanftem Licht erhellten Raumes stand eine festlich gedeckte Tafel. Obwohl es erst Mittag war, fehlten weder das üppige Blumenbouquet noch die brennenden Kerzen in den antiken Kandelabern.

Ein Stoß in den Rücken von einem der beiden Krieger, die ihn flankierten, trieb ihn weiter vorwärts. Joshua hatte ihn in einen rollbaren Biostuhl drängen wollen, doch Chris hatte abgelehnt. Wenn er dem Mann gegenübertrat, der die Ermordung seiner Eltern und seines Bruders zu verantworten hatte, wollte er es auf seinen eigenen Beinen stehend tun. So ignorierte er das schmerzhafte Stechen, das ihm bei jedem Schritt durchs Bein schnitt und näherte sich dem Tisch.

Batisté saß scheinbar entspannt an der Stirnseite und sah ihm gelassen entgegen. Sein Lächeln täuschte nicht über die Kälte in seinen Augen hinweg. Ein Blick, der sämtliche Alarmsirenen in Chris dazu brachten anzuschlagen. Das ganze Szenario war so falsch, wie es nur sein konnte. Für einen winzigen Moment spielte er mit dem Gedanken den Clanführer anzugreifen, verwarf ihn aber sofort. Wahrscheinlich wäre es ihm gelungen Batisté zu verletzen, vielleicht sogar zu töten. Was ihn abhielt, waren nicht die Krieger, die im Raum positioniert waren, sondern Larissa, die bleich in unmittelbarer Reichweite Batistés saß.

Chris sah ihr an, dass sie ebenfalls nicht wusste, was sie von der Situation halten sollte. Sie wirkte unverletzt, darüber hinaus wie zu einer Inszenierung zurechtgemacht. Sie trug ein weißes, auf einer Seite schulterfreies Kleid, das auf der linken Seite nur von einer silbernen Spange zusammengehalten wurde. Ihr Haar floss in einer Kaskade kleiner Locken ebenfalls über ihre linke Schulter. Es war ihre Haltung, die Chris alarmierte. Er bemerkte das Beben ihrer Muskeln sogar von seinem Standort aus, so angespannt war ihr Körper. Sie sah ihn an, doch gleichzeitig schien ihr Blick durch ihn hindurch zu gehen. Erst jetzt erkannte er den Ausdruck auf ihrem Gesicht. Es war keine Angst, es war mehr. Ihr fehlte jegliche Entschlossenheit. Ihre Tapferkeit, ihre Willensstärke, all das, was sie ausgemacht und was er an ihr bewundert hatte, schien erloschen.

Chris musste all seine Beherrschung aufbieten, um weiterhin eine gleichgültige Fassade aufrecht zu erhalten. Er wollte zu Larissa, wollte sie halten, ihr versichern, dass alles in Ordnung kommen würde, auch wenn das eine Lüge war. Doch er blieb wie erstarrt stehen. Was nicht an den erhobenen Waffen der Krieger lag, die nun auf ihn zielten. Er war schlicht unfähig, zu reagieren.

»Bitte, setz dich, damit wir uns unterhalten können.« Batisté wirkte amüsiert, blieb aber unverändert freundlich.

»Unterhalten?« Chris zwang sich, seine Miene ebenso reglos zu lassen wie seine Glieder »Erklärt Ihr mir dabei, was für ein abnormes Spiel das hier ist?«

»Bitte«, wiederholte der Clanführer ruhig. »Erweise uns die Ehre. Ich hörte, deine Verletzungen sind noch nicht gänzlich verheilt. Es wäre eine Verschwendung, müsste ich meine Wachen anweisen, dir behilflich zu sein.«

Ein rüder Stoß mit dem Lauf des Gewehrs von dem Mann hinter Chris bekräftigte die Worte. Mit steifen Schritten ging er zum Tisch und ließ sich auf den Stuhl gegenüber von Larissa nieder. Das Gefühl der Hilflosigkeit und die Unwissenheit darüber, was Batisté im Schilde führte, sandte ihm ein unangenehmes Kribbeln durch den Leib.

»Sagt Ihr mir nun, was Ihr mit dieser Darbietung bezweckt?« Obwohl Chris Batisté ansprach, huschte sein Blick zu Larissa.

»Eine Darbietung?« Der kultivierte Klang in Batistés Stimme trieb Chris die Galle hoch. »Das Einnehmen einer gemeinsamen Mahlzeit dient dem Zweck des besseren gegenseitigen Kennenlernens. Es handelt sich um eine jahrhundertelange Tradition und gehört zu den grundlegenden Formen der Höflichkeit.«

»Nichts von dem, was über Euch gesagt wird, hat auch nur entfernt mit Höflichkeit zu tun.«

»Beurteilt Ihr einen Menschen stets nach dem, was andere über ihn sagen? Liegt Unhöflichkeit nicht darin, etwas als Tatsache zu verbreiten, von dem man nicht weiß, ob es der Wahrheit entspricht?«

»Es heißt, Ihr fändet Freude daran, Eure Gefangenen zu misshandeln.«

»Ein Gerücht, das der Wahrheit entspricht«, stieß Larissa hervor.

Batisté hob eine Braue. »Weil ich kennzeichne, was mir gehört?«

Das Ziehen in Chris Magen verstärkte sich. Er wusste, er wagte viel, als er fragte: »Was hat er getan?«

Larissa öffnete den Mund, doch bevor sie auch nur eine Silbe hervorbringen konnte, legte der Clanführer ihr die Hand auf den Arm. Die Berührung hatte nichts bedrohliches, dennoch erbleichte sie.

»Schweig«, befahl Batisté ihr. »Es sei denn, du willst für die Folgen deiner Worte verantwortlich sein.«

»Ihr sprecht von Höflichkeit und stoßt im selben Atemzug Drohungen gegen eine Frau aus?« Es gelang Chris seine Stimme ruhig zu halten, obwohl Zorn in ihm brodelte.

Das Lächeln mit dem Batisté sich ihm wieder zuwandte war kühl.

»Die Warnung galt nicht ihr. Ich empfehle dir, dich zu stärken, bevor du solche Fragen stellst. Möglicherweise werden dir die Antworten nicht gefallen.«

Batisté machte eine Geste mit der Hand, worauf ein wahrer Riese von einem Mann erschien.

Die Suppenschale in seinen Pranken wirkte grotesk. Dessen ungeachtet waren die Bewegungen, mit denen der Mann die Fleischbrühe servierte, elegant und sicher.

»Esst!«, befahl der Clanführer. »Ich machte mir nicht die Mühe deine Gesundheit wiederherstellen zu lassen, damit du mir das Mahl verdirbst. Sicher hast du Verständnis dafür, dass ich dir nur einen Löffel vorlegen ließ.«

Chris Hand legte sich um sein angeblich so harmloses Besteck. Auch damit wäre er imstande, jemanden zu töten. Eine schnelle Bewegung mochte ausreichen.

»Versuch es gar nicht erst.« Batisté schien seine Gedanken zu lesen. »Meine Männer würden dich töten, noch bevor du deinen Platz verlassen hast.«

»Gift wirkt ebenso tödlich.«

»Ihr traut mir nicht? Dafür habe ich Verständnis. Aber glaub mir, Gift gehört nicht zu den Methoden, die ich bevorzuge. Mein Arzt verriet mir im Übrigen, du bist nicht mit einem GD-Blocker ausgestattet. Eine Nachlässigkeit, wie ich finde.«

Chris erstarrte.

»Oh nein«, Batisté lachte leise. »Natürlich ist kein Wahrheitsserum in der Suppe. Ich halte mich für einen Gourmet, nicht für einen Verschwender solch vorzüglich zubereiteter Speisen. Das Serum war in dem Wasser, das Euch mein Arzt einflößte. Also, unterhalten wir uns.«

Batisté war gekommen, als Larissa schlief.

Sie hatte dem Verlangen nach einer Dusche nicht widerstehen können, nachdem der Krieger sie zu einem schlichten Zimmer geleitet hatte, das er als 'Gästeunterkunft' bezeichnete. Danach fühlte sie sich tatsächlich ein wenig besser. Auch wenn das erste Zusammentreffen mit dem Clanführer sie verunsichert hatte, konnte sie ihm im Grunde nichts vorwerfen. Sicher, sein Benehmen hatte sie beunruhigt, doch sie war vertraut genug mit dem Gebaren mächtiger Männer, um zu wissen, vieles diente lediglich der Einschüchterung.

Dennoch, Batisté hatte etwas an sich, was ihn von anderen Clanführern unterschied.

Sie konnte nicht genau sagen, was es war. Nicht Arroganz, nicht das Aufblitzen von Grausamkeit in seinen Augen oder die unterschwellige Drohung in seinen Worten. Solch ein Benehmen kannte sie auch von Gari. Doch bei ihm hatte es sie niemals derart beunruhigt. Batisté jedoch … Er wirkte nicht wie ein Mann, der Drohungen nur der Einschüchterung wegen ausstieß.

Trotz ihrer Erschöpfung hätte Larissa geschworen, nicht zu Ruhe kommen zu können. Dass sie eingeschlafen war, erschien ihr im Nachhinein unerklärlich. Letztendlich spielte es keine Rolle. Es hätte keine Möglichkeit gegeben, um zu verhindern, wie Lord Batisté ihr sein Zeichen in die Haut brannte.

Sie war erwacht, als ihr die Arme gewaltsam auf den Rücken gedreht wurden und sich ein Knie hart gegen ihre Wirbelsäule drückte. Sie spürte ein Gewicht auf sich, das sie in die Matratze drückte und ihr den Atem nahm. So war sie im ersten Augenblick nicht fähig, zu schreien. Auch den Gedanken an Gegenwehr vergaß sie sofort, als sie in den Lauf eines Blastergewehres blickte. Kaltes Metall wurde ihr um die Handgelenke gelegt, fixierte ihre Hände hinter dem Rücken. Warmer Atem streifte ihr Ohr, als Batisté drohte, was er Chris antun würde, sollte sie sich dem Clanführer nicht in jeder Hinsicht unterwerfen.

Sie hatte geglaubt, er würde sie vergewaltigen und verstand nicht, warum gerade sie, bei all den Möglichkeiten, die Batisté hatte. Aber sie war entschlossen, es zu ertragen, solange sie Chris dadurch schützen konnte.

So unterließ sie jegliche Gegenwehr und schloss die Augen, in dem Versuch, zumindest psychisch zu entkommen. Erst als sie dir Hitze spürte, wurde ihr klar, es ging nicht um Sex.

Sie biss sich die Lippen blutig, verbot sich jeden Laut, obwohl ihr der kalte Schweiß auf die Stirn trat. Grausam fraß sich das Metall in ihre Haut.

Stolz bedeutete nichts in dem Moment. So schrie sie schließlich doch, aller Entschlossenheit zum Trotz. So lange, bis gnädige Schwärze ihr den Schmerz nahm.

Seitdem befand sie sich in einem Zustand zwischen Wachen und Träumen. Vielleicht war es der Schock, vielleicht eine Droge. Sie konnte es nicht sagen und es war auch nicht wichtig.

Sie atmete, bewegte sich, sprach, wenn Batisté das Wort an sie richtete. Sie spürte den Schmerz an ihrer Schulter, doch er betraf sie nicht. Es durfte nicht der ihre sein, denn das würde bedeuten, die Demütigung wäre wahrhaftig geschehen.

So befolgte sie die Anweisung, sich anzukleiden, ließ sich von einem schüchtern wirkenden Mädchen frisieren und zurechtmachen und folgte schließlich der Aufforderung des Clanführers, ihn zu diesem geschmacklosen Arrangement zu begleiten, dass er Diner nannte.

Selbst als Chris in den Raum geführt wurde, konnte sie die Starre, die sie umklammert hielt, nicht durchbrechen. Sie spürte lediglich einen Anflug von Erleichterung, ihn unversehrt zu sehen, doch sie wagte es nicht, ihm das zu zeigen. Zu groß war die Furcht, Batiste könne es bemerken.

Als ob es etwas ändern würde, schalt sie sich. *Er weiß längst, was du für Chris empfindest. Du hast aufgegeben, als er dir drohte, ihm etwas anzutun. Deutlicher hättest du es ihm nicht verraten können. Wie töricht ist es, durch Chris' bloße Anwesenheit Hoffnung zu schöpfen?*

Dennoch war es tröstlich, ihn zu sehen. Genug, um es zu wagen, dem Clanführer zu trotzen.

Batisté benötigte nur einen Satz, um dieses Aufflackern von Trotz zu beenden. Einen weiteren, um Larissa die Hoffnung zu nehmen. Ein Wahrheitsserum!

Sie beobachtete, wie jegliches Leben aus Chris' Augen schwand. Wusste, er versuchte seine Emotionen zu verbergen, versuchte zu schützen, was er nicht schützen konnte.

Nein, dachte sie. *Oh bitte nein. Tania, Irehna, Kaya ... War es Chris gelungen sie in Sicherheit zu bringen? Oder werden sie alle in Gefahr geraten, nur weil ich Lance nicht opfern konnte? Hatte er die Flucht überlebt? Oder habe ich alles riskiert, alles verloren für Nichts?*

»Mir war bisher nicht bewusst, über welch herausragende Krieger der Clan Hiereon verfügt«, drang Batistés Stimme durch den Nebel der Furcht, der ihre Gedanken lähmte. »Sag mir, wie lange dienst du dem Clan bereits?«

Chris' Augen weiteten sich.

»Ihr dürft ihn nicht befragen! Er dient einem anderen Clan. Es ist Eure Pflicht, ihn an seinen Herren zu übergeben.« Bei den letzten Worten brach Larissas Stimme. Wenn es ihr gelänge, dieses Verhör zu verhindern, könnte sie diejenigen retten, die sie lieben gelernt hatte.

Möglicherweise konnte sie die Auslieferung an den Hiereon-Clan erwirken.

Sicher wäre das ebenso ihr Untergang wie der von Chris, aber es würde schnell gehen. Lord Hiereon neigte nicht zu Grausamkeit, so wie es Batisté tat. Also bezwang Larissa ihre Furcht. Selbst als Batisté sich nun ihr zuwandte.

»Bis vor einer Minute war ich überzeugt, du würdest der Oberschicht angehören«, zischte er. »Doch Frauen dieser Schicht kennen ihre Grenzen. Sie mischen sich nicht unaufgefordert in ein Gespräch ein. Ich dachte, ich hätte deutlich gemacht, wie du dich zu verhalten hast! Muss ich diese Lektion auffrischen?«

Larissa brachte ein bitteres Lachen zustande, obwohl die Furcht ihr die Luft aus den Lungen presste. »Frauen der Oberschicht werden üblicherweise auch nicht wie eine Ware gekennzeichnet. Erst recht nicht, wenn sie einem anderen Clan angehören.«

»Du gibst es also zu, Larissa *McNeal*?«

»Ihr Name ist McIngless, nicht McNeal.«

»Nicht!« Der Schmerz, der ihr bei Chris Worten durch die Brust fuhr, war messerscharf.

Er sah sie an, die Lippen zu einem sanften Lächeln verzogen, der Blick leerer noch als zuvor.

»Ist dir die Betonung aufgefallen, mit der er deinen falschen Namen aussprach, Larissa? Er weiß mehr als er preisgibt. Besser, er erfährt es auf diese Art, als auf eine andere.«

Batisté hob spöttisch eine Braue. »Ach«, machte er. »Denkst du das? Um einer anderen Art der Befragung zu entgehen, musst du mir schon mehr bieten.«

»Ihr Vater ist der persönliche Berater des Clanführers Hiereon.«

»Was der einzige Grund ist, weshalb ich euch beide noch nicht getötet habe.« Erneut wandte Batisté sich an Larissa. »Was hast du mir über dich zu erzählen?«

Larissa biss sich auf die Lippen. »Viel mehr gibt es nicht.«

»Tatsächlich nicht? Du bist vierundzwanzig Jahre alt, studiertest Medizin, verlobtest dich mit dem Neffen Lord Hiereons und verschwandst einen Tag später spurlos.«

»Ihr wisst …«

»Selbstverständlich. Ich bin über alles und jeden in meiner Basis genauestens informiert.«

»Warum dann das alles?«

Batisté zuckte mit den Schultern. »Ich wollte es von dir hören. Des Weiteren ist *Alles* ein großes Wort. Was hast du mir über deinen Begleiter zu sagen?«

»Lasst sie in Frieden«, mischte Chris sich ein. »Ihr könnt Eure Fragen ebenso an mich richten.«

Mit einer Bewegung, die zu schnell war, um sie richtig zu sehen, fuhr Batisté zu ihm herum. Er griff nach Chris' Hand und presste sie auf den Tisch. Die Waffe, die ihm gegen die Schläfe gedrückt wurde, hinderte Chris daran, sich zu verteidigen.

»Ich will es von *ihr* hören«, zischte Batisté. »Du wärst gut beraten, würdest du lernen, zu schweigen. Es sei denn, ich richte das Wort an dich.« Er griff nach dem Messer neben seinem Teller.

Ein Schrei baute sich in Larissa auf, als sie die Absicht des Clanführers erkannte.

Doch bevor sie reagieren konnte, legte ihr einer von Batistés Männern die Hände auf die Schultern und hielt sie so auf ihrem Stuhl. Hilflos sah sie zu, wie der Clanführer Chris die Klinge durch die Hand rammte.

Chris brüllte, seine freie Hand zuckte nach dem Griff und wurde von Batisté abgefangen.

»Fass es an und ich jage dir ein Zweites durch deine andere Hand. Nicke, wenn du begriffen hast!«

Zischend zog Chris die Luft ein, er war kreidebleich. Schweißtropfen sammelten sich auf seiner Stirn und rannen ihm die Schläfen hinab.

»Bitte!«, flehte Larissa. Tränen liefen ihr über die Wange, ohne dass sie sie zurückhalten konnte. »Tu, was er sagt.«

Chris sah sie an, die Lippen fest zusammengepresst. Der Moment, bis er endlich nickte, kam ihr endlos vor.

Batisté ließ ihn los, strich sich seine Kleidung glatt und setzte sich.

»Also«, wandte er sich mit ruhiger Stimme an Larissa. »Was hast du mir über ihn zu berichten? Doch bevor du beginnst, trink einen Schluck. Du wirkst etwas aufgewühlt. Ich hoffe, du hast deinen Magen unter Kontrolle. Es wäre schade, würdest du die Herrschaft darüber verlieren. Ich möchte dich nicht zwingen müssen, deinen Teller dennoch zu leeren.«

Larissa schluckte mehrmals. Nicht nur, um die Übelkeit zurückzudrängen, sondern auch, um Zeit zu gewinnen.

Denk nach, schrie es in ihr. *Was weiß er? Wie viel kann er wissen?*

»Sein Name ist Chris, Christopher Bishop«, sagte sie zögernd. »Wir studierten gemeinsam.«

»Und?«

Larissa zuckte hilflos die Schultern und schwieg.

Daraufhin wandte Batisté sich fast gemächlich Chris zu. Hart riss er dessen Kopf an den Haaren nach oben. Die Hand des Clanführers ballte sich langsam zur Faust.

»Was wollt Ihr denn noch hören?«, schrie Larissa. »Wir haben uns auf der Uni kennengelernt. Ich hatte nie die Absicht, Gari zu heiraten. Also hat Chris mir geholfen, zu flie...«

»Falsche Antwort«, unterbrach Batisté.

»Das ist die Wahrheit!«

»Jetzt, wo du die Konsequenzen einer Lüge kennst, sollte man das annehmen, nicht wahr. Nur leider bist du unglaubwürdig. Während dein Freund dir geholfen hat, deiner Heirat zu entgehen, hat er nebenbei gelernt, wie eine Ein-Mann-Armee zu kämpfen? Folgerichtig war es Zufall, dass fremde Kampfgleiter erschienen, denen ich die Vernichtung zweier Kompanien meiner Krieger verdanke. Verkauf mich nicht für dumm. Glaubst du, ich hätte keine Ahnung von dem Rebellennest in den Quan-Bergen? Was weißt *du* über sie?«

»Nichts!" Larissa schluchzte auf.

Aus, es war alles aus. Kaya, Irehna, Kyle und all die anderen. Batisté würde sie vernichten. Schlimmer noch, sie erneut versklaven. Weder Kaya noch Irehna würden das erneut überstehen. Sie suchte Chris' Blick. *Es tut mir leid, so leid.*

Ohne sie und ihren Wunsch, Lance zu befreien, wäre nichts hiervon passiert.

Sie hoffte, er würde verstehen, würde wissen, es blieb ihr keine Wahl, außer zu schweigen.

Er hob den Kopf und sah Batisté an. »Larissa weiß von nichts! Weder über die Rebellen, noch über mich.«

Der Clanführer musterte ihn kalt. »Hast du deine Lektion noch immer nicht gelernt?«

»Ihr wisst doch bereits alles. Dass ich wegen Aufwiegelung des Volkes gesucht werde, ebenso von meiner Anklage wegen Hochverrates. Ich musste untertauchen! Larissas Probleme kamen mir gerade recht. Es war nicht geplant, dass sie sich in mich verliebt, aber es war hilfreich. Ich wollte in die Berge, um mich den Rebellen anzuschließen. Larissa wäre meine Eintrittskarte gewesen. Also brachte ich das Fahrzeug, mit dem sie flüchtete, ins Gebirge und wartete auf die Kontaktaufnahme. Doch die erfolgte nie.«

»Eine ebenso rührende wie unglaubwürdige Geschichte.«

»Was wollt Ihr hören? Dass ich zu dieser Rebellenallianz gehöre? Ich wünschte, es wäre so! Dann würde ich mich jetzt nicht in Eurer Gewalt befinden, sondern wäre in Sicherheit. Ihr habt mir ein Wahrheitsserum einflößen lassen! Ich kann Euch also nicht belügen! Wenn Euch diese Farce Freude bereitet – Gut. Aber dann hört auf, uns vorzuspielen, dass Ihr nicht an der Wahrheit interessiert, wäret!«

Larissas Herzschlag setzte einen Schlag aus, während sie Chris zuhörte. Sie verstand nicht, wie er lügen konnte. Aber sein Bluff war so gewagt, dass Batisté gar nicht darauf hereinfallen konnte. Was er auch nicht tat.

»Eventuell *war* es so«, sagte der Clanführer nachdenklich. »Nur erklärt das nicht, wie du an die Uniform eines
Kriegers des Hiereon-Clans gekommen bist.« Er gab
seinen Männern einen Wink. »Schafft ihn mir aus den
Augen und bereitet ihn auf eine gründliche Befragung
vor. Sagt Joshua, er soll seine Blutwerte überprüfen und
ihm, wenn nötig, eine weitere Dosis des Serums verabreichen«, befahl er, bevor er sich Larissa zuwandte. »In
der Zeit werden wir unsere Unterhaltung fortführen,
ohne dass dein Freund zuhört. Finden wir heraus, wie
sich eure Aussagen decken werden. Zuvor begrüße mit
mir den künftigen Lord des Hiereon-Clans.«

Kapitel 7

Vergangenheit 02. November 336: Rebellenbasis Quan-Berge 6:08 Uhr

Die Tür des Konferenzraumes – der bis vor zwei Nächten noch Chris' Zimmer gewesen war – etwas, worüber Dave absolut *nicht* nachdenken wollte – stand offen. Ein deutliches Zeichen, dass nur auf seine Ankunft gewartet wurde.

Alle anderen hatten sich schon um den großen Tisch versammelt. Shawn, der bereits dabei gewesen war, als Chris' Bruder Larn diese Basis vor über zehn Jahren wiederbelebt und zu einem Stützpunkt der Rebellen gemacht hatte, starrte missmutig auf die Karte an der Wand. Alle elf Clans waren dort mitsamt ihrer Grenzen und Hauptstädte aufgezeichnet.

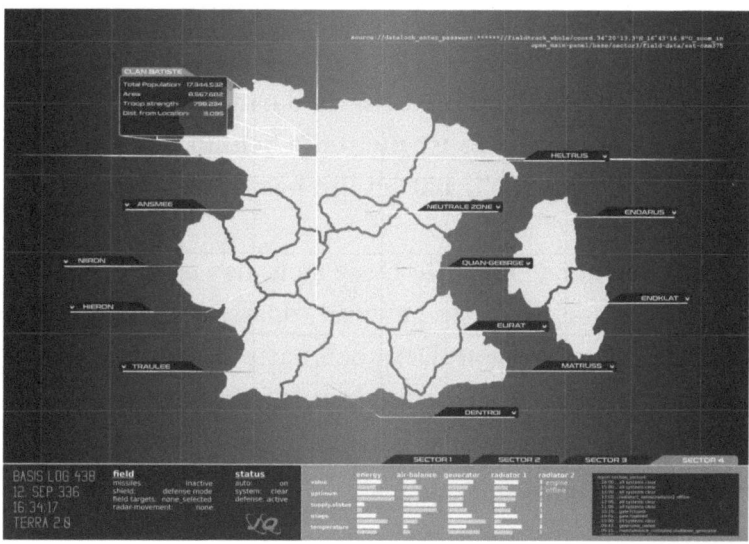

Doch es gab nur einen, für den Dave sich interessierte. Batisté!

Er ließ Lance erneut den Vortritt und war nicht überrascht, als Shawn den Krieger feindselig musterte.

»Du willst ihn also wirklich dabei haben?«

Dave unterdrückte ein Seufzen. »Das hatten wir längst, Shawn. Wir haben beschlossen, dass er hilfreich sein könnte.«

»Falsch, *du* hast das entschieden. Ich bin nach wie vor dagegen. Wir sollten uns besser um die Evakuierung kümmern.«

»Sie wurde aus gutem Grund gestoppt.«

»Nur weil sich die Oberschichtsprinzessin als vertrauenswürdig erwiesen hat, ist die Gefahr noch nicht gebannt.«

»Pass auf, was du sagst«, knurrte Lance.

»Oder was?« Shawns zerknittertes Gesicht verzerrte sich, die stahlblauen Augen blitzten. »Durch deine Befreiung hat sich alles noch weiter verschlimmert.«

»Es reicht, Shawn!« Dave erhob nicht einmal die Stimme, aber es lag eine Schärfe darin, die den Älteren verstummen ließ. »Es ist nicht die Schuld des Kriegers, sondern Rayens! Wir hätten ihn besser im Auge behalten müssen.«

Noch immer verfluchte Dave sich, das nicht getan zu haben. Sicher, er hatte gewusst, dass Rayen ein missgünstiger Bastard war. Dennoch hatte Dave nicht damit gerechnet, dass er so weit gehen würde, sie alle zu verraten. Erst nach seiner Rückkehr hatte er vom Verschwinden Rayens erfahren.

Der Mann hatte kurz nach Larissas Aufbruch aus der Basis ein Hoover-Bike gestohlen. Man musste kein Genie sein, um den Überfall des Batisté-Clans auf das Westviertel Makaohs mit diesem Verschwinden in Zusammenhang zu bringen. Einzig die Frage, ob Rayen sie an den Clan Hiereon oder Batisté verraten, und wie viel Informationen er preisgegeben hatte, war ungeklärt.

»Genau deshalb müssen wir schneller evakuieren!« Shawn ließ nicht locker. »Jeden Moment könnten die Clans hier erscheinen! Und alles, was du tust, ist nach einer Möglichkeit zu suchen, zwei Menschen zu retten, die höchstwahrscheinlich bereits tot sind. Kümmere dich um die Lebenden!«

»Was glaubst du was ich tue? Aber wir können nicht eine solche Anzahl von Menschen auf einmal in die umliegenden Städte bringen! Es gehen immer nur kleine Gruppen, sonst fallen sie auf. Die meisten wollen die Basis nicht verlassen. Solange kein Angriff erfolgt, fühlen sie hier sicherer als draußen. Für den Moment haben wir getan, was möglich war! Ebene 4 liegt zwanzig Meter unter der Erde. Selbst der Beschuss von Blasterkanonen reicht nicht so tief. Der Aufzug und die Treppen wurden inzwischen vermint. Selbst bei einem direkten Angriff werden die Clankrieger nicht schnell genug in die untere Ebene vordringen können. Die Zugänge sind leicht zu verteidigen. Notfalls sprengen wir sie und verschaffen unseren Leuten so genug Zeit durch die Tunnel zu entkommen.«

»Wo sie leichte Beute für die Gleiter der Clans sein werden!«

»Die Tunnel enden an verschiedenen Standorten weit außerhalb der Berge.«

»Standorte, die Rayen ebenfalls verraten hat?«

»Er kannte sie nicht! Nur mir und Chris sind die Positionsdaten bekannt. »

»So wie es immer nur zwei Personen gibt, die die Namen und Standorte weiterer Widerstandsbasen kennen, ich weiß. Aber Chris ist nicht hier, Dave! Somit bist du der Einzige, der diese Daten kennt. Passiert dir etwas, stehen wir alle ohne Zuflucht da.«

»Hältst du mich für so dämlich? Ich gab diese Information bereits weiter.«

»Nicht an mich! Es ist üblich, dass der Befehlshaber und sein Stellvertreter diese Daten kennen.«

»Richtig. Nur bist du kein Stellvertreter. Nicht, solange Chris noch lebt!«

»Batisté hat ihn! Er ist so gut wie tot!«

»Das wissen wir nicht!«

»Deine Loyalität in allen Ehren, aber damit gefährdest du uns alle.«

»Das reicht!« Lances Stimme war laut genug, den Streit zu unterbrechen. Er trat auf Dave zu. »Nimm mir diese Fesseln ab.«

»Steht da 'Idiot' auf meiner Stirn?«

»Nein, aber an der Tür sollte 'Zentrale für Kompetenzgerangel' stehen. Ich höre mir diesen Dreck nicht länger an. Es ist mir scheißegal, wer hier das Sagen hat. Genau genommen ist mir jeder Einzelne von euch hier gleichgültig. Meine Aufgabe ist es, Larissa zu finden. So wie es sich anhört, sind meine Chancen ohne euch größer als mit euch.«

174

»Wir verfolgen dasselbe Ziel, Cooper.«

Shawn schnaubte. »Du hoffst auf Unmögliches!«

»Noch ein Wort in diese Richtung, Shawn, und du kannst gehen. Ist mir verdammt noch mal egal, ob du für die Sprengfallen verantwortlich bist. Ich lasse Chris nicht im Stich.«

»Weil du Larn nicht retten konntest?«

Dave ballte die Fäuste. War es so? Wollte er nicht aufgeben, weil er es nicht ertrug, seine beiden besten Freunde zu verlieren? »Für Larn habe ich nichts tun können«, gab er zu. »Aber inzwischen hat sich einiges geändert. Wir haben ihn.« Er wies auf Kyle, der sich bisher im Hintergrund gehalten hatte.

»Er diente dem Clan Batisté. Und? Das hilft uns nicht.«

»Es ist eine Chance.«

»Es ist Wahnsinn, auf Clankrieger zu vertrauen!«

»Ehemalige Clankrieger«, warf Kyle ein.

»Das ändert gar nichts.« Shawn war offensichtlich nicht bereit, auch nur einen Deut von seiner Meinung abzuweichen.

Kyle ließ sich nicht aus der Ruhe bringen. »In dieser Basis befindet sich eine Frau, der seit Jahren meine Loyalität gilt.«

Shawn verzog die Lippen zu einem verächtlichen Grinsen. »Deshalb hast du tatenlos zugesehen, wie sie gezwungen wurde, sich für die Clans zu prostituieren?«

Kyle spannte sich. »Ich sah zu, weil ich keine andere Wahl hatte. Nun aber habe ich eine. Ich werde nichts tun, was diese Basis und somit Irehnas Sicherheit gefährdet.«

»Dann solltest du ihm«, Shawn wies auf Dave, »klarmachen, dass er evakuieren *muss*!«

Kyle wiegte den Kopf. »Ich kenne dich nicht näher. Dave hingegen stand mir hier vom ersten Augenblick zur Seite. Möglicherweise hast du recht, aber ich vertraue auf Dave. Ich mag erst seit zwei Monaten hier sein, doch ich glaube, es gibt einen Grund, warum Dave die Befehlsgewalt hat und kein anderer. Er wird wissen, was er tut.«

»Er riskiert das Leben Hunderter für zwei Personen, die sich in Batistés Gewalt befinden. Sie sind tot, selbst wenn sie noch atmen!«

»Lord Batisté tötet seine Gefangenen nicht sofort.«

»Nein, er *befragt* sie. Und wird somit alle Informationen bekommen, uns zu vernichten.«

»Vertraust du Chris so wenig?« Die Enttäuschung war Dave anzuhören.

»Ich würde ihm mein Leben anvertrauen. Aber auch der beste Mann kann einer Folter nur eine gewisse Zeit überstehen!«

»Wir haben eine Chance, ihn dort raus zu holen, Shawn. Wir sind es ihm schuldig, diese zu ergreifen! Kyle hat Informationen über den Batisté-Clan, und Lance ist vertraut mit den Vorgängen innerhalb eines Clanhaushaltes. Ich muss es wenigstens versuchen.«

»Gottverdammt, Dave.« Shawns Kiefer mahlten. »Sobald der erste Clangleiter in den Bergen auftaucht, räumen wir die Basis.«

Dave nickte ernst. »Du hast mein Wort darauf.«

Noch einmal holte Shawn tief Luft, dann nickte auch er. »Gut, wie ist dein Plan?«

Noch wagte Dave es nicht, sich seine Erleichterung anmerken zu lassen. Notfalls wäre er allein losgezogen, doch er durfte nicht verantwortungslos sein. Dazu stand zu viel auf dem Spiel. Larn hatte einen Grundsatz gehabt, der über alles ging, und Chris hatte ihn übernommen. Er lautete: *Wir sind nicht erpressbar. Niemals!* Bis vor knapp vierundzwanzig Stunden hatte Dave geglaubt, diesen Grundsatz ebenfalls zu teilen. Dass es ab und zu nötig war, einen Einzelnen zu opfern, um viele zu schützen.

Wie man sich doch täuschen konnte, dachte er bitter. *Die Wahrheit ist, du kannst Chris nicht im Stich lassen, ebenso wenig wie Larissa. Sie sind Familie. Die Einzige, die du noch hast.*

Dave schüttelte den Kopf, um diese Gedanken zu vertreiben. *Bleib fokussiert!* Er deutete auf die Karte der Clans.

»Batistés Clangebiet liegt im Norden des Kontinents. Direkt darunter das des Clans Ansmee. Aber Batistés Gebiet grenzt auch auf wenige Kilometer an den Hiereon-Clan, der sich östlich neben dem Gebiet Ansmees befindet. Dann kommt die neutrale Zone, bis das Gebiet Batistés an dieses Gebirge stößt. Im Westen der Clans Batisté und Ansmee befindet sich der große See. Was davon können wir uns zunutze machen?«, überlegte er laut.

»Die neutrale Zone auf keinen Fall«, warf Shawn ein. »Das sich dort befindende Ausbildungslager der Clankrieger ist ebenso geschützt wie der Abflughafen zum Zugang des Weltenratsitzes und der Urlaubsmetropole der Oberschicht. Ungesehen kämen wir nicht einmal an die Grenze der Zone.«

Dave nickte. Niemand war verrückt genug, einen Angriff in der neutralen Zone zu wagen. Gerüchten zufolge verfügte der Großherrscher über eine Waffe, die in der Lage war, jeden Punkt Terras anzugreifen und zu vernichten. Auszuprobieren, ob es der Wahrheit entsprach, hatte noch keiner gewagt.

»Der See wäre eine Möglichkeit. Doch nutzt es uns nichts, nur in das Gebiet Batistés zu gelangen. Außer den Kriegern, Abgesandten und Angehörigen der Oberschicht benötigt jeder andere eine Reiseerlaubnis, um sich auf fremdem Clangebiet aufhalten zu dürfen.«

»Die zu beschaffen ist einfach.«

»Schon, aber sie muss den Überprüfungen standhalten. Wir haben mehrere gute Replikationen. Es wäre nicht das erste Mal, dass wir uns auf Batistés Gebiet befinden. Die Hauptstadt haben wir bislang allerdings gemieden. Zu starke Kontrollen. In den kleineren Clans wie Hiereon, Ansmee, Eurat und Matruss war das Risiko, Verbindungspersonen in die Hauptstädte zu schmuggeln, ungleich geringer. Auch wenn wir Flüchtlinge lieber in den Gebieten der größeren Clans ansiedeln. Niron, Traulee, Heltrus, Matruss, Dentroi«, zählte Shawn auf.

»Wobei Dentroi und Traulee im Süden am sichersten für unsere Leute sind. Die Clanführer dort geben sich wenigstens den Anschein von gerechter Herrschaft. Der Heltrus–Clan im Osten ist nach dem Batistés der Schlimmste. Muss an der unmittelbaren Nachbarschaft liegen.«

Kyle sah auf. »Habt ihr Verbündete dort?«

Dave nickte knapp. Es gab Rebellen in jedem Clangebiet. Nur waren nicht alle bereit, sie zu unterstützen.
Bei Aufnahme von Flüchtlingen: ja. Aber nicht bei einem sinnlos anmutenden Befreiungsversuch.

»Die Führer der östlichen Widerstandsgruppen aus
Andarius, Endklat und Eurus unterstützen uns.«

»Was ist mit Ansmee und Heltrus? Sie grenzen direkt
an Batistés Gebiet.«

»Keine Rückmeldung bisher. Die Rebellen dort halten
sich stets bedeckt.«

»Was bringen uns diese ganzen Diskussionen?«, fuhr
Lance auf. »Wir müssen in den inneren Kreis der
Hauptstadt Batistés. Dort, wo die Oberschicht ihre
Wohnsitze hat. Von dort aus können wir uns eventuell
Zugang zu Batistés Clansitz verschaffen. Die Sicher-
heitszone kann am einfachsten mit einer Einladung zu
einer Audienz oder einem Empfang überwunden wer-
den. Könnt ihr so etwas beschaffen?«

Bevor Dave nicken konnte, ergriff Kyle das Wort.
»Lord Batisté hält sich nur unregelmäßig in seinem
Hauptsitz auf. Der dient eher repräsentativen Zwecken.
Der bevorzugte Aufenthaltsort seiner Lordschaft ist
sein Militärstützpunkt. Dort bringt er auch seine Ge-
fangenen hin.«

»Das wissen wir«, ergriff Dave wieder das Wort. »Was
wir nicht wissen, ist die genaue Position. Ich hoffte, du
kennst sie.«

Bedauernd schüttelte Kyle den Kopf. »Nur die besten
Krieger werden dort eingesetzt. Ich ...« Er zögerte und
senkte den Blick.

»Was?«

»Die Aufnahmeprüfung ist hart. Die Dinge, die dort von einem verlangt werden ...« Erneut schüttelte Kyle den Kopf. »Es gibt dort keinen Gedächtnisblocker. Wirst du dort eingesetzt, gibst du dein Gewissen vollständig ab. Ich konnte das nicht, also schied ich aus dem dafür vorgesehenen Training aus.«

»Aber du könntest theoretisch wieder aufgenommen werden?«

»Wenn man mir die Geschichte einer Gedächtnisstörung abkauft, die meine lange Abwesenheit erklärt? Ja.«

Dave legte ihm die Hand auf die Schulter. »Mir ist bewusst, wie gefährlich das ist. Ich würde selbst gehen, aber ...«

»Du wirst hier gebraucht.« Kyle verkniff sich nicht den Seitenblick auf Shawn. »Ich weiß.«

»Und mich brauchst du dann wofür?« Lance war es gelungen, die ganze Zeit regungslos zu bleiben und aufmerksam zuzuhören, was ihm Dave hoch anrechnete. Dennoch zögerte er nun eine Sekunde mit der Antwort.

»Larissa wurde offiziell nie aus der Oberschicht ausgestoßen«, begann er vorsichtig.

Lance nickte. »Und?«

»Demnach hat Antony Batisté eine Angehörige der Oberschicht eines anderen Clans in seiner Gewalt.«

»Er wird behaupten, sie ist zu ihrem eigenen Schutz bei ihm. Seine übliche Taktik.«

»Nur, dass er dieses Mal nicht damit durchkommen wird. Nicht, wenn ihr Vater auf ihre Herausgabe besteht. Die Frage ist, wird er das tun?«

»Damit lieferst du sie Gari aus!«

»Nicht, wenn sich der Großherrscher selbst einschaltet. Zerros *muss* endlich erfahren, was hier vorgeht! Indem Batisté Larissa entführte, hat er einen entscheidenden Fehler begangen. Was mit der Unterschicht passiert, mag dem Weltenrat gleichgültig sein. Doch das betrifft nicht die Belange der Oberschicht. Die Gesetze zum Schutz der einzelnen Clangrenzen sind eindeutig. Der Weltenrat achtet penibel darauf, dass diese eingehalten werden.«

»Und die Entführung der Tochter eines Adjutanten des Clanführers ist ein klarer Verstoß dagegen.« Lance nickte verstehend.

»Von uns wird niemand eine Audienz bei Zerros bekommen. Aber du könntest eine erwirken.«

»Ich bin ein verurteilter Verbrecher, schon vergessen?«

»Du bist ein Krieger des Clans. Ihr Leibwächter seit einem Jahrzehnt. Wen sonst außer ihrer Familie sollte er anhören?«

»Dann kontaktiere ihren Vater! Er hat wesentlich mehr Möglichkeiten.«

»Selbst dafür benötigen wir deine Hilfe. Wir könnten ein Treffen arrangieren. Aber ich kann dabei nicht für deine Sicherheit garantieren.«

»Sicherheit ist nichts als ein Wort. Eine Illusion, geschaffen, um die Bevölkerung zu beruhigen.«

»Dann wirst du Kontakt zu ihrem Vater aufnehmen?«

»Nein. Es dauert viel zu lange, eine Audienz beim Großherrscher zu bekommen, selbst für einen Adjutanten. Ich riskiere nicht …«

Weiter kam er nicht, denn im selben Moment stürzte ein kleiner Schatten auf ihn zu.

Lance knurrte, als ihn der Schwung des unerwarteten Angriffs aus dem Gleichgewicht brachte. Die Handfesseln behinderten ihn, so hob er das Bein zum Tritt, um sich den Angreifer vom Hals zu halten.

»Nein!« Der erschrockene Schrei ließ ihn im letzten Moment innehalten.

Eine zierliche Frau schob sich vor ihn, schützte den Angreifer, bei dem es sich um ein etwa sechsjähriges Kind handelte.

Kyle sprang auf, ebenso wie Dave.

Letzterer packte das tobende Kind, riss es in die Höhe und versuchte, es zu bändigen.

»Kaya, verdammt!«, grollte er. »Halt still oder ich schwöre, ich leg dich übers Knie.«

»Das wirst du nicht tun!«, keifte die junge Frau, die sich vor Lance geworfen hatte.

»Irehna!« Kyle trat zu ihr, fasste sie bei den Schultern und lenkte ihren Blick von Dave ab. »Du wolltest auf sie aufpassen.«

»Sie ist mir entwischt. Nachdem sie sah, dass *er* hier ist«, ein wütender Blick traf Lance, »schlich sie sich zum Aufzug. Sie hat die Türen blockiert, sodass ich ihr nicht folgen konnte und die Treppe nehmen musste. »

»Verflucht, Kaya!« Dave musste sich beherrschen die Kleine nicht zu schütteln. »Du weißt, die Aufzüge sind seit zwei Tagen vermint. Es ist gefährlich, sie zu benutzen.«

»Ist mir egal«, kreischte Kaya. »Lass mich los!«

Dave war so überrascht, dass er sie um ein Haar fallen gelassen hätte. Wie schon früher einmal hatte Kaya aufgehört zu sprechen, nachdem weder Chris noch Larissa in die Basis zurückgekehrt waren. Nun aber, außer sich vor Wut und Verzweiflung, schien sie ihr Schweigegelübde vergessen zu haben.

Daves Blick fiel auf ihre Hand. Besser gesagt auf den kleinen Gegenstand, den sie fest umklammert hielt. »Du wolltest einen Krieger mit einer Nagelfeile angreifen?«

Die Augen des Kindes blitzten wütend, obwohl Tränen darin schimmerten. »Ich habe keine andere Waffe.«

»Aus gutem Grund, wie sich gerade zeigt. Hast du den Verstand verloren?«

»Er ist schuld, dass sie weg ist. Sie ist gegangen, um ihm zu helfen! Und nun weigert er sich, dasselbe für sie zu tun!« Anklagend wies Kaya auf Lance.

»Du hast gelauscht!« Dave fiel es schwer, ihr böse zu sein. Nun, nachdem sie gebändigt schien, hing sie so schlaff in seinen Armen, als hätte sich jeder ihrer Knochen aufgelöst. Einzig in ihrem Blick schien noch Leben.

»Das da drüben war mein Zimmer.« Sie wies mit dem Kopf auf die Tür an der Stirnseite der Wand. »Chris hat gesagt, es gehört mir. Aber er hat gelogen. Wie Larissa. Sie haben gesagt, sie kommen zurück!«

»Kaya …« Irehna streckte die Arme nach dem Mädchen aus.

»Nein!«, schluchzte das Kind. »Lass mich. Ich will nicht, dass du mich anfasst.«

Dave seufzte und setzte sie ab. Allerdings hielt er nach wie vor ihre Schultern umklammert. Fest genug, dass sie ihm nicht erneut entwischen konnte, aber nicht so stark, ihr wehzutun.

»Das setzt voraus, dass du dich an deine Manieren erinnerst. Du kannst nicht einfach auf andere losgehen.«

Kaya zog die Unterlippe zwischen die Zähne. »Er will nicht helfen«, klagte sie erneut. »Dabei ging Larissa wegen ihm.«

Lance näherte sich ihr vorsichtig. »Du magst Larissa sehr, nicht wahr?«, fragte er behutsam und ging vor Kaya in die Hocke.

»Und wenn?«

»Zumindest hast du eine Menge Zeit mit ihr verbracht, wie es scheint. Sie war genauso wild, genauso entschlossen wie du es bist, als sie jünger war und glaubte, um Gerechtigkeit kämpfen zu müssen. Nichts konnte sie aufhalten. Nicht ihr Vater, nicht ihre Großmutter. Und die ist wirklich ein Drache.«

»Wenn du sie so gut kennst, warum willst du ihr dann nicht helfen?« Kayas Atem ging schnell, aber es gelang ihr, nicht zu schluchzen. Noch immer schwammen Tränen in ihren Augen, die sie nicht zu über den Rand treten ließ.

»Ich sagte nicht, dass ich ihr nicht helfen will. Nur ... ich fürchte mich davor, zu viel Zeit zu verlieren.«

»Das ist nichts, was ein Kind tröstet«, zischte Irehna.

Lance sah nicht auf. »Ich werde dir keine Hoffnungen machen, solange ich nicht sicher bin, sie erfüllen zu können. Ich kann dir nur versprechen, alles zu tun, was mir möglich ist, um Larissa zu helfen.«

Kaya nagte an ihrer Unterlippe. »Dave sagt, es hilft ihr, wenn du mit ihrem Dad redest.«

Lance fuhr sich seufzend über das kurzgeschorene Haar.

Dave erkannte seinen Zwiespalt.

»Es ist nicht so, als würdest du nichts tun. Im Gegenteil, du hast Verbindungen, an die wir niemals herankommen würden. Außer dir kann das niemand tun.«

»Verbindungen?« Nun sah Lance doch auf. »Wir reden hier nicht nur über Larissas Vater, oder?«

Der Mann war so klug, wie Dave sich erhofft hatte. Nun musste er nur noch zustimmen. Auch wenn er sich wie eine linke Ratte vorkam, war er jetzt doch froh über Kayas Anwesenheit. Für einen Clankrieger hatte Cooper einen bemerkenswert weichen Kern.

»Die Krieger innerhalb des Clansitzes müssen sich ebenfalls keiner Gedächtnisblockade unterziehen, nicht wahr? Eventuell stehen einige von ihnen nicht so loyal hinter den Clans, wie sie vorgeben?«

Lances Augen weiteten sich. »Du redest hier von Anstiftung zum Hochverrat.«

»Ich rede von Hilfe für meine Freunde. Das nächste Mal könnte es sie treffen.« Mit dem Kinn deutete er auf Irehna. »Oder sie.« Er schob Kaya ein winziges Stück weiter auf Lance zu. »Unter Umständen kennst du jemanden, der jemanden kennt ...«

»Warum jetzt? Die Existenz von Widerstandsbewegungen wie der euren ist ein offenes Geheimnis. Doch noch nie hat es jemand von euch gewagt, sich an die Krieger zu wenden.«

»Du, Kyle, andere, die sich dem Widerstand anschlossen, sind der Beweis für die Unzufriedenheit, die auch unter den Kriegern herrscht. Bislang war Krieg nur eine Möglichkeit. Nun jedoch ist er zum Greifen nahe. Wann, wenn nicht jetzt, sollte sich ein rechtschaffener Mann für die richtige Seite entscheiden?«

»Ein rechtschaffener Mann würde sich für die Seite entscheiden, der er Loyalität schuldet!«

»Und das immer ist der Clan? Zählen Werte wie Freiheit und Gerechtigkeit nicht? Was sagten deine Freunde zu deiner Inhaftierung? Deine Familie?«

Lances Kiefer mahlte, »Du spielst ein gefährliches Spiel.«

Dave ignorierte diese Worte. »Wie viele wandten sich ab, obwohl sie wussten, die Anschuldigungen gegen dich sind ungerechtfertigt? Du schuldest ihnen nichts. Erst recht keine Loyalität! Also, wirst du uns helfen?«

Lange musterte Lance ihn. Schließlich senkte der Krieger den Blick und sah Kaya an. Er presste die Lippen zusammen, nickte aber. »Ich versprach zu tun, was möglich ist.«

Kapitel 8

Gegenwart 12. November 336: Clanbasis Batisté – Privatgemächer Gästebereich 11:48 Uhr

Lara lief nervös im Zimmer umher. Was hatte sie sich nur dabei gedacht. Warum nur war sie so leichtsinnig gewesen? Mit einer wütenden Handbewegung wischte sie die Tiegel und Flaschen von der Ablage ihres Schminktisches. Das Klirren des Glases hatte etwas Befriedigendes. Sie bedauerte nur, dass es sonst nichts mehr gab, was sie noch zerstören konnte. Alles andere hatte sie bereits zerbrochen oder gegen die Wand geworfen.

Die antike Vase, die sie gegen die Tür geschleudert hatte, als Anthony den Raum verlassen wollte, die Bücher, die sie aus den Regalen geschleudert, die Kleider, die sie zerrissen hatte. All das bildete ein wüstes Durcheinander in dem Zimmer.

Irgendwo in dem Chaos funkelten ihre Diamanten zwischen dem zerbrochenen Glas. Es war ihr gleich. Alles woran sie denken konnte, war, wie sie Anthony dazu bringen konnte, ihr zu verzeihen.

Sie hatte nur ein paar Antworten gewollt, ein wenig Zeit für sich, um in Ruhe nachdenken zu können.

Wie sollte sie ihre Gedanken ordnen und die wenigen Bruchstücke ihrer Erinnerung zu einem sinnvollen Ganzen zusammenzufügen, solange Anthony beinahe jede Minute um sie herum war? Er beobachtete jede ihrer Reaktionen, kommentierte ihre Handlungen, selbst das Denken schien er ihr abnehmen zu wollen.

Seit ihrem Zusammenbruch auf seinem Fest vor zwei Tagen fühlte sie sich wie ein halber Mensch. Hilflos der Befürchtung ausgeliefert, ins Nichts gestoßen zu werden und auch noch den letzten Rest ihrer Erinnerungen zu verlieren.

Diese Gefühle machten ihr eine Heidenangst, die sie mit niemand teilen konnte. Die Angst, Anthony zu enttäuschen, saß tief in ihr. Der Clanführer verabscheute Schwäche in jeder Form. Die Reaktion seines gesamten Umfeldes bestand aus Furcht, blindem Gehorsam und der Unfähigkeit, ihm in irgendeiner Weise zu widersprechen.

Lara hatte nicht vor, ihr Benehmen dem der anderen Menschen in Anthonys Umgebung anzupassen. Also achtete sie darauf, stets beherrscht aufzutreten. Sie wusste, das war einer der Gründe, aus dem er sie respektierte. Allein schon der Gedanke, diesen Respekt oder das Vertrauen Anthonys zu verlieren, bereitete ihr Magenschmerzen. Doch war genau dies geschehen.

Schuld daran war ein dummer Traum, der ihr nicht mehr aus dem Kopf gegangen war. Dort hatte sie sich sicher gefühlt, beschützt, geliebt. Es waren Empfindungen, die sie hätten beruhigen sollen. Doch nach dem Erwachen war sie verunsichert gewesen. Die Sicherheit, die sie in dem Traum gespürt hatte, hatte nichts mit Anthony zu tun.

Unbewusst wich Lara daraufhin seinen Berührungen noch mehr aus als zuvor. Gleichzeitig hatte sie das Gefühl, an den Schuldgefühlen ihm gegenüber zu ersticken. So hatte sie nach ihrem letzten Zusammenbruch begonnen, Listen zu erstellen.

Sie schrieb auf, woran sie sich noch tatsächlich erinnerte und was sie nur vermutete. Das Ergebnis war frustrierend. Es gab fast nichts, dessen sie sich sicher war.

Während eines flüchtigen Augenblickes hatte sie gedacht, ihre Erinnerungen wären doch noch da. Nur falsch geordnet, durcheinandergeraten wie ein Puzzle, das ein wütendes Kind umhergeworfen hatte. Aber sie hatte sich geirrt. Alles, was sie hatte, waren Fragmente, Bruchstücke, oft genug nicht einmal das. Wie bei einer Festplatte, die man gelöscht und danach nur unvollständig wieder hergestellt hatte.

Sie erinnerte sich diffus an ihre Kindheit, an einen Mann, der sie hochhob. Doch sie konnte nicht sagen, ob dieser Mann ihr Vater war. Sie gehörte der Oberschicht an, musste demzufolge Privatlehrer gehabt haben, Leibwächter, ein Zuhause. Nichts davon vermochte sie sich ins Gedächtnis rufen.

Selbst an ihre Entführung konnte sie sich nicht entsinnen. Nur an Angst, Schmerz, Entsetzen und Hilflosigkeit. All diese Gefühle untrennbar verbunden mit *seinem* Gesicht, mit *seinem* boshaften Gelächter, *seinem* Spott. Dennoch war da zusätzlich das Gefühl des Verlustes.

Geistesabwesend hatte Lara auf die eng beschriebenen Papierblätter gestarrt, die vor ihr auf dem Tisch lagen. Sie zerbrach sich den Kopf darüber, wie ihr Unterbewusstsein sie so hintergehen konnte. Ihr Zuneigung vortäuschte, wo Hass war, Vertrauen anstatt Furcht. Sie war so in ihre düsteren Gedanken vertieft, dass sie nicht mitbekommen hatte, wie Anthony das Zimmer betrat.

Als sie den Clanführer bemerkte, war es zu spät gewesen. Rasch hatte sie versucht, die Listen verschwinden zu lassen. Doch Anthony war bereits auf die Papiere aufmerksam geworden. Im gleichen Moment wie Lara griff er nach den Blättern. Er war um eine Winzigkeit schneller.

»Geheimnisse?« Anthony lächelte, ohne dass dieses Lächeln seine Augen erreichte. So als wüsste er, was er da in den Händen hielt.

Laras Magen krampfte sich zusammen. Sie hatte nicht beabsichtigt, Anthony diese Listen je sehen zu lassen. Alles hatte sie dort niedergeschrieben. All ihre Zweifel, alle offenen Fragen. Der Gedanke, Anthony läse es, verursachte ihr Übelkeit.

»Geheimnisse?« Es gelang ihr zu lachen. »Keineswegs, nur ein paar Notizen. Gedankenstützen, wenn du es so nennen willst.«

Sie versuchte sich die irrationale Furcht, die sie erfasste, nicht anmerken zu lassen, und streckte die Hand nach den Papieren aus.

Anthony ignorierte diese Geste. »Du hast sicher nichts dagegen, wenn ich einen Blick darauf werfe. Mich interessiert, was du denkst.« Seine Stimme war kühl, ohne das geringste Anzeichen von Überraschung oder Neugier.

Mit einem Mal ahnte Lara, dass er diese Listen nicht zum ersten Mal in der Hand hielt. Sie wusste nicht, was stärker war. Ihre Entrüstung, ihre Angst, oder ihre Gewissensbisse. Was immer es war, es lähmte sie. So hatte sie nur hilflos zusehen können, wie Anthony in ihre intimsten Gedanken eindrang.

Noch während er las, bemerkte sie, wie sich seine Muskeln anspannten.

Er hob den Blick, um sie anzusehen. In seinen Augen ein Ausdruck tiefster Kränkung. Gefolgt von Unzufriedenheit und Entrüstung.

»Du *vermutest*, mit mir verlobt zu sein? Du *vermutest* es!« Erzürnt schleuderte er ihr die Papiere entgegen. »Was glaubst du, warum ich das alles hier tue, Lara? Weil du vermutest, mich zu lieben? Weil du insgeheim Angst vor mir hast? Oder weil es mir Vergnügen bereitet, dabei zuzusehen, wie du dich selbst verlierst? Was ist es, was du nicht erträgst? Meine Nähe? Meine Berührungen?«

Lara zwang sich, nicht zurückgewichen, als Anthony auf sie zukam. Sie wusste, wie unberechenbar der Clanführer sein konnte. Doch niemals zuvor hatte sie einen Grund gehabt, ihn zu fürchten. Allerdings war er niemals zuvor so wütend auf sie gewesen.

»Aber den Luxus, den ich dir biete, nimmst du gerne an, nicht wahr? Die Bücher, die Kleider, den Schmuck!« Die erzwungene Ruhe, die in seiner Stimme lag, hatte etwas Bedrohliches.

Seine Unterstellung weckte auch ihren Zorn.

»Glaubst du wirklich, das war es, was ich erreichen wollte? Ich bin nicht käuflich, Anthony.«

»Dann sag mir, worauf es dir ankommt. Was verlangst du noch?«

»Meine Erinnerung zurück!«

»Ich würde sie dir geben, wenn ich es könnte. Ich kann dir ja nicht einmal dein Vertrauen in mich zurückgeben.«

»Wie soll ich dir vertrauen, wenn du dich weigerst, mir zu helfen?«

»Ich weigere mich? Jede gottverdammte freie Minute verbringe ich mit dir! Ich biete dir meinen Schutz, gebe dir Unterkunft und Sicherheit! Verflucht, bisweilen habe ich das Gefühl, sogar für dich denken zu müssen!«

»Das müsstest du nicht, wenn du mir meine Fragen beantworten würdest.«

»Wie soll ich das, solange ich keine Antworten habe?«

»Und was ist mit den Antworten, die du kennst? Jeder meiner Fragen bist du ausgewichen, wobei du wahrhaftig geschickt bist. Ich habe es anfangs nicht einmal bemerkt.«

»Vielleicht wäre es einfacher, wenn du dich klarer ausdrücken würdest.«

»Du weißt, ich erinnere mich an nichts, Anthony. Dennoch hast du dir nicht einmal die Mühe gemacht, mir Fragen über meine Herkunft zu beantworten. Über meine Familie, meine Freunde.«

Seine Lippen verzogen sich zu einem abfälligen Lächeln. »Möglicherweise liegt das daran, dass du keine Freunde hast.«

Wenn er beabsichtigt hatte, sie mit diesen Worten zu verletzen, so hatte er damit Erfolg. Sie erstarrte. Dann schüttelte sie langsam den Kopf. »Selbst wenn das wahr sein sollte, was ist mit meiner Familie? Und sag mir jetzt nicht, auch die existiert nicht.«

Er schüttelte resignierend den Kopf. »Bist du jemals auf den Gedanken gekommen, es könnte einen guten Grund geben, dir nichts darüber zu sagen?«

»Du weichst mir schon wieder aus.«

»Nein! Ich versuche dich zu schützen!«

»Vor der Wahrheit?«

»Was glaubst du, weshalb niemand aus deiner Familie dich bisher sehen wollte? Sie haben sich von dir abgewandt, Lara. Sie wissen, wie viele Leibwachen dir zur Verfügung standen. Selbstverständlich fragen sie sich, wie du dennoch verschwinden konntest. Ob es wirklich eine Entführung war oder ob du es nicht sogar so gewollt hast.«

Sie fuhr zusammen. »Du lügst.«

Doch sie wusste, dem war nicht so. Selbst wenn sie alles andere vergessen hatte, die Regeln der Gesellschaft kannte sie noch. Es geschah nicht oft, aber gelegentlich gelang es jemanden, eine Angehörige der Oberschicht in seine Gewalt zu bringen. Doch jedes Mal gab man den Opfern zumindest eine Teilschuld an ihrem Schicksal. Anfangs war es nicht mehr als eine Praktik einiger Ehemänner, um ihre ungeliebten Frauen loszuwerden. Im Laufe der Zeit aber wurde daraus eine feste gesellschaftliche Regel.

Lara hatte dieses Wissen verdrängt. Einfach, weil sie es nicht ertrug. Dabei hatte Hunter ihr mehr als deutlich zu verstehen gegeben, was sie war. Beschädigte Ware! Selbst die morbide Faszination Anthonys an ihrem Schicksal ergab nun einen völlig anderen Sinn. Sie wankte. Ihre Beine zitterten so sehr, dass sie nicht sicher war, wie lange sie ihr Gewicht noch tragen würden.

»Lara.« Anthony streckte die Hand aus, wollte sie stützen, doch sie schlug seine Hand beiseite.

»Fass mich nicht an.«

»Mir ist das Gerede egal, Lara. Niemand wird es wagen, ein Wort darüber zu verlieren. Nicht, solange du unter meinem Schutz stehst.«

Sie drängte die Tränen zurück und lachte hart auf. »Um welchen Preis? Was verlangst du dafür, Anthony?«

Er versteifte sich. Der Ausdruck in seinen Augen wurde eiskalt. »Respekt, Lara. Gehorsam, Treue.« Er spuckte die einzelnen Worte förmlich aus. Sie hatte nicht geglaubt, je so viel Verachtung allein durch den Klang einer Stimme zu erfahren. »Aber vielleicht legst du auf all diese Dinge ja keinen Wert. Ich gebe dich frei, wann immer du es verlangst. Du kannst diese Basis verlassen, wann immer du willst. Du kannst *mich* verlassen. Ich hindere dich nicht daran. Du musst es nur sagen.«

»Es tut mir leid.«

»Glaubst du wirklich, das genügt jetzt noch? Überleg dir gut, was du tun wirst, Lara. Es gibt keinen Ort, an den du gehen könntest. Deine Familie hat dich verstoßen. Dein Vater gab mir das Brautgeld zurück, das ich für dich zahlte. Aber ich würde es dir überlassen, sobald du mich darum bittest. Niemand soll mir nachsagen, ich setzte eine Frau völlig mittellos vor die Tür. Du müsstest nicht einmal auf der Straße betteln. Zumindest anfangs nicht. Jedoch solltest du an deinem Stolz arbeiten. Ich persönlich schätze ihn hoch. Doch man kann ihn sich nicht leisten, wenn man auf die Mildtätigkeit fremder Menschen angewiesen ist.«

Sie schlug ihn. Genauer gesagt versuchte sie es. Aber Anthony war schneller.

Er fing ihre Hand noch in der Luft ab und umklammerte ihr Handgelenk. Dicht zog er sie an sich, ohne sich um ihre Gegenwehr zu kümmern. „Vielleicht solltest du dir darüber klar werden, ob du meine Gegenwart wirklich so unerträglich findest. Denn wenn es so ist, bin ich der Letzte, der dich hier hält. Ich lege keinen Wert auf die Gesellschaft einer Frau, die mich bestenfalls erträgt, schlimmstenfalls verachtet. Ich verlange nicht, dass du dich sofort entscheidest. Aber sei dir über eines im Klaren: Wenn du bleibst, wirst du mir zusehen und von mir lernen. Enttäusch mich nicht! Sollte ich je erfahren, dass du versuchst, mich zu hintergehen, werde ich keine Rücksicht mehr nehmen. Solange du mich also nicht hintergehst, sehe ich keinen Anlass, etwas an der derzeitigen Situation zu ändern.«

Mit diesen Worten wandte er sich ab und wollte den Raum verlassen. Anscheinend nahm er aus den Augenwinkeln die Bewegung wahr, denn er duckte sich und trat mit einem schnellen Schritt zur Seite. Die Vase, die Lara ihm nachgeworfen hatte, zerbarst wirkungslos am Türrahmen. Mit einem einzigen Satz war er wieder bei ihr, griff nach ihrem Arm und hielt sie fest. Mit der anderen Hand umfasste er ihr Kinn. Daumen und Zeigefinger an ihrem Kiefergelenk, zwang er sie ihn anzusehen. Kalte Herablassung lag in seinem Blick.

»Wieder dein Stolz, Lara? Du solltest wirklich daran arbeiten. Ich habe kein Problem damit, eine Frau zu schlagen, wenn sie es verdient. Nur wäre es mir lieb, wenn ich es nicht bei meiner Frau tun müsste.«

»Ich bin nicht deine Frau.«

Er lachte. Ein raues Lachen, das tief aus seiner Kehle kam und etwas Bedrohliches hatte.

In diesem Moment wusste sie, das Verhältnis zwischen ihnen hatte sich geändert. Dass aus dem Mann, den sie für vertrauenswürdig gehalten hatte, ein Mensch geworden war, der ihr Angst einflößte und es genoss.

Mit dem Daumen strich er an ihrer Halsschlagader entlang. Hinab, wieder hinauf, wieder hinab. Sie hatte die Augen geschlossen, ihr Körper starr vor Furcht. Ihr Atem kam stoßweise.

»Jemanden zu erwürgen ist eine der intimsten Arten zu töten. Nackte Haut an nackter Haut.« Seine Stimme war rau. Er verstärkte seinen Griff. »Zu spüren, wie der Puls rast, der Herzschlag sich verlangsamt. Das hat etwas ungemein Erotisches, findest du nicht auch?«

Sie öffnete die Augen und sah ihn an. Dabei versuchte sie, jede Emotion aus ihrem Blick zu verbannen.

»Ist es das, was du zu tun wünscht?« Sie war erleichtert, das Zittern aus ihrer Stimme heraushalten zu können.

Für eine Sekunde blitzte etwas in seinen Augen auf. Dann ließ er sie los und trat einen Schritt zurück.

»Zu diesem Zeitpunkt? Nein.«

Als er sich dieses Mal umdrehte, um das Zimmer zu verlassen, tat sie nichts, um ihn aufzuhalten.

Anthony erhob sich nicht, als der Hiereon-Abkömmling den Raum betrat. Trotz der Fehler, die der Junge begangen hatte, sowie seinem erbärmlichen Gewinsel um Verständnis und Unterstützung, hatte er nichts von seiner Arroganz eingebüßt.

Anthony schätzte ein gesundes Selbstbewusstsein, zu dem auch ein wenig Arroganz gehören durfte – wenn man sich diese Attribute verdient hatte. Was bei Gari Hiereon nicht der Fall war. Er war nichts weiter, als ein Speichellecker, ebenso wie all die anderen, die glaubten, sich seine Gunst erkaufen zu können.

Anthony war sich durchaus der Bewunderung des Jungen im Klaren. Trotz all seiner lächerlichen Versuche, ihn nachzuahmen, blieb Hiereon eine zweitklassige Kopie. Ein Hund an der Kette, der knurrte, aber unfähig war so zuzubeißen, dass er sich Respekt verschaffte.

So wies Anthony einen seiner Bediensteten an, ein weiteres Gedeck aufzutragen, obwohl er wusste, es würde unbenutzt bleiben. Von Beginn an war ihm klar gewesen, keiner seiner *Gäste* würde es zu schätzen wissen. Jedoch brachte nichts die wahre Natur eines Menschen so rasch zum Vorschein, wie ihn einer Situation auszusetzen, mit der er weder rechnete, noch sie einzuschätzen wusste. Dieses Diner war aufschlussreich gewesen und noch lange nicht beendet.

Gari zollte ihm gerade genug Respekt, um ihm grüßend zuzunicken, was Anthony ihm durchgehen ließ.

Seine Zeit würde kommen. Bald schon. Doch zuerst würde er das Schauspiel genießen, was ihm hier in Kürze gewiss geboten wurde.

Macht hatte eine Menge Vorteile. Die Langeweile, die sie mit den Jahren mit sich brachte, gehörte nicht dazu. Der heutige Tag versprach genug Abwechslung, um Anthonys Gemüt für eine ganze Weile zu besänftigen. So lehnte er sich zurück, um zu beobachten, wie Gari auf die junge McIngless zuging.

Sie war zusammengefahren, als der Mann durch die Tür trat. Doch obwohl Hoffnung in ihren Augen aufblitzte, gelang es ihr, Haltung zu bewahren. Diszipliniert blieb sie sitzen, so wie sie es bereits getan hatte, als Anthony ihren *Begleiter* hinausschaffen ließ. Einzig ihr Blick wanderte häufiger zu der Stelle, wo das Blut dieses Bishop das Tafeltuch besudelte.

Anthony lachte in sich hinein. *Ich habe dich längst gezähmt. Du weißt es nur noch nicht.*

Der Blick, den Hiereon ihr zuwarf, war abwertend, sein Grinsen troff vor Impertinenz.

Oh ja, der Junge ist sich seiner scheinbaren Macht nur allzu bewusst.

»Also wirklich«, sagte Gari kopfschüttelnd an Larissa gewandt. »Niemals hätte ich erwartet, meine unerschrockene, ach so stolze Verlobte unter diesen Umständen wiederzusehen. Dein neuer Gastgeber hat dich ausstaffiert, wie ich sehe. Bedauerlich. Ich hoffte, du hättest lediglich ein Verlies gegen ein anderes eingetauscht. Nur dieses Mal mit etwas weniger Komfort.« Erst jetzt sah er Anthony an. »Ihr solltet sie nicht frei herumlaufen lassen.«

»Sorgt Euch nicht«, erwiderte Anthony gelassen. »Im Gegensatz zu anderen gehen mir meine Gefangenen nicht so leicht verloren.«

Gari presste die Lippen zusammen. »Ihr wisst, ihr Entkommen war ein kalkuliertes Risiko. Mein Informant hatte mit allem Recht. Was ihre geplante Flucht betraf, ebenso wie den Befreiungsversuch ihres Leibwächters. Auch hinsichtlich ihres Begleiters irrte er nicht.«

Larissas Augen weiteten sich. »Informant?«

Anthony erhob sich mit einer geschmeidigen Bewegung und klatschte zwei, dreimal in die Hände. »Respekt für Eure Fähigkeit, all Eure Pläne sofort denen mitzuteilen, die sie besser nicht hören sollten. Wollt Ihr Eurer *ehemaligen* Verlobten nicht auch gleich mitteilen, wie es Euch gelungen ist, eben diesen Informanten wieder zu verlieren?« Mit Genugtuung registrierte er, wie Gari erbleichte.

»Ihr garantiertet mir, das würde kein Problem darstellen.«

»Das ist nicht in vollem Umfang richtig. Ich sicherte dir zu, mich um die Frau und ihren Begleiter zu kümmern, im Austausch für Informationen über die Aufständischen. Geliefert hast du mir nichts.«

»Ich lieferte Euch beides!«

»Du nanntest mir Koordinaten«, bellte Anthony. »Dieser stinkende Kretin aus den Bergen kam zu *dir, um dich* um ein besseres Leben anzubetteln. Und was tatst du? Kamst zu mir, botst mir die Frau und die Information, weil du nicht Manns genug bist, deine Probleme eigenständig zu lösen!«

»Nicht Manns genug?« Gari schob das Kinn vor. »Ihr seid es doch, der durch die Rebellen die meisten Verluste erlitt. Ich dachte …«

»Genau das! Du denkst! Nur nicht über deinen begrenzten Horizont hinaus!«

Larissa sprang auf. Offensichtlich hatte sie begriffen. Ihre Brust hob und senkte sich unter ihren schnellen Atemzügen, während sie Gari anstarrte.

Anthony gab seinen Männern ein Zeichen, sie gewähren zu lassen. Das versprach amüsant zu werden.

»Du hast mich verkauft? Mich wie ein billiges …«

»Du benahmst dich wie eine Metze. So ist es nur recht, dich wie eine zu behandeln.«

»Du elender, machtbesessener Idiot!« Larissa stürzte auf Gari zu.

Als Anthony das triumphierende Leuchten in den Augen des Mannes sah, entschied er sich, einzuschreiten. Bevor Larissa den jungen Hiereon erreichen konnte, fing er sie ab. Es überraschte ihn, wie erbittert sie gegen ihn ankämpfte. Obwohl er ihre Oberarme fest umklammerte, trat sie, in dem Versuch sich loszureißen, um sich.

»Weißt du überhaupt, was du getan hast?«, schrie sie Gari entgegen. »Dein Hass machte dich blind. Wir sind zusammen aufgewachsen! Wie kannst du so etwas tun?«

Anthony war es leid, sie zurückzuhalten. Doch der Gesichtsausdruck Hiereons verhieß nichts Gutes. So nickte er seinen Wachen zu.

Sofort nahmen ihm zwei der Männer die tobende Frau ab.

»Du hast genau das bekommen, was du verdienst.« Gari baute sich vor Larissa, die von den Kriegern in die Mitte genommen worden war, auf und holte aus.

Anthony fing seine Hand in der Luft ab und bewahrte Larissa vor dem Schlag.

»Ich rate dir, nie wieder zu versuchen, dich an meinem Eigentum zu vergreifen.«

»Noch liegt es in meinem Ermessen, ob sie hierbleiben wird.«

»Das ist nicht mehr verhandelbar. Möchtest du unser kleines Geschäft wirklich platzen lassen? Mit allen Konsequenzen?«

Gari zögerte und streifte Larissa mit einem geringschätzigen Blick. »Dann behaltet sie. Auch wenn ich daran zweifle, dass unser Deal für Euch ebenso vorteilhaft ist.«

Anthony erlaubte sich ein knappes Lächeln. »Das lass meine Sorge sein. Der Preis scheint mir mehr als angemessen.«

»Sie ist absolut unberechenbar. Ihr habt gesehen, wie sie auf mich losging. Bereits zum zweiten Mal. Dieses Miststück hat …«

»Dich erneut deine Beherrschung vergessen lassen«, unterbrach Anthony ihn scharf. »Erst dieser Aufständische, der uns weitere wertvolle Informationen hätte liefern können, dann Krieger deines eigenen Clans, nun sie? Bist du so impertinent zu denken die Gesetze des Großherrschers gälten nicht für dich? Krieger des Clans ohne Verhandlung wegen ihres Versagens zu töten, ist noch immer verboten! Sag mir, zu wem wirst du rennen und um Schutz bitten, verspielst du meine Gunst?«

»Eure Gunst? Ihr habt mich teuer dafür zahlen lassen.«

»Zu Recht. Euer Clan ist so armselig, dass du mir eine Frau von Wert für eine Handvoll Kampfgleiter verkaufen wolltest und dabei völlig übersahst, wie wichtig der Informant war. Wie viele Krieger habt ihr in der Hauptstadt?«

»Das geht Euch nichts an.«

Anthony betrachtete den feinen Schweißfilm, der sich auf Garis Stirn bildete. Dicht trat er an den Jüngeren heran und zog tief die Luft durch die Nase ein. »Ich kann deine Angst riechen, Junge. Und du hast allen Grund dazu. Wie viele!«

»Sechshundert.«

Sich vorbeugend, brachte Anthony seinen Mund dicht an Garis Ohr. »Ich verfüge über dreimal so viele. Sag mir, *Junge,* was glaubst du, mir entgegensetzen zu können?« Mit Genugtuung registrierte er, wie Gari schluckte.

»Wir hatten eine Vereinbarung.«

»Die haben wir noch. Spätestens morgen früh wird man dich Lord Hiereon nennen. Die Tötung deines Onkels erfolgte bereits. Christopher Bishop brachte ihn während der Entführung von Larissa McIngless um.«

»Nein!«, schrie Larissa. »Das könnt Ihr nicht tun!«

Antony wandte sich ihr zu und hob eine Braue. »Das habe ich bereits. Alles geschieht wie vorgesehen. Ich bin dir zu Dank verpflichtet für deine Hilfe. Ohne dich und Bishop wäre ich niemals so weit gekommen.«

»Kümmern wir uns nun endlich um die Vernichtung der Rebellen?« ,brachte Gari sich wieder in Erinnerung.

»Ach ja, diese Rebellen. Lästig wie kleine blutsaugende Insekten und genau so überflüssig. Nur fürchte ich, sie werden noch warten müssen. Ich kann mir keinen Zweifrontenkrieg leisten.«

Gari erbleichte. »Wovon redet Ihr?«

»Von der Übernahme des Hiereon–Clans selbstverständlich.«

»Das wagt Ihr nicht! Der Großherrscher verbot jegliche gewaltsame Übernahme eines anderen Clans, um den Frieden auf Terra dauerhaft zu wahren. Zettelt Ihr einen Krieg an, verliert Ihr Eure Güter!«

»Krieg?« Mit gespieltem Erstaunt riss Anthony die Augen auf. »Die einzige Möglichkeit, zwei Clans zu einem zusammenzufügen, ist eine Heirat.«

»Wollt Ihr etwa mich …?« Gari schluckte. »Bei aller Toleranz wird einer Ehe zweier Männer niemals zugestimmt werden«.

»Du glaubst, ich meinte dich?« Anthony warf den Kopf zurück und lachte, bis ihm die Tränen in die Augen stiegen. »Das ist zu köstlich Du bist unmittelbar nach dem Tod deines Onkels verschwunden. Niemand kennt deinen Aufenthaltsort. Die Führung des Hiereon-Clans geht demnach an den Adjutanten über. Solange, bis du wieder erscheinst oder dein Tod bestätigt wurde. Was nicht mehr lange dauern wird. Dann wird aus dem Clan Hiereon der Clan McIngless. Wie es eine glückliche Fügung so will, befindet sich die Erbin des zukünftigen Clanführers unter meinen Gästen. Und glaub mir, ich werde meine Braut nicht entkommen lassen.« Anthony nickte seinen Wachen zu. »Bitte, geleitet Lord Hiereon ins Verlies.«

Die Finger der beiden Krieger, die sie hielten, bohrten sich schmerzhaft in Larissas Oberarme. Gleichzeitig war sie fast dankbar für diesen Halt. Sie war nicht sicher, ob sie aus eigener Kraft würde stehen können. Ihre Glieder zitterten, als ob sie niemals wieder damit aufhören wollten. Der Moment, indem Batisté Chris das Messer durch die Hand gestochen hatte, lief wie eine Endlosschleife in ihrem Kopf ab. Garis Erscheinen, ihre Wut auf ihn, hatte dieses Szenario für einen Augenblick in den Hintergrund drängen können. Allerdings nur solange, bis ihr die Ausweglosigkeit ihrer Situation vollends klar wurde. Batistés Plan war perfide und sie zweifelte keinen Moment daran, dass er ihn durchsetzen würde. *Zeit*, schrie eine Stimme in ihr. *Du musst Zeit gewinnen. Je länger Batisté damit beschäftigt ist, sein Territorium auszubauen, desto mehr Zeit haben Dave und die anderen, sich in Sicherheit zu bringen. Völlig egal, wie sehr du ihn fürchtest, du darfst es ihm nicht zu leicht machen.*

Mit anzusehen, wie Gari sich gegen die Krieger wehrte, die seinen Widerstand brachen, indem sie ihm mehrmals wuchtig den Lauf ihrer Waffen gegen die Schläfe hieben, brachte ihre Entschlossenheit ins Wanken.

Vielleicht hatte sie Befriedigung empfinden sollen bei dem Anblick, wie er schließlich rüde aus dem Raum geschleift wurde, war sie doch noch vor ein paar Minuten überzeugt gewesen, Gari zu hassen. Weder Mitleid noch Zuneigung konnte sie für ihn aufbringen, nur kalte Verachtung. Dennoch, sie hatte sich geirrt, es war kein Hass. Doch als Anthony sie nun ansah, wusste Larissa, was dieses Wort bedeutete.

Sie zwang sich, das Kinn zu heben, um ihm entgegenzusehen, während er auf sie zukam. »Mit Euren Plänen werdet Ihr niemals durchkommen«, zischte sie, dankbar darüber, dass ihre Stimme nicht zitterte, obwohl Batisté nun direkt vor ihr stand.

Sein Lächeln vertiefte sich, versprühte Charme, doch sein Blick war der eines Haifisches. Kalt, starr, bar jeden Gefühls. Grob umfasste er ihr Kinn und hob es an. Zwang sie ihm in die Augen zu sehen, bis sie die Kälte darin nicht länger ertrug.

Er lachte leise. »So viel Trotz, so viel fehlgeleiteter Stolz. Ich frage mich, wie lange es dauern wird, dir das zu nehmen.«

»Es ist mir gleich, was Ihr mir noch antun wollt«, log sie, wobei ihr das Herz bis in den Hals schlug. »Ich werde niemals mein Einverständnis zu dieser Vermählung geben!«

»Dein Einverständnis?« Wieder lachte er auf eine Art, die ihr einen Schauer über den Rücken trieb. »Das brauche ich ebenso wenig wie deine Unversehrtheit. Du wirst den Vertrag unterzeichnen. Im Gegenzug verzichte ich auf eine Befragung Bishops, bis die Übernahme des Hiereon-Clans erfolgt ist.«

»Ich liefere Euch nicht die Menschen aus, die unter dem Schutz meines Clans stehen!«

»Deines Clans?«, zischte Batisté. »Es ist nicht der Deine! Er wird es niemals sein. Aber eventuell möchtest du zusehen, was ich mit den Menschen tun werde, die der junge Lord Hiereon mir im Austausch für meine Hilfe bei deiner Inhaftierung überließ? Immerhin trägst du unmittelbar die Verantwortung für ihr Schicksal.«

Schilderungen ihrer Freundin Irehna, die in eines der Bordelle des Clans gezwungen wurde, schossen Larissa durch den Kopf. Gefolgt von Bildern der siebenjährigen Kaya, die ebenfalls nicht verschont wurde. Die Verstümmelung der Minenarbeiter, das Leid der Kinder, die Verzweiflung.

»Unterschreibe ich, werdet Ihr sie dennoch leiden lassen.«

»Fürwahr, sie werden für mich arbeiten. Doch es liegt an dir, unter was für Bedingungen.«

»Warum sie?«, brach es aus Larissa hervor. »Weshalb der Clan Hiereon? Wir sind ein kleiner Clan. Heltrus und Ansmee grenzen an Euer Gebiet. Der Heltrus-Clan ist mehr als doppelt so groß wie der Hiereon-Clan. Selbst Ansmee ist mächtiger als wir und hat eine Erbin im passenden Alter!«

»Heltrus ist mir längst untertan. Die Schwäche des dortigen Lords für junge Gespielinnen und Narkotika lieferte ihn mir bereits vor Jahren aus. Ich sah nur keinen Grund, dies offiziell zu machen. Der Ansmee-Clan wird der nächste sein, der mir gehört. Doch zuvor kommst du an die Reihe. Weshalb sollte man einen Schatz zur Seite legen, der einem quasi geschenkt wird?«

»Ihr seid wahnsinnig! Der Weltrat wird eine solche Macht in den Händen eines Einzelnen niemals akzeptieren!«

»Der Weltrat ist weit weg, ebenso wie der Großherrscher. Sobald meine Ziele erreicht wurden, werde ich ihnen nicht länger die Möglichkeit bieten, mich aufzuhalten!«

Larissas Herz setzte einen Schlag lang aus, um dann mit doppelter Kraft gegen ihre Rippen zu hämmern. »Ihr sprecht von Krieg?«

»Ich spreche davon, die natürliche Ordnung wieder herzustellen! Die Schwächeren haben sich dem Stärksten unterzuordnen! Ich erwarte nicht, dass du so etwas verstehst. Alles was ich von dir verlange, ist deine Unterschrift. Sofort!«

Auf eine Geste vom ihm zog Hunter einen gefalteten Umschlag hervor, öffnete ihn und legte ihn auf den Tisch.

Gegen die beiden Krieger, die sie vorwärts schoben, kam Larissa nicht an. Sie zwangen sie ebenfalls zu dem Tisch.

Lord Batisté wies auf den silbernen Federhalter.

»Unterzeichne den Ehevertrag, Larissa. Selbstverständlich ist er vordatiert, was nichts an seiner Rechtmäßigkeit ändern wird.«

Larissa straffte die Schultern. »Nein!«

Er war hinter ihr, schneller als sie blinzeln konnte.

Sein Körper presste ihre Hüften gegen den Tisch, seine Hand umklammerte die Ihre, während er ihr mit der anderen den Füllfederhalter in die Finger zwang. Seine Lippen streiften ihr Ohr, als er flüsterte: »Ich bin ein Zweitgeborener. Willst du wissen, wie ich dennoch zum Führer dieses Clans aufstieg?«

Sie wagte nicht, den Kopf zu schütteln, aus Furcht, seine Lippen würden ihre Haut berühren. Dann würde sie die Übelkeit, die ihr in der Kehle saß, nicht länger bezwingen können. So blieb sie stumm, während ihr seine Präsenz den Atem nahm.

»Ich war knapp sechzehn, als ich meinen Vater in eine Falle lockte und tötete. Ich schnallte ihn auf einen Tisch und nahm ihm Stück für Stück seine Gliedmaße. Dabei genoss ich es, ihn schreien zu hören. Eine Tat, für die ich meinen Bruder verantwortlich machte. Ich plante sie jahrelang. Meine Mutter schickte ich am Tag meines sechzehnten Geburtstages in die Minen und übernahm die Herrschaft über diesen Clan. Sie waren meine Familie und sie bedeuteten mir nichts. Was denkst du, was ich also mit dir und deinem Liebhaber tun werde?«

Die Luft entwich ihr mit einem einzigen Atemzug. »Er ist nicht mein Liebhaber«, brachte sie mühsam hervor.

Batisté zwang ihr Gesicht halb zu sich herum.

»Ist das so?« Er senkte den Blick, betrachtete sie, wie ein Gourmet ein Stück Fleisch begutachten würde, bevor er die Hand hob, um ihr über die Brust zu streichen. »Du behauptest, er hat noch nie von dir gekostet? Dich noch niemals in Besitz genommen?«

Ihr Körper wurde starr, ihr Gesicht heiß, trotzdem hob sie das Kinn eine Winzigkeit an. Sie musste sich auf die Lippen beißen, um das Zittern darin zu unterdrücken.

»Nein.«

Etwas blitze in seinen Augen auf. »Du liebst ihn.«

Sie schüttelte den Kopf. »Im Gegensatz zu Euch sorge ich mich um die, die mir treu ergeben sind.«

»Ergebenheit? Was denkst du, wie lange diese Treue anhalten wird, schenke ich ihm erst meine volle Aufmerksamkeit? Wie lange wird er standhalten? Stunden? Tage? Die Frage lautet nicht, ob er brechen wird, nur wann.«

Das Gefühl eisiger Kälte, das Larissa mit einem Mal erfüllte, war ihr fremd. Doch es überlagerte ihre Angst und gab ihr den Mut, Batisté weiter anzusehen. Sie erschrak nicht einmal, als ihr klar wurde, dass sie darüber nachdachte, wie sie diesen Mann töten konnte.

Ihre Gefühle mussten ihr deutlich anzusehen sein, denn das Grinsen des Clanführers erlosch. Ein lauernder Ausdruck trat in seine Augen.

»Na los doch«, zischte er. »Gib mir einen Grund, den kleinen Bastard zu töten.«

»Sollte Chris durch Eure Schuld sterben, töte ich *Euch*«, sagte sie mit unnatürlicher Ruhe. »Ich weiß nicht wann oder wie, aber irgendwann wird Eure Aufmerksamkeit nachlassen. Selbst wenn es nur für einen flüchtigen Moment ist, und dann werde ich Euch töten. Denkt immer daran, sollte Chris sterben, verliert Ihr Eure Macht über mich.«

Batisté starrte sie an, als glaubte er, sich verhört zu haben. Dann warf er lachend den Kopf zurück.

»Du wagst es, mir zu drohen? Vielleicht sollte ich die Vernunft wieder in dich hinein prügeln.«

Noch immer gelang es Larissa sich zu beherrschen. »Wenn Ihr Euch dadurch besser fühlt. Aber ändern werdet Ihr damit nichts.«

Batisté drängte sich enger gegen sie. Seine Hand legte sich in ihren Nacken, zwang ihren Oberkörper hinab auf den Tisch.

Larissa wurde starr. Furcht sammelte sich in ihrer Mitte, breitete sich lähmend in ihrem Körper aus.

Starke Finger legten sich auf die Wunde an ihrer Schulter, drückten gnadenlos zu.

Sie biss sich auf die Lippen, bis sie Blut schmeckte, um zu verhindern, dass sie schrie. Dennoch entfuhr ihr ein Wimmern.

»Du machst es dir selbst unnötig schwer.« Die Stimme des Clanführers klang amüsiert. »Bisher schonte ich dich. Ich nahm Rücksicht auf deine Herkunft. Gebe sogar zu, dein törichter Stolz, dieses köstliche Aufflackern von Hass in deinen Augen beeindruckte mich. Doch nun sind die Grenzen meiner Geduld erreicht. Unterschreib diesen Vertrag!« Die letzten Worte stieß er wie drei einzelne Befehle hervor. Noch einmal verstärkte er seinen Griff um ihre Schulter.

Diesmal konnte Larissa einen Schrei nicht zurückhalten. Die Ränder ihres Sichtfeldes flackerten. Von einem Augenblick zum anderen brach ihr der kalte Schweiß aus.

»Du glaubst, das wäre Schmerz?«, hörte sie Batiste wie durch einen Nebel sagen. »Das ist nur der Anfang. Ich werde dich lehren, was es bedeutet, Schmerzen zu erleiden. Indem ich dich zusehen lasse, was ich mit deinem Bastard anstelle und direkt danach mit dir. Unterzeichne!«

Er führte ihre Hand zu dem Papier, umklammerte ihre Finger und zwang sie zur Unterschrift.

Larissa schrie, Tränen liefen ihr über die Wangen, ohne dass es einen der Anwesenden beeindruckte.

Hunter trat vor, nahm den Vertrag an sich, faltete ihn zusammen und verstaute ihn in den Taschen seiner Uniform.

»Sicher weißt du um deine Schönheit«, zischte Batisté Larissa zu. »Auch wenn dein Mut mich amüsierte, verstehst du sicher, dass ich deine Verstocktheit mir gegenüber nicht ungesühnt lassen kann. Widersetzt du dich mir noch einmal, brenne ich dir mein Zeichen mitten in dein hübsches Gesicht. Damit wird jeder wissen, wem du gehörst.«

Sie hatte nicht mehr die Kraft erneut zu schreien. Am ganzen Körper bebend lag sie vor ihm und versuchte die Übelkeit, die ihr in der Kehle saß, zurückzuhalten. Doch es waren seine nächsten Worte, die ihr jedes Gefühl aus dem Körper zogen und nichts als Taubheit und Entsetzen zurückließen.

»Weder dein Körper noch dein Antlitz vermochten mich zu erregen. Deine Schreie hingegen …« Noch immer hielt seine Hand in ihrem Nacken sie unbeweglich, als er ihr das Kleid bis über die Hüften nach oben schob. » … werde ich heute noch oft hören. Zeit, die Ehe zu vollziehen.«

Nein, schrie sie. Doch nur ein weiterer erstickter Laut drang zwischen ihren Lippen hervor. *Nein! Nein!*

Sie hörte, wie er seine Hose öffnete. Geräusche überlaut in der Stille, in die sich nur ihr heftiger Atem mischte. Panisch versuchte sie sich ihm zu entwinden, doch seine zweite Hand presste sie noch enger auf die Tischplatte.

Dann trat er ihre Beine auseinander, zwängte sich grob dazwischen und sorgte dafür, dass sich seine Worte bewahrheiteten.

Kapitel 9

Lance vergrub die Hände tiefer in den Taschen seiner Jacke, um sich vor der nächtlichen Kälte zu schützen. Wie üblich war es Anfang November tagsüber mild, doch mit der Dämmerung fielen die Temperaturen unter den Gefrierpunkt.

Keine gute Voraussetzung, um in der Seitenstraße hinter einer Bar herumzulungern. Er hätte den Treffpunkt auch ins Innere des Lokals verlegen können, aber sein Vertrauen in Gavin war begrenzt, seitdem sein Freund tatenlos danebenstand, als Gari Lance inhaftieren ließ. Hier draußen war es sicherer. Weniger Menschen, mehr Möglichkeiten zu fliehen.

Er hat versucht, dir zu helfen, meldete sich die Stimme seines Verstandes. *Indem er mich betäubte, um mich ruhig zu halten?*, erwiderte sein Herz.

Er schüttelte selbst den Kopf über seine widersprüchlichen Gedanken, doch die Wahrheit lautete: Er war verbittert.

Warum auch nicht? Seitdem er denken konnte, hatte er ein Krieger werden wollen. So wie sein Vater einer war und dessen Vater vor ihm. Die Coopers hatten immer schon geholfen, die Ordnung aufrecht zu erhalten.

Er dachte an die seltenen Momente zurück, in denen sein Vater Zeit mit der Familie verbringen durfte. Ein Privileg, das ihm aufgrund seines einwandfreien Leumunds gestattet wurde.

Ein Clankrieger mit Familie war so selten wie ein Klumpen Beryllium unbewacht mitten auf der Hauptstraße.

Wie beeindruckt er gewesen war von der respekteinflößenden Erscheinung seines Vaters in der Uniform des Clans, von der Waffe an seiner Hüfte, davon, dass die Nachbarn sich mit Problemen an seinen Vater wandten. Nie war er auf den Gedanken gekommen, Clankrieger wären in der Unterschicht in etwa so angesehen wie ein bissiger Hund. Er war so verblendet gewesen.

Fanatisch hatte er sich in die Ausbildung gestürzt, sobald er alt genug gewesen war. Hatte das harte Training klaglos hingenommen, die Kämpfe, die Ernten. Verzicht auf Familie, Verzicht auf Freunde, Verzicht auf eine nähere Bindung zu anderen Menschen. Aus der Überzeugung heraus das Richtige zu tun, waren ihm diese Regeln gleich.

Erst Gavin ließ Zweifel in ihm aufkommen. Er traf ihn in der ersten Woche im Ausbildungslager. Kleiner als die anderen, aber ungleich zäher. Blieben die anderen Auszubildenden nach einer Niederlage in einem Probekampf liegen, so erhob sich Gavin solange, bis ihn jemand bewusstlos schlug.

Lance hatte es nicht verstanden, bis er hinter Gavins Herkunft kam. Stammte jemand aus der Unterschicht, gab es durchaus Wege hinaus. Rechtsberater, Mediziner, Lehrer beispielsweise. Allerdings gelang es nur den Wenigsten, nach zwölf Stunden Arbeit auf den Feldern oder in der Fabrik noch zu lernen, zumal der Besuch einer Schule ein meist unrealistischer Wunsch war.

So entschieden sich etliche junge Männer der Unterschicht dafür, sich dem verhassten Regime anzuschließen und die Ausbildung zum Clankrieger zu wagen.

Gavins Ausbildung drohte damals nicht an seinen körperlichen Fähigkeiten zu scheitern, wohl aber an seinen Schwierigkeiten, was Schreiben und lesen anging. Lance half ihm, ohne zu fragen oder eine Gegenleistung zu erwarten.

Doch erst sein Posten als Leibwächter ließ Lance erkennen, mit wie unnachgiebig die Oberschicht ihren Status verteidigte. Lance war in der Lage, den Stammbaum seiner Familie bis zu den Tagen der Besiedelung zurückzuverfolgen. Dennoch würde es ihm immer unmöglich bleiben, aus der Mittelschicht in die Oberschicht aufzusteigen. Es hatte ihn nicht einmal gestört. Er hatte eine Aufgabe, der er sich so hingebungsvoll widmete, dass er nicht nur den professionellen Abstand zu seiner Schutzbefohlenen verlor, sondern auch alles Unangenehme ausblenden konnte.

Unwillig trat Lance von einem Fuß auf den anderen, nicht nur, um die Kälte aus seinen Gliedern zu vertreiben. Als ihm bewusst wurde, was er da tat, hielt er inne. Dieses Herumgezappel war eines Kriegers nicht würdig.

Wen stört es? Du bist kein Krieger mehr.

Mit einem leisen Schnauben brachte er seine innere Stimme zum Schweigen. Was war er sonst, wenn nicht Krieger?

Orientierungslos? Rebell? Ein verurteilter Verbrecher, schlug seine innere Stimme zugleich vor.

Ich habe mir nichts zuschulden kommen lassen!

Lügner!

Eine Bewegung im Schatten zog seine Aufmerksamkeit auf sich. Die Kapuze tief ins Gesicht gezogen, wankte eine Gestalt an ihm vorbei.

»Folg mir.«

Lance runzelte die Stirn. Das klang nicht nach Gavin. Dennoch setzte er sich in Bewegung, sobald sich der Mann ein paar Schritte von ihm entfernt hatte. Er kannte diese Stimme. Aber das war unmöglich...

Unter der Beleuchtung eines weiteren Lokals blieb der Mann stehen. Er wartete, bis Lance mit ihm auf gleicher Höhe war, bevor er ihm das Gesicht zuwandte.

Lance prallte zurück.

Eine Hand schoss vor und umklammerte seinen Arm. »Bleib! Du hast nichts zu befürchten. Im Gegenteil, ich brauche deine Hilfe.«

Scharf stieß Lance den Atem aus. Was sollte das hier werden? Eine Falle? Ein Trick, um ihn zu zermürben? Andererseits ... »Warum habt Ihr mir geholfen, zu entkommen?«

Larissas Vater zog die Kapuze wieder zurecht, bevor er antwortete. »Nicht hier.«

Es dauerte nur Sekunden, bis Lance sich entschied.

Mit klopfendem Herzen schritt er neben seinem ehemaligen Vorgesetzen her, bis sie das Ende der Gasse erreichten. Dort wartete ein Schwebefahrzeug auf sie. Schwarz, unauffällig, ohne Emblem eines Clans.

Ein letztes Mal zögerte Lance. Beobachtete, wie Mr. McIngless einstieg. Dann gab er sich einen Ruck und setzte sich neben ihn auf die Rückbank.

»Danke, dass du mitkamst«, brach Larissas Vater die angespannte Stille im Inneren des Fahrzeuges.

»Ich war nicht sicher, eine Wahl zu haben.« Genau genommen war er es noch immer nicht. »Es wart nicht Ihr, den ich erwartete.«

»Das ist mir bewusst. Wir hielten es für klüger, wenn ich dich persönlich holen komme.«

Lance hob eine Braue. »Wir?«

McIngless seufzte, was Lance dazu brachte, ihn genauer zu betrachten. Das Gesicht des Mannes wirkte grau, Schatten lagen unter seinen Augen. Linien um seinen Mund, die vor einigen Tagen noch nicht da gewesen waren. Er sah Lance nicht direkt an, etwas, das die Alarmglocken hinter seiner Stirn zum Schwingen brachte.

»Gavin Carter setzte mich über deinen Kontaktwunsch in Kenntnis«, bekannte er schließlich.

»Tat er das.« Etwas in Lance Stimme ließ sein Gegenüber nun doch dazu den Blick zu heben.

»Es kam zu … unvorhergesehenen Vorkommnissen. Carter informierte mich, zu deiner Sicherheit.«

»Dann überrascht es mich, dass er nicht direkt zu Gari rannte. Oder gleich zu Lord Hiereon.«

»Carter ist dir zugetan, Lance. Er ist nicht dein Feind. Ebenso wenig wie ich es bin.«

»Dennoch verriet er mich.«

»Nein, er schützte dich.«

»Er schützte sich selbst« Es war Lance nicht länger möglich, die Wut aus seiner Stimme herauszuhalten. »Was bekam er dafür?«

»Lord Hiereon wurde getötet«, unterbrach McIngless ihn. »Es gibt Indizien, die auf deine Beteiligung hinweisen.«

Lance tastete nach dem Blaster an seiner Hüfte. »Ich habe damit nichts zu tun!«

»Würde ich etwas anderes glauben, wären wir beide nun nicht hier.«

Kurz erlaubte Lance es sich, die Anspannung seiner Schultern zu lösen. Er zögerte. Was ihm auf der Zunge lag, könnte ihm den Kopf kosten.

»Denkt Ihr ... Gari ...?«

Larissas Vater warf einen kurzen Blick auf den Fahrer, dessen Umriss sich hinter der hochgefahrenen Scheibe abzeichnete, die den Fahrerbereich vom Fond trennte.

Lance verstand. Die Abschirmung sollte den Passagieren das Gefühl vermitteln, ungestört reden zu können. Anscheinend traute McIngless dem nicht.

»Wir reden woanders weiter«, bestätigte der diese Vermutung.

»Ihr glaubt doch nicht, ich begleite Euch freiwillig zurück in den Clansitz?«

»Das wird nicht nötig sein. Meine Mutter besitzt ein Stadthaus, nicht weit von hier.«

Wie beruhigend, dachte Lance. *Mitten hinein ins Nest der Drachenkönigin.*

Doch er war klug genug, den Gedanken für sich zu behalten. Trotzdem spannte er sich, als das Fahrzeug den Zaun erreichte, der den Inneren Bezirk abgrenzte.

Dahinter befanden sich die Prunkbauten der Oberschicht. Zutritt bekam man nur mit einer Codekarte. Elitäre Krieger bewachten die Zufahrtsstraßen, ließen niemanden hinein, der keine Einladung vorweisen konnte. Selbst die musste bei Ankunft des Besuchers vom jeweiligen Gastgeber telefonisch bestätigt werden.

Nur entfiel diese Prozedur heute. Das Fahrzeug hielt vorschriftsmäßig an der Kontrollstation. Der Wachhabende beugte sich zum Fahrer hinab, wechselte einige Worte mit ihm, bevor er einen Blick auf die Rückbank warf. Sobald er Larissas Vater erblickte, nahm er Haltung an, salutierte und winkte das Fahrzeug durch die Absperrung.

Lance musterte McIngless. »Was geht hier vor?«

»Du erfährst es bald.«

Es blieb Lance nichts anderes übrig, als sich in Geduld zu üben, obwohl alles in ihm danach schrie, die Tür aufzureißen, sich aus dem Fahrzeug zu werfen und zu fliehen, solange es noch möglich war.

McIngless schien zu spüren, was in ihm vorging, denn er legte ihm eine Hand auf den Arm. »Du hast nichts zu befürchten«, wiederholte er. »Ich garantiere dir vollständige Amnestie.«

»Das könnt Ihr nicht. Eine solche Handlung übersteigt Eure Befug...« Er stockte, als ihm klar wurde, was das bedeutete. »Ihr führt den Clan?«

»Vorerst.«

»Dann brachtet Ihr Euch über Gebühr in Gefahr, als Ihr mich traft.«

Ein leichtes Lächeln kerbte McIngless Züge. »Du denkst noch immer wie ein Leibwächter.«

»Ich bin keiner!«

Das Lächeln schwand. »Ich hatte damals keine andere Wahl, Cooper. Hätte ich je ernsthafte Zweifel an dir gehabt, hätte ich dir nicht vor wenigen Tagen meine Tochter anvertraut.«

Unfähig, dem Blick des Mannes noch länger standzuhalten, wandte Lance den Kopf ab. »Ich war Eures Vertrauens nicht würdig.«

Der Griff um seinen Arm verstärkte sich. »Was ist mit Larissa?«

Dieses Mal war es an Lance, unauffällig mit dem Kopf auf den Fahrer zu weisen. »Später.«

Die Miene von Larissas Vater versteinerte. Offensichtlich begriff er, was Lances Worte bedeuteten. Aber er erhob keinen Einspruch.

So breitete sich Schweigen im Fahrzeug aus, das selbst dann noch anhielt, als sie abbogen, einen weiteren Wachposten passierten und endlich eine lange, von hohen Bäumen flankierte Einfahrt hinauf glitten.

Das Haus beeindruckte durch viel Glas und Beton. Durch die zahlreichen hohen Fenster vermittelte es eine Offenheit, die nicht vorhanden war. Vor jedem Fenster waren dichte Vorhänge zugezogen, vor dem Haus selbst standen gleich drei weitere Wachen. Einen der Männer kannte Lance nur zu gut.

»Gavin!«

Sein *Freund* nickte ihm knapp zu, mied aber seinen Blick. Stattdessen wandte er sich um, öffnete die große zweiflügelige Eingangstür, ließ zuerst McIngless, dann Lance eintreten, bevor er ihnen folgte.

»Ihr habt ihn eingeweiht?«, wandte sich Gavin an Larissas Vater.

Der schüttelte den Kopf. »Ich fand noch nicht die Zeit. Auch waren mir zu viele Ohren in der Nähe.«

»Er kam dennoch mit Euch?« Gavin klang überrascht.

»*Er* hat gute Ohren und kann dich hören. Wenn du etwas wissen willst, frag mich persönlich«, knurrte Lance, während er versuchte, den Rücken seines Freundes mit Blicken zu durchbohren.

»Einer von uns beiden ist noch im Dienst und möchte, dass es so bleibt«, murmelte Gavin nur.

Lance schnaubte. »Dafür tust du, was immer nötig ist, nicht wahr?«

Nun wandte sich Gavin doch zu ihm um. »Ich tue was, nötig ist, um dir den Arsch zu retten.«

»Seltsame Methoden, die du anwendest.«

»Meine Herren, mäßigen Sie sich! Wir sind nicht hier, um uns gegenseitig Vorwürfe zu machen.« McIngless wandte sich ebenfalls um und sah Lance an. »Oder täusche ich mich?«

Lance knirschte mit den Zähnen, schüttelte aber den Kopf. Es gab Wichtigeres als seinen verletzten Stolz. Schweigend folgte er den beiden Männern die Treppe in die erste Etage hinauf bis in einen Raum, der offenbar als Büro benutzt wurde. Mittelpunkt des Zimmers bildete ein riesiger Schreibtisch, mehrere Regale mit antiken Folianten nahmen den Platz an der Wand dahinter ein. Eine elegante Sitzgruppe mit altehrwürdigen Sesseln und einem passenden Sofa vor einem kleinen Tisch vervollständigte die Einrichtung.

Auf einem der Sessel saß Larissas Großmutter. Ihre zierliche Gestalt schien in dem großen Möbel zu versinken. Blass wie sie war, konnte Lance zum ersten Mal ihr wahres Alter erahnen. Dennoch strahlte sie Würde aus. Sie hielt sich kerzengerade, während sie den Männern ruhig entgegen sah.

»Cooper«, begrüßte sie ihn knapp. »Ich rechnete nicht damit, dass Sie unsere Einladung annehmen. Duncan«, wandte sie sich an ihren Sohn, »biete unserem Gast doch etwas zu trinken an.«

»Sobald er mir berichtet, was mit Larissa geschehen ist.«

Es war merkwürdig, wie schnell Lance zurück in die Rolle des Kriegers fiel. Haltung annehmend fasste er die Ereignisse der Flucht zusammen. Dabei fielen ihm immer wieder die Blicke auf, die McIngless mit seiner Mutter und Gavin, der sich wachsam neben der Tür positioniert hatte, tauschte.

»Also, was ist hier los?«, erkundigte Lance sich schließlich. »Ihr wart nicht überrascht, als ich von Batistés Kriegern und Larissas Verschwinden berichtete.«

»Sie ist nicht verschwunden. Lord Batisté ließ uns mitteilen, Larissa hätte ihn um Schutz ersucht. Zur Zeit erfreut sie sich seiner Gastfreundschaft.«

»Gastfreundschaft?« Lance lachte hart auf. »Larissa wäre niemals freiwillig mit ihm gegangen.«

»Warum nicht?«, wollte Sovihe wissen. »Laut seiner Lordschaft wurde meine Enkelin von seinen Kriegern aufgegriffen, als sie allein durch ein Krisengebiet irrte.«

»Eine Krise, die er selbst auslöste. Seine Krieger griffen das Westviertel an und ernteten seine Bewohner.«

»Angeblich wurde Lord Batisté von Gari um Hilfe gebeten. Mit Erlaubnis seines Onkels. Wie überaus passend, dass Lord Hiereon diese Aussage nicht mehr bestätigen kann«, schaltete sich Larissas Vater ein.

»Was Gari sehr zugutekommt«, knurrte Lance. »Sein Onkel wurde getötet?«

»Von den besagten Aufständischen.«

»Das ist eine Lüge!«

»Ist das so?« Der Blick Sovihes war kalt wie Diamantstahl.

Erneut senkte sich seine Hand auf den Blaster an seiner Hüfte. Doch abermals hielt er inne. McIngless hatte ihn weder durchsuchen, noch entwaffnen lassen. In Lances Augen ein unverzeihlicher Leichtsinn, selbst wenn das deutlich machen sollte, dass ihm hier niemand etwas Böses wollte. Aber vielleicht fühlten sich die McIngless' auch nur zu sicher?

Larissas Vater kam zu ihm, ein Glas in der Hand, das er Lance entgegenstreckte. Wie zufällig unterbrach er dabei den Blickkontakt zwischen ihm und der *Drachenkönigin*. Was Lance zu einer gänzlich anderen Frage führte. »Weshalb seid Ihr es, der den Clan führt und nicht Gari?«

»Weil er in derselben Nacht verschwand. Niemand weiß, wo er sich aufhält. Die Suche nach ihm wurde bereits veranlasst. Setzen Sie sich, Cooper. Wir wissen, Sie haben nichts mit dem Anschlag zu schaffen. Ich selbst habe Ihnen den Weg gewiesen, der Ihr Entkommen möglich machte. Sich von dem Geheimgang aus quer durch den Clansitz zum Zimmer des Lords zu schleichen, wäre tollkühne Narretei.«

»Wer sagt Euch, dass Lord Hiereon nicht getötet wurde, bevor diese Leute Larissa und mich befreiten?« Kurz fragte Lance sich, ob er den Verstand verloren hatte, solche Theorien in den Raum zu werfen. Aber er musste es wissen. Musste wissen, ob er Larissas *Freunden* trauen konnte.

»Das haben sie nicht. Ich selbst sah seine Lordschaft, kurz bevor ich mich auf den Weg zur Gefangenenebene begab. Zu dem Zeitpunkt erfreute er sich bester Gesundheit.« McIngless ging zu Sovihe, um ihr eine Hand auf die Schulter zu legen. »Mutter war bei ihm, bis ich zu ihr kam, um ihr von Larissas Flucht zu berichten. Außer uns beiden wusste niemand, dass ich euch half.« Er blickte Lance fest in die Augen. »Ich fordere Ihr Wort, Cooper. Schwören Sie mir, bei Ihrer Ehre als Krieger, niemand aus dieser Gruppe blieb zurück.«

»Ich tat zu viel Unrechtes, um noch Ehre zu besitzen. Doch ich schwöre es Euch bei meinem Leben, wir blieben zusammen, bis uns Batistés Krieger stellten.«

Wieder tauschte McIngless einen verstohlenen Blick mit seiner Mutter. Sie antwortete mit einem kaum wahrnehmbaren Nicken. »Wer waren diese Leute, die Larissa halfen?«

Lance zögerte mit der Antwort. Er war nur zwei Tage bei Larissas *Freunden* gewesen. Sie betäubten ihn, bevor sie ihn zurück nach Makaoh schickten, um ihre genaue Position nicht preiszugeben. Dazu die Versammlung, bei der er anwesend gewesen war. Er musste nicht überlegen, um zu wissen, sie waren den Clans nicht wohlgesonnen. Aber sie hatten Larissa aufgenommen, als sie Hilfe brauchte, hatten seine Verletzungen geheilt, ihn von dem Überwachungschip befreit, und offenbar kümmerten sie sich gut um ihre Leute. Lance dachte daran, wie dieser Kerl, dieser Chris, Larissa angesehen hatte, an die Art, wie sie den Blick des Mannes erwiderte und an die Augen eines Kindes, dem er ein Versprechen gegeben hatte.

»Freunde Larissas«, antwortete er ausweichend.

»Freunde, denen es gelang, sich die Kleidung von Kriegern zu verschaffen, die Bannmeile rund um den Clansitz unbemerkt zu passieren und bis in die Gefangenenebene vorzudringen? Solch einen Umgang pflegte Larissa nicht, als sie noch bei uns war.«

»Freunde, die ihr halfen, als sie Hilfe benötigte. Die sie kleideten, sie ernährten, ihr Unterschlupf gewährten, als es niemand sonst tun wollte.«

»Es war ihre Entscheidung, uns zu verlassen.«

»War es das? Kennt Ihr Eure Tochter überhaupt? Sie fühlte sich eingeengt. Erdrückt von den Einschränkungen, denen sie unterlag. So sehr, dass sie letztendlich davonlief!«

»Sie lief davon, weil sie etwas tun sollte, was sie nicht einsah«, schaltete sich Sovihe ein. »Das ist Sturheit, keine Flucht. Sie erbte den Eigensinn ihrer Mutter.«

»Mutter, es reicht.«

McIngless war bleich geworden. Er erhob sich, ging zu einem der Fenster, zog den Vorhang ein Stück zurück und starrte hinaus.

»Lord Batisté bat offiziell um Larissas Hand«, sagte er dann. »Genau genommen forderte er sie. Sie hätten beide die Kontrolle verloren, da sie sich sehr zugetan wären. Es sei zu amourösen Ereignissen gekommen, sodass er es für seine Pflicht hält, die Ehre meiner Tochter durch eine Ehe wiederherzustellen.«

Lances Magen krampfte sich zusammen. »Sie hat sich nicht freiwillig mit diesem Mann eingelassen. Niemals!«

»Was macht dich da so sicher?« Sovihe betrachtete ihn aufmerksam. »Larissa war nie ein Mensch, der sich zu etwas zwingen lässt.«

»Hat sie es Euch gesagt? Habt Ihr mit ihr persönlich gesprochen?« Lance bemühte sich um Beherrschung, dennoch war seine Stimme lauter als angemessen. Hart stellte er das Glas auf den Tisch und begann, auf und ab zu gehen. »Ich habe sie mit diesem Mann gesehen, der sie befreite. Es ist undenkbar, dass sie sich gegen ihn entschied, um Batisté zu wählen.«

»Der Lord verfügt über erheblichen Einfluss. Er gehört zu den mächtigsten Männern Terras. Vielleicht …«

»Niemals! Jahrelang wolltet ihr Macht und Einfluss schmackhaft machen. Es hat sie nie interessiert. Sie ist keine Frau, die ihre Meinung so plötzlich ändert!«

»Ich muss den Worten Batistés Glauben schenken«, presste McIngless hervor. »Ich *muss* es! Denn alles andere würde bedeuten, er hält sie gegen ihren Willen bei sich.«

»Verschließt Ihr noch immer lieber die Augen vor der Wahrheit, nur weil sie Euch nicht gefällt?«

Lance überwand sich und trat neben Larissas Vater. »Helft ihr«, bat er leise. »Lasst nicht zu, dass Eure Tochter leidet.«

»Ich kann ihn nicht zwingen, sie herauszugeben. Unser Clan ist dem seinen hoffnungslos unterlegen.«

»Das gibt ihm nicht das Recht, gegen geltendes Gesetz zu verstoßen. Tut etwas dagegen. Ihr sagtet, Euch obliegt die Führung des Clans. Wenn es auch nur vorübergehend ist, dürft Ihr Euch nicht schwach zeigen. Ihr habt die Möglichkeit Lord Batisté die Stirn zu bieten«

»Es ist nicht vorübergehend.« Sovihe kam zu ihnen. Überraschend sanft drehte sie ihren Sohn zu sich herum. »Du bist der Clanführer, Duncan. Dieses Amt gebührt dir. Einzig weil ich wusste, du willst diese Verantwortung nicht, überredete ich Seth, unsere Verbindung geheim zu halten.«

»Eure Verbindung?« Eine Gänsehaut kroch Lance den Rücken herauf. »Was meint Ihr damit?«

Wieder war es Sovihe, die antwortete. »Seth Hiereon heiratete mich vor drei Jahren. Wir behielten es für uns, da wir keinen Bürgerkrieg heraufbeschwören wollten. Uns war klar, Gari würde es nicht hinnehmen, von seiner Stellung zurückzutreten.«

Lance taumelte einen Schritt zurück. Ungläubig sah er Larissas Vater an.

»Als legitimer Sohn der Frau des Lords wärt Ihr sein Nachfolger, nicht Gari. Dennoch habt Ihr zugelassen, dass er Larissa in eine Ehe zwingt? Ihr hättet das verhindern können!«

»Wir mussten den Anschein wahren.«

»Ihr opfertet Eure Tochter, nur weil Ihr zu feige wart, zu herrschen!«

McIngless fuhr zu ihm herum. »Nein«, fauchte er. »Ich schützte sie. Larissa sollte nicht noch weiteren Einschränkungen ausgesetzt sein. Sie fühlte sich bereits genug unter Druck gesetzt!«

»Fühlt Ihr Euch besser, solange Ihr Euch diesen Mist einredet?«

»Sie vergessen Ihren Platz, Cooper. Mäßigen Sie sich!«

»Oder was? Sperrt Ihr mich sonst erneut ein? Droht mir mit Hinrichtung? Nur zu! Es war Euch ja sogar bei Eurer eigenen Tochter gleichgültig.«

McIngless schüttelte den Kopf. »Ich war auf dem Weg zur Gefangenenebene, um ihr mitzuteilen, dass sie nichts zu befürchten hat. Sie war es, die überreagierte. Dieser Ausbruch war unnötig!«

»Ihr habt nicht nur Larissa geopfert.« Das war es, was Lance bitter aufstieß, fiel ihm auf. McIngless hatte nicht nur seine Tochter wie eine Spielfigur benutzt. Sondern auch ihn. »Wenn Ihr sie wirklich habt schützen wollen, warum habt Ihr sie dann einfach so gehen lassen? Ihr hättet sie aufhalten können?«

»Ich wollte sie in Sicherheit wissen!«

Lance stieß einen verächtlichen Laut aus. »Unsinn! Ihr habt sie nicht mit einem Wort gefragt, wo sie all die Wochen zuvor gewesen ist. Wie es ihr erging, ob sie zurechtkam. Nicht einmal wie sie sich fühlt, wolltet Ihr wissen. Ihr habt sie gehen lassen, weil sie Euch im Weg war!«

Für einen Mann, der die meiste Zeit seines Lebens hinter dem Schreibtisch saß, hatte McIngless eine beachtliche Schlagkraft in der Rechten.

Lance taumelte zurück. Er ballte die Fäuste, während er einen Schritt auf Larissas Vater zu trat.

Es war Gavin, der ihn zurückhielt. Sein Freund löste sich von der Wachposition an der Tür und stellte sich zwischen Lance und McIngless. »Mach dich nicht unglücklich!«, zischte er. »Er ist dein Lord.«

»Dann hoffe ich für sein Volk, er behandelt es besser, als er es bei seiner Tochter tat.«

»Genau das war schon immer dein Problem!« Hart schlug Gavin Lance gegen die Schulter, trieb ihn so einen weiteren Schritt zurück. »Deine Loyalität sollte deinem Clanführer gelten. Du aber bist derart vernarrt in dieses Mädchen, dass du darüber vergessen hast, wem du Respekt schuldest!«

»Vergessen? Ich habe nichts vergessen. Nicht, wohin mich meine Treue brachte, noch wer das zu verantworten hat.«

»Du allein trägst die Verantwortung dafür! Du wärst nicht degradiert worden, nicht in diese Einöde versetzt, hättest du deine Prioritäten nicht falsch gesetzt. Als Leibwächter bist du ungeeignet! Wegen Männern wie dir werden heutzutage Neurotransmitter verwendet!«

Lance fuhr zusammen. »Das meinst du nicht ernst …«

»Und ob ich das tue. Du hättest niemals ohne den Chip herumlaufen dürfen!«

»Dann gefällt es dir, fremdgesteuert zu werden? Dass Andere darüber entscheiden, wie du reagierst? Was du fühlen darfst?«

»Wenn es mir hilft, meinen Job anständig zu erledigen? Ja!«

Lance konnte nicht glauben, was er hörte. Unfähig zu reagieren, starrte er seinen Freund an. »Merkst du nicht, wie verrückt das ist? Dass sie uns behandeln wie unmündige Kinder? Schlimmer noch, als wären wir ihr Eigentum!« Erst als er es aussprach, bemerkte er die Wahrheit hinter seinen Worten. Sein Magen krampfte sich zusammen. Mit einem Mal fiel ihm das Atmen schwer. Sein Blick irrte in dem Raum umher, fast als suche er nach einer Fluchtmöglichkeit.

»Als ich mich dazu entschied, dem Clan zu dienen, entschied ich mich nicht, mich selbst aufzugeben«, stieß er hervor.

»Doch! Genau das hast du getan. Von dieser Verpflichtung tritt man nicht zurück, nur weil sie einem plötzlich nicht mehr gefällt!«

»Nein …« Lance schüttelte den Kopf, wobei er einen weiteren Schritt zurücktrat. »Das kann ich nicht länger akzeptieren.«

»Carter, lassen Sie uns allein.« McIngless Stimme drang nur gedämpft durch den Nebel, hinter dem sich Lances Gedanken verkrochen hatten.

Er registrierte kaum, wie Gavin zurücktrat, demütig den Kopf senkte und den Raum verließ. Erst als ihm ein weiteres Glas in die Hand gedrückt wurde, sah er auf-.

»Setzen Sie sich.« Sovihe deutete auf den Stuhl vor dem wuchtigen Schreibtisch, hinter dem Larissas Vater bereits Platz genommen hatte.

Misstrauisch hab Lance die Hand und roch an dem Glas. »Branntwein statt Inhaftierung?«

McIngless presste die Lippen zusammen. »Ich versprach Ihnen Amnestie. Daran halte ich mich. Auch wenn Sie es mir nicht leicht machen. Lassen Sie es mich nicht bereuen.«

Lance lag bereits eine passende Antwort auf der Zunge, doch dieses Mal beherrschte er sich. Stattdessen setzte er sich, wie es ihm aufgetragen worden war.

Ganz wie der brave kleine Soldat, der du bist, spottete seine innere Stimme. Er ignorierte sie. »Was wollt Ihr von mir?«

»An Ihrer raschen Auffassungsgabe hat sich nicht viel geändert, scheint mir.«

Nur mit Mühe widerstand Lance der Versuchung, die Augen zu verdrehen. »Ich habe soeben die Kontrolle verloren. Für das, was ich sagte, werde ich mich nicht entschuldigen. Aber dafür, *wie* ich es sagte. Das war unangemessen. Allerdings ist mir klar, dass ein solches Verhalten Konsequenzen hat. Und die bestehen nicht aus einem Glas Branntwein und einer netten Unterhaltung. Ihr wollt etwas von mir, deshalb holtet Ihr mich persönlich ab. Ich hab es satt, darum herumzureden. Also legt die Karten auf den Tisch.«

»Undiszipliniert, unverschämt, ohne Reue«, spottete Sovihe. »Bist du noch immer sicher, dass es eine gute Idee ist?«

McIngless nickte, den Blick fest auf Lance gerichtet. »All das sind Gründe für meine Wahl.«

Lance rieb sich über die mittlerweile schmerzende Stirn. »Diese Unart, niemals direkt auf den Punkt zu kommen ist etwas, das mich an der Oberschicht wirklich abstößt«, murmelte er. »Was für eine Wahl?«

»Stellen Sie Kontakt zu den Aufständischen in den Bergen her.«

Überrascht sah Lance auf. Diese Bitte war das Letzte, womit Lance gerechnet hätte.

»Weshalb?«

»Auch wenn Sie mir nicht glauben, mir liegt viel an meiner Tochter. Ich bin nicht halb so naiv, wie Sie mich sehen wollen. «

»Drücken sie sich endlich klarer aus! «

»Nicht nur Larissa und Gari verschwanden nach dem Überfall auf das Westviertel. Sondern auch Sie, Cooper. Zwei Tage später bitten Sie Carter um eine Kontaktaufnahme. Ein gewaltiges Risiko für einen Mann in Ihrer Situation. Dafür gibt es nur zwei schlüssige Erklärungen: Sie wollen Aufruhr stiften oder Sie sorgen sich um meine Tochter. Die Antwort auf diese Frage gaben Sie mir vor wenigen Minuten.«

»Ich verstehe nicht, was das mit angeblich Aufständischen zu tun hat.«

»Hören Sie auf, mich zum Narren halten zu wollen! Wir alle wissen, dass irgendwo in den Bergen ein Rebellennest existiert. Wir tolerierten es, um die Aufmerksamkeit des Großherrschers nicht auf die Clanwirtschaft zu lenken. Aber nun benötige ich die Unterstützung dieser Leute.«

»Nein!« Das Wort war heraus, noch bevor Lance wirklich darüber nachgedacht hatte. »Selbst wenn ich wüsste, wo sie sich aufhalten, liefere ich Euch niemanden aus.«

»Das sind nicht die Worte eines Kriegers.« Sovihe gab sich keine Mühe, ihre Empörung zu verbergen.

»Euer Sohn sorgte dafür, dass ich kein Krieger mehr bin.«

»Das hatten wir bereits«, sagte McIngless und seufzte. »Sie wollen mir nicht helfen? Gut, das verstehe ich. Doch ich brauche Unterstützung, will ich Forderungen an Lord Batisté durchsetzen.«

»Mir schien es nicht so, als wolltet Ihr das tun. Eher, als hättet Ihr aufgegeben.«

»Ein Test. Verzeihen Sie, doch wir mussten sicher gehen, auf wessen Seite Sie stehen.«

»Nehmt Ihr Unterstützung von Aufständischen an, liefert Ihr Euch der Vergeltung anderer Clans aus.«

»Es schien mir, als wäre Ihnen das gleichgültig.«

»Was Euch betrifft, ist es das auch. Warum sollte ich Euch trauen, nach allem, was Ihr getan habt?«

»Einen Clan zu führen bedeutet, Opfer zu bringen. Das mag niemanden gefallen, doch es ist eine Notwendigkeit. Als Anführer gilt es abzuwägen, welches Vorgehen die geringsten Verluste fordert«

»Die geringsten? Woran macht Ihr das fest? An der Zahl der Verluste oder deren Wert? Die Menschen im Westviertel, zahlten sie ihre Abgaben?«

McIngless hatte wenigstens genug Anstand, Lances Blick standzuhalten. »Das taten sie.«

»Dennoch wurden sie geerntet.« Wie er diesen Ausdruck verabscheute, gleich wie geläufig er auch war. Ernte, Säuberung, Umsiedlung. Nichts weiter als Synonyme für Menschenhandel. Alle wussten es, nahmen es hin, solange es nur die Unterschicht betraf. Die Menschen der Mittelschicht schienen dieses Konzept sogar zu begrüßen, fürchteten sie doch, die Armut und die Elendsviertel um die Städte herum könne sich ausbreiten. Niemand wollte den Wertverlust seines Hauses in Kauf nehmen oder die Abstriche an persönlicher Sicherheit, den diese Entwicklung mit sich bringen könnte. Niemand wollte daran erinnert werden, dass Armut und Elend tatsächlich existierten, also verschlossen sie Augen, Ohren, und ihre Herzen gegen das Leid anderer.

So wie du es auch getan hast, zischte ihm sein Gewissen zu. *Solange du dich in Sicherheit wusstest, war es dir gleich.*

Aber Menschen konnten sich ändern. *Er* konnte sich ändern. Es war an der Zeit, das Richtige zu tun.

»Es gibt Menschen auf diesem Planeten, die nicht bereit sind, andere zu opfern. Im Gegenteil, sie riskieren ihr Leben, um zu helfen. Ich werde sie Euch nicht ausliefern, damit sie ihr Leben nun für Euch geben.«

»Damit opferst du Larissa.«

»Nein. Ihr seid es, der das tut. Denn es ist an Euch, für sie einzustehen. Es ist nicht die Aufgabe anderer, Eure Kämpfe zu führen.«

»Allein kann ich nichts tun!«

»Doch, könnt Ihr. Ihr wollt es nur nicht. Denn das würde bedeuten, eine Schwäche einzugestehen, wodurch Ihr unter Umständen Euer Gesicht verlieren könntet. Das ist der Grund, warum sich niemand an den Großherrscher wendet, nicht wahr? Ein Lord der Clans regelt seine Angelegenheiten selbst oder er gilt als schwach. Und Ihr seid allesamt so bestrebt Stärke zu zeigen, dass Ihr jede Ungerechtigkeit dafür in Kauf nehmt. Solange sie nicht Euch trifft, sondern Eure Untertanen. Durchbrecht dieses Muster, sprecht beim Großherrscher vor und besteht auf Eurem Recht!«

»Das kann ich nicht. Zum jetzigen Zeitpunkt ist es mir unmöglich, den Clan ohne Führung zurückzulassen.«

Sovihe wiegte den Kopf »Er hat Recht, Duncan. Du wirst den Clan nicht führen können, solange du Batisté gewähren lässt. Lord Batisté versucht, dich zum Narren zu halten. Du wirst an Glaubwürdigkeit verlieren, lässt du dir ein solches Benehmen gefallen.«

»Du sagtest, ich darf den Clan nicht ohne Führung zurücklassen, Mutter.«

»Das sehe ich noch immer so. Darum werde ich beim Großherrscher vorsprechen. Ich werde den Mord an meinem Ehemann und die Entführung meiner Enkelin anklagen, um Gerechtigkeit einzufordern. Doch ich kann das nicht allein tun.« Sie sah Lance an. »Sie werden mich begleiten und für meine Sicherheit sorgen.«

»Ihr traut ausgerechnet mir?«

»Ich halte dich für undiszipliniert und überaus impulsiv, was dich zu einem gefährlichen Mann macht. Doch das wird der Neurochip regeln. An deiner Loyalität meiner Enkelin gegenüber zweifle ich hingegen keine Sekunde. Also, wirst du den Chip erneut einsetzen lassen, um mich zu unterstützen?«

Innerlich fluchte Lance und warf sich jedes Schimpfwort an den Kopf, das ihm einfiel. Sie hatte ihn schachmatt Gesetzt. Seine Schwachstelle gegen ihn verwendet, ohne die Möglichkeit abzulehnen. Denn tat er es, würde sie nicht um eine Audienz ersuchen. Das stand so deutlich in ihren Augen, als hätte sie es ausgesprochen. Also nickte er. »Doch bevor ich das tue, verlange ich ein abhörsicheres Gespräch zu führen.« Es gab ein weiteres Versprechen, das er einlösen musste.

Erkenntnis blitze in McIngless' Augen auf. »Der Kontakt, den Sie für mich herstellen sollen?«

»Durch den Neurochip könntet Ihr mich dazu bringen, genau das zu tun. Ich ziehe es vor, solche Entscheidungen bei klarem Verstand zu fällen.«

Kapitel 10

Vergangenheit: 04. November 336: Clanbasis Batisté – Gefangenenebene 14.23 Uhr

Chris wusste nicht, was schlimmer war. In dieser dämmrigen, übel riechenden Zelle an Ringe an der Wand gebunden zu sein, wehrlos den Blicken und Kommentaren ausgeliefert, die ihn aus der gegenüberliegenden Zelle trafen, oder der konstant hohe Geräuschpegel. Um ihn herum herrschte ein unglaubliches Durcheinander an Lauten. Schreie wechselten sich ab mit dem Stöhnen von Frauen und dem Wimmern von Kindern. Ein jeder traf Chris bis ins Mark. Es war eine Sache von Leid und Elend zu wissen, eine andere, sie mit eigenen Augen zu sehen. Dürre schmutzige Arme derer, die noch Kraftdazu hatten, streckten sich flehend durch die Gitter. Es wurde nach Essen gerufen, um Freiheit gebettelt.

In der Nachbarzelle tobte eine Frau und schrie sich die Seele aus dem Leib. Mehrmals wurde sie ebenso lautstark wie vergeblich aufgefordert, endlich still zu sein. Schließlich war das Geräusch von Schlägen zu hören, bevor es ruhiger wurde. Kurz darauf war zu vernehmen, wie jemand zwischen all diesen Menschen Sex hatte.

Chris war sich bewusst, dass es zu Batistés Strategie gehörte, ihn all das mitansehen, mitanhören zu lassen. Ein Hinweis darauf, wie es ihm bald ergehen würde. Er würde sich nicht verstecken können. Weder vor den Blicken, noch davor, was Batisté mit ihm vorhaben mochte.

Seine Hand pochte, Blut lief ihm klebrig über den Arm, kitzelte seine Flanken auf dem Weg über seinen Körper. Dennoch weigerte sich Chris, sich zu setzen. Es wäre möglich, zwar unbequem, mit den ausgebreiteten Armen über dem Kopf und unter Belastung der Schultermuskulatur. Doch er verbot es sich, ebenso wie er den Kopf nicht senkte.

Du bist ein Narr, sagte er sich. Du wirst jeden Funken Kraft brauchen, der in dir ist, um das Verhör zu überstehen. Dennoch verschwendest du deine Kräfte.

Aber er konnte nicht anders. Vielleicht war es Stolz, vielleicht Dummheit, aber es kam ihm vor, als würde er Batisté den Sieg noch leichter machen, indem er sich auf den schmierigen Boden setzte.

Das ist nicht der wahre Grund, zischte ihm seine innere Stimme zu. Du willst nur nicht an Larissa denken. Lieber konzentrierst du dich auf den pulsierenden Schmerz in deiner Hand, auf das Zittern deiner Muskeln, das Ziehen in den Schultern, als darauf, was er mit ihr machen ... Nein! Denk nicht daran! Das gehört zu Batistés Taktik. Er will dich brechen, was ihm gelingen wird, noch bevor er Hand an dich gelegt hat, fängst du jetzt an, darüber nachzudenken.

Das Gespräch mit ihm selbst verursachte ihm Kopfschmerzen. Aber verdammt, es half nichts gegen das Gefühl, Larissa zu verraten. Sie im Stich zu lassen, auszuliefern, allein indem er sich zwang, einzusehen, dass er nichts für sie tun konnte. All seine Versprechen, der Schwur, sie zu schützen, für sie zu kämpfen, dahin. Verschwunden in der Erkenntnis, er durfte sich nichts von seinen Gefühlen anmerken lassen, wollte er es nicht noch schlimmer für sie machen.

Ich beschütze sie, schrie er sich entgegen. *Indem ich mich gleichgültig zeige, rette ich sie.*

Dennoch zerrte er erneut an den Fesseln, in der aberwitzigen Hoffnung, die Ketten würden sich lockern. Schritte vom Gang her ließen ihn innehalten. Womöglich hätte er sie nicht einmal wahrgenommen, ohne die unheilvolle Stille, die sich mit einem Mal ausbreitete. Es war, als hätte jemand einen Schalter umgelegt, so abrupt verstummten die Geräusche aus den umliegenden Zellen. Chris wappnete sich, versuchte, sich auf das erneute Zusammentreffen mit dem Clanführer vorzubereiten, indem er den Rücken durchdrückte, sich ein wenig aufrechter hinstellte und den Kopf hob.

Zuerst war es Joshua, der vor dem Gitter der Zelle erschien. Der Arzt schaltete den Schutzschild ab, schloss die Tür auf und betrat das Verlies.

Batisté folgte, begleitet von zwei weiteren Kriegern. In der Mitte der beiden Männer ging Larissa.

Dunkle Ringe der Erschöpfung lagen unter ihren Augen, ihre Unterlippe war angeschwollen, ihre Bewegungen müde und kraftlos. Ihr Blick streifte Chris, doch sofort senkte sie die Lider wieder, um starr den Boden zu mustern.

»Larissa, zu mir!«, befahl Batisté. Er sah sie nicht einmal an, um sich zu vergewissern, ob sie seiner Anordnung folgte. Das musste er auch nicht.

Zu sehen, wie Larissa der Anweisung sofort Folge leistete, ließ etwas in Chris aufbrüllen. Er ballte die Hände zu Fäusten, begrüßte den Schmerz, der ihn durchfuhr, nahm er doch für einen Moment der Pein, die in ihm wütete, die Schärfe.

Es war Joshua, der ihm warnend eine Hand auf den Arm legte. »Reiß dich zusammen!«

Der Stich einer Injektion kam unerwartet. Dennoch reagierte Chris nicht. Seine gesamte Aufmerksamkeit galt Larissa.

Batisté war hinter sie getreten, woraufhin sie völlig starr wurde. Die Augen in dem blutleeren Gesicht angstvoll geweitet. Sie zuckte zusammen, als der Clanführer ihr das lange Haar zur Seite strich, um seine Lippen auf ihre Schulter zu drücken. Dabei ließ Batisté Chris nicht eine Sekunde aus den Augen.

»Er wird Euch die Wahrheit sagen«, tönte da die Stimme Joshuas nahe an Chris' Ohr. Noch immer stand der Arzt unangenehm dicht bei ihm. »Ich kann allerdings nicht verantworten, ihm eine weitere Dosis des Serums zu verabreichen.«

Batisté grinste. »Das wird nicht nötig sein. Er wird mir sagen, was er weiß. Dieses kleine Täubchen sorgt dafür, nicht wahr?« Er strich Larissa über den Hals, was sie erzittern ließ.

Chris stöhnte auf, als ihm der Grund für ihr Verhalten klar wurde. Er hatte Ähnliches zu oft gesehen, um nicht zu wissen, was es bedeutete. »Du verfluchtes Schwein«, flüsterte er gepresst. »Du verdammter, seelenloser Mistkerl.«

»Na, na, na, achte auf deine Worte«, tadelte Batisté. In seinen Augen lag ein amüsierter Glanz, der Chris die Galle hochtrieb. »Wir wollen doch nicht Larissa für deine Unverschämtheiten büßen lassen?«

»Du hast sie missbraucht.«

»Oh, Missbrauch ist ein so hartes Wort. Sagen wir, ich habe sie gezähmt, indem ich mich daran erfreute, sie schreien zu hören. Eine Freude, die ich gerne mit dir teile. Unser gemeinsames Essen wurde so rüde unterbrochen. Setzen wir unser Gespräch doch hier fort.«

Jedes Wort traf Chris wie ein Schlag in den Magen. Er versuchte einzuatmen, versuchte, das plötzliche Hämmern seines Pulses zu ignorieren, wobei er das Gefühl hatte, innerlich zu Eis zu erstarren.

Versagt, schrie es in ihm. *Bei allem versagt. Du konntest sie nicht schützen. Weder sie, noch all die anderen.*

»Was habt ihr ihm gegeben?«, erkundigte sich Larissa bei Joshua und bewahrte Chris so vor einer Dummheit. Ihre Stimme klang erstickt.

Ihre Tränen waren lautlos, aber irgendwie machte das alles nur noch schlimmer.

Der Arzt zögerte einen Moment. »Amobarbital, es wird ihn nicht gefährden.«

»Du hast ihr nicht zu antworten, alter Mann«, knurrte Batisté.

Joshua trat zwei Schritte auf seinen Clanführer zu, bevor er demütig den Kopf senkte. »Verzeiht, ich dachte, als Eure Frau stehe ihr eine Antwort zu.«

»Das ist dein Fehler. Du denkst zu viel.«

»Frau?« Chris achtete nicht weiter auf das Wortgefecht. Sein Blick schoss zu Larissa. Er erkannte es an ihren Augen, am Aufblitzen darin, noch bevor sie sich bewegte.

Nein! Ihm blieb nicht einmal genug Zeit, das Wort über seine Lippen kommen zu lassen.

Larissa, eben noch paralysiert wirkend, stürzte nach vorn. Ihre Bewegungen waren fließend, kamen sichtlich überraschend für die beiden Krieger.

Während die Hände der Männer ins Leere griffen, war Larissa bereits bei Joshua. Sie entwand ihm den Medikator, wich an die Wand zurück und setzte sich die Spitze des Injektiongeräts an den Hals.

Die Krieger hoben ihre Waffen, doch Batisté hielt sie mit einer knappen Geste zurück. »Was willst du mit dieser Albernheit bezwecken?«

»Amobarbital verursacht bei Überdosierung Koma, Atemstillstand, letztendlich den Tod.« Die Hand an ihrem Hals zitterte, doch Larissas Stimme klang fest. »Das Datum auf dem Ehevertrag ist vordatiert. Sterbe ich vor diesem Datum, sind deine Pläne hinfällig!«

»Du überschätzt deine Wichtigkeit.«

»Und du meine Entschlossenheit.« Sie deutete mit dem Kinn in Chris' Richtung. »Nimm ihm die Ketten ab.«

Batisté schüttelte den Kopf. »Was denkst du, wie weit er kommen wird?«

»Weit genug. Seine Freiheit für die Herrschaft über meinen Clan. Ein geringer Preis, nicht wahr?«

Der Clanführer verengte die Augen. »Das wirst du bereuen.«

»Es gibt nichts, was du mir noch antun könntest.« Larissa hob den Medikator ein wenig an. »Bist du wirklich bereit, auf die Mine zu verzichten, nur um dein Gesicht zu wahren?«

Chris zwang seine Emotionen zurück. *Du darfst dich von deiner Angst um Larissa nicht behindern lassen. Dafür steht zu viel auf dem Spiel.*

»Sie meint es ernst«, sagte er gepresst.

Das Gesicht Batistés war ausdruckslos, als er zu Chris kam, um die Schellen, die die Handgelenke seines Gefangenen mit den Ketten verbanden, zu lösen.

»Das scheint fast so«, bemerkte er, während er Chris durch einen kurzen Stoß vorwärtstrieb.

Noch während er einen taumelnden Schritt nach vorn machte, umklammerte Batisté Chris' Rechte. Hart drückte er den Daumen in die noch immer offene Wunde.

Chris schrie auf, sein Sichtfeld flimmerte an den Rändern, seine Beine knickten ein. Nur der Arm des Clanführers, der schlagartig um seiner Kehle lag, hielt ihn aufrecht.

»Jetzt wirf das Spielzeug weg, ansonsten ziehe ich ihm die Haut bei lebendigem Leib ab«, zischte Batisté.

Es dauerte eine Sekunde, bis Chris realisierte, dass Larissa damit gemeint war.

»Tu es nicht! Flieh!«, krächzte er, einen weiteren Aufschrei unterdrückend, als Batisté den Druck auf die Wunde verstärkte.

Larissa Blick flackerte, suchte Chris.

Er drängte den Schmerz zurück, verschwendete keinen Gedanken mehr an die Clankrieger, die jederzeit eingreifen konnten, sondern hieb Batisté den Ellenbogen wiederholt in den Magen.

Als der Arm des Clanführers von seiner Kehle verschwand, wirbelte Chris herum, riss einen Fuß in die Höhe und traf den Clanführer damit unter dem Kinn. Batisté taumelte.

Sofort war Chris bei ihm, verkrallte seine Hand in die Haare des Clanführers und schmetterte dessen Kopf nach unten. Gleichzeitig schoss sein eigenes Knie in die Höhe. Es knackte vernehmlich. Batisté stöhnte auf. Blut lief aus seiner gebrochenen Nase. Tränen schossen ihm in die Augen, verschleierten seinen Blick. Diesen Moment wusste Chris zu nutzen. Ein neuerlicher Tritt traf Batisté und schleuderte ihn zurück. Chris wollte nachsetzten, doch ein Schrei hielt ihn zurück.

Larissa! Er fuhr herum.

Die Clankrieger hatten anscheinend versucht, in den Kampf einzugreifen und waren von Larissa daran gehindert worden. Einer von ihnen lag am Boden, das Injektionsgerät neben ihm. In einiger Entfernung saß Joshua, an der Wand gelehnt, und hielt sich den Kopf. Der zweite Krieger hielt Larissa gepackt. Ihr linker Arm hing nutzlos an ihrer Seite herab.

Chris begriff, sie war verletzt worden, und sah rot. Er hörte auf zu denken, gab die bewusste Kontrolle über seinen Körper auf und überließ sich vollständig den seit Jahren antrainierten Reflexen. Jegliche Erschöpfung schwand, wurde ersetzt durch wilde Wut. Mit einem Schrei griff er den Krieger an. Sein Körper führte ohne sein bewusstes Zutun hundertfach geübte Bewegungen aus. Er packte den Mann, riss ihn von Larissa fort, trat mit aller Gewalt zu. Sein Bein traf den Brustkorb des Kriegers und zerschmetterte ihn.

Kurz sah er sich Larissa gegenüber, die ihn ungläubig anstarrte. Dann war Batisté erneut heran und schlug seine zusammengeballten Fäuste in Chris' Nacken. Schmerz raste an seinem Rückgrat entlang, flutete zurück und explodierte in seinem Hinterkopf. Chris fiel, tauchte für eine schrecklich lange Sekunde in Dunkelheit. Gedämpft hörte er Larissas Schrei, dem das Geräusch eines Schlages folgte. Dann ihr schmerzerfülltes Keuchen. Das brachte ihn dazu sich mühsam herumzuwälzen. Taumelnd kam er wieder auf die Beine, spürte, wie sich seine Kräfte dem Ende näherten. Seine Umgebung verschwamm vor seinen Augen. Er schüttelte den Kopf, um wieder einen klaren Blick zu bekommen, erreichte aber dadurch nur, dass ihm schwindelig wurde.

Batisté nutzte diese Schwäche gnadenlos aus. Er federte in die Knie, stieß sich ab und sprang fast waagerecht auf Chris zu. Dessen Abwehrbewegung kam viel zu spät.

Anthonys Fuß durchbrach seine Deckung mit der Wucht eines Hammerschlages. Chris' Kopf wurde zurück geschleudert.

Bei jedem Atemzug schien flüssiges Feuer statt Luft seine Lungen zu füllen. Schnaufend zog er den kostbaren Sauerstoff ein, wälzte sich würgend herum und versuchte erneut, sich in die Höhe zu stemmen. Seine Arme knickten unter ihm weg, als er sich auf Hände und Knie hochdrücken wollte. Doch er konnte, dufte, nicht aufgeben. Bei diesem Kampf ging es nicht nur um ihn. Noch einmal mobilisierte er alle Kräfte, kam taumelnd auf die Füße.

Er nahm den Clanführer nur noch als verschwommenen Schemen wahr, wehrte dessen Schläge lediglich ab, anstatt selbst anzugreifen. Endlich bemerkte er eine Lücke in Batistés Deckung und trat zu. Der Clanführer riss die Hände in einer abwehrenden Geste vor den Leib. Chris' Fuß traf Batisté nicht wie beabsichtigt in den Magen, sondern an der rechten Hand und brach sie. Chris brüllte triumphierend auf, nahm einen harten Schlag in die Seite hin und setzte nach. Seine Faust traf zweimal hintereinander Batistés Schädel, bevor Chris mit einem harten Hieb der Linken in die Herzgrube nachsetzte, der den Clanführer nach hinten kippen ließ.

Sofort war Larissa heran. Offenbar hatte sie es bisher nicht gewagt einzugreifen, um Chris nicht zu gefährden. Nun aber schlug sie dem Clanführer wuchtig den Lauf des Blasters über den Schädel. Als Chris langsam auf die Knie sackte, hielt sie inne. Ihm fiel das Atmen schwer, jeder Muskel protestierte bei der kleinsten Bewegung.

Sein Blick suchte Larissa, die nun auf Joshua zielte.

»Töte ihn nicht.« Chris konnte nicht erklären, warum er das sagte. Vielleicht, weil der Arzt der einzige war, der bisher ansatzweise Freundlichkeit gezeigt hatte. Vielleicht, um Larissa nicht die Bürde eines Mordes an einem unbewaffneten Mann aufzuhalsen.

»Hatte ich nicht vor«, erwiderte sie und schoss. »Aktivierter Betäubungsschalter«, erklärte sie, feuerte auch auf Batisté, lief dann zu einem der Clankrieger hinüber. Ohne zu zögern begann sie den Mann auszuziehen.

»Dazu ist keine Zeit. Wir müssen hier raus. Schnell!«

»Was glaubst du, wie weit wir so kommen?«, erwiderte sie, ohne aufzusehen. »Wir brauchen jede, die wir bekommen können.«

Sie hatte Recht. In der Verkleidung eines Clankriegers könnten sie eventuell von der Gefangenenebene verschwinden. Wortlos streifte Chris sich die Kleidung des Kriegers über, bevor er dessen Waffe an sich nahm. Dann wischte er sich die schlimmsten Spuren des Kampfes aus dem Gesicht und spähte vorsichtig auf den Gang hinaus.

Er war leer, aber die Auseinandersetzung war nicht unbemerkt geblieben. Die anderen Gefangenen rüttelten fordernd an den Gittern ihrer Zellen. Riefen um Hilfe, flehten darum, dass die Türen geöffnet würden. Anscheinend hatte Batisté die Krieger, die für die Bewachung der Ebene zuständig waren, mit in die Zelle gebracht, denn keine weitere Wache kam, um nachzusehen, was der Lärm bedeutete.

Rasch verriegelte Chris sein ehemaliges Gefängnis und taumelte, sich auf Larissa stützend, los.

Er zwang sich, die Rufe der anderen Gefangenen zu ignorieren. Dazu war jetzt keine Zeit. Zuerst musste er sehen, dass er Larissa hier raus schaffte. Später würde er wieder kommen, um sich um die anderen zu kümmern. Wenn es ein Später für ihn gab. Seine Verkleidung würde niemanden über einen flüchtigen Blick hinaus täuschen.

Noch immer taumelte er mehr, als dass er ging und ihm war übel vor Schwäche.

»Wohin?«, erkundigte er sich knapp bei Larissa.

Sie deutete nach vorn. »Wir müssen nach oben. Am Ende des Ganges befindet sich ein Lift. Allerdings erwarten uns oben weitere Wachposten.«

»Wie viele?«

»Mindestens zwei, vielleicht auch drei Krieger. Die Anzahl war jedes Mal verschieden.«

»Gut aufgepasst. Du hast viel gelernt.«

»Ich war gezwungen, zu lernen«, erwiderte sie hart.

»Larissa ich … es …« Er schüttelte hilflos den Kopf, unfähig mit Worten auszudrücken, was in ihm vorging. So streckte er die Hand nach ihr aus.

»Nein!« Sie wich zurück. »Fass mich nicht an. Nicht jetzt! Ein Krieger trauert nicht während eines Kampfes. Dazu ist Zeit, wenn der Krieg zu Ende ist.«

Chris erkannte Lance in dieser Aussage. Für eine Sekunde war er dem alten Krieger dankbar für die Lektionen, die er Larissa mitgegeben hatte. Sie schienen alles zu sein, was sie noch aufrecht hielt.

Larissa stolperte auf den Gang hinaus, nachdem sich die Türen des Aufzuges lautlos öffneten. Einer der wachhabenden Krieger sah auf, senkte aber desinteressiert wieder den Blick.

Der diensthabende Offizier war nicht so freundlich, desinteressiert zu sein, sondern kam auf sie zu. Er runzelte die Stirn, als er Chris' Zustand bemerkte, ging jedoch nicht weiter darauf ein.

»Wohin wollt ihr?«, erkundigte er sich stattdessen barsch.

»Gefangenenverlegung von Ebene Zwei«, erwiderte Chris instinktiv.

Der Offizier wirkte misstrauisch. »Davon weiß ich nichts. Ihr wartet, während ich das kläre.«

»Ich glaube, das ist nicht nötig«, entgegnete Chris und schoss.

Larissa kümmerte sich um den zweiten Krieger, der nicht einmal dazu kam, seine Waffe zu ziehen. In der Zwischenzeit nahm Chris sich systematisch die automatischen Kameras vor, bevor er zum Kontrolltisch lief, um einen Blick auf den Hauptplan zu werfen.

»Wir müssen zum Hangar. Hast du eine Ahnung, in welcher Richtung er liegt?«

Larissa trat neben ihn, betrachte den Plan, bevor sie entmutigt den Kopf schüttelte. »Das ist ein halbes Labyrinth.«

Chris unterdrückte einen Fluch. Gleichgültig wie weit hinauf sie mit dem Lift fuhren, es würden sie weitere Wachen erwarten. Zumal jeden Moment der Alarm aktiviert werden konnte, der jeden Krieger auf ihre Flucht aufmerksam machen würde.

»Die Treppe! Wir müssen auf jeden Fall weiter nach oben. Im Lift würden wir in der Falle sitzen, sobald Batisté Alarm schlägt.«

Noch bevor Larissa antworten konnte, erschütterte eine Explosion den Korridor. Beißender Qualm füllte den Gang hinter ihnen, die Türen des Aufzugs glitten auseinander und das grelle Heulen der Alarmanlage ertönte. Chris zerbiss einen weiteren Fluch zwischen den Zähnen, ging hinter der Konsole der Wachmannschaft in Deckung und versuchte, den dichten Rauch vor sich mit Blicken zu durchdringen. Er erkannte einige verschwommene Schemen und feuerte.

Larissa hatte sich ebenfalls geistesgegenwärtig Deckung gesucht und schoss ohne zu zögern auf die Clankrieger, die den Aufzug verlassen wollten. Hätte die Detonation – von der Chris annahm, dass sie schlicht zu früh erfolgt war – sie nicht gewarnt, hätten die Krieger sie in kürzester Zeit überwältigt.

Chris konnte sich irren, doch er war fast sicher, die Krieger hatten den Auftrag, sie lebend zurückzubringen. Verdammt wollte er sein, ließe er das zu. Erneut gab er einige Schüsse auf den Nebel ab, der sich mittlerweile ein wenig lichtete. Chris konnte nun einen Durchlass erkennen, den die Krieger in die Wand des Korridors gesprengt hatten, um ihnen den Weg abzuschneiden. Noch hielt sein Dauerfeuer sie zurück, doch die Lücke war zu groß, um die Soldaten auf Dauer aufzuhalten.

»Chris, hierher.« Larissa hatte eine schmale Tür hinter dem Kontrollpult entdeckt und löste bereits den Öffnungsmechanismus aus.

Chris feuerte noch einmal auf die Krieger und hetzte dann hinter Larissa her, die in einem schmalen Gang verschwunden war. Hinter ihnen ertönte das Geschrei ihrer Verfolger. Es klang ohrenbetäubend laut in der Enge des Korridors, aber gerade diese Enge hinderte die Krieger daran, ihre Blaster einzusetzen. Die Gefahr sich gegenseitig zu treffen war zu groß.

Eine massive offene Tür tauchte vor ihnen auf. Chris Hoffnungen stiegen. Gelang es ihm, diese Tür hinter sich zu verschließen, konnten er und Larissa einen Vorsprung gewinnen. Sobald sie die Öffnung passiert hatten, hämmerte Chris seine Faust auf die Schließtaste.

Die Tür schloss sich mit einem dröhnenden Krachen. Mit einem Schuss auf die Öffnungsautomatik sorgte Chris dafür, dass sie auch geschlossen blieb.

Der Gang, indem sie sich befanden, war eine Fortsetzung des Vorherigen. Eine Staubschicht auf dem Boden wies darauf hin, dass es sich um einen selten benutzten Wartungsschacht handeln musste. Für den Moment bot er Zuflucht, doch die Clankrieger würden wissen, wo der verdammte Stollen endete. Dennoch ließ Chris sich für einen Augenblick gegen die Wand sinken, um zu Atem zu kommen. Seine Umgebung verschwamm vor seinen Augen, was ihm klar machte, er würde nicht mehr lange durchhalten.

»Wir müssen weiter«, drängte Larissa. »Batistés Krieger werden jeden Moment hier sein.«

Chris schüttelte den Kopf. »Hör doch.«

»Ich höre nichts.«

»Eben, sie scheinen die Verfolgung aufgegeben zu haben. Ich frage mich warum.«

»Ist das wichtig? Es verschafft uns einen Vorsprung.«

»Vielleicht auch nicht. Es ist …« Das Dröhnen in seinem Schädel hinderte ihn am Denken. »Gehen wir.«

Der Gang schien endlos und führte starr geradeaus. Keine der Türen, an denen sie vorbeikamen, ließ sich öffnen. Endlich tauchte vor ihnen der Umriss eines weiteren Ausgangs auf. Chris rechnete damit, ihn ebenfalls verschlossen vorzufinden, doch zu seiner Überraschung ertönte ein leises Zischen, als er die Automatik bediente. Er schob Larissa hinter sich und spähte um die Ecke in den dahinterliegenden Raum. Seine Vorsicht schien unbegründet.

Das Zimmer lag in Dunkelheit, lediglich die Umrisse von Möbeln waren zu erkennen. Ein riesiges Bett, mehrere Sessel, ein kleiner Tisch. Langsam schob Chris sich näher in dem Raum hinein, Larissa dicht hinter ihm. Sein Herz schlug hart und viel zu schnell gegen seine Rippen. Nichts rührte sich. Nicht der geringste Laut war zu hören. Und doch ... Das Ganze stank geradezu nach einer Falle. Es war zu leicht gewesen. Das Auftauchen der Krieger beim Lift. Die Sturmtruppen, die ihnen den Weg abschnitten und, als letzte Fluchtmöglichkeit, dieser verdammte Gang, ohne Türen und Abzweigungen und ohne Verfolger, der nur an einem Punkt endete. Genau hier.

Die Tür hinter ihnen fiel dröhnend ins Schloss. Im gleichen Moment wurde Chris von gleißendem Licht geblendet.

»Ihr habt lange gebraucht, um herzufinden«, ertönte Batistés Stimme. »Ich habe früher mit euch gerechnet. Aber das macht ja nichts. Nun seid ihr ja hier.«

Chris blinzelte und erkannte den Clanführer, der am Ende des Zimmers auf einem antiken Lehnstuhl saß, während fast ein Dutzend seiner Krieger ihre Deckung verließen. Chris' Gedanken rasten. Es bedurfte nur einer winzigen Bewegung, um den Clanführer zu töten.

»Ich an deiner Stelle würde nicht darüber nachdenken.« Batisté schien seine Gedanken zu erraten. »Meine Krieger haben Anweisung, sofort auf Larissa zu schießen, sobald du auch nur falsch Luft holst.« Seine Worte drangen nur undeutlich aus dem geschwollenen Gesicht hervor. Dennoch lag etwas in seiner Stimme, das Chris dazu brachte, die Waffe zu Boden zu werfen.

Der Blick des Clanführers richtete sich auf Larissa, die von zweien seiner Krieger ebenfalls entwaffnet wurde. Widerstandslos ließ sie es geschehen. Alles Blut war aus ihrem Gesicht gewichen. Ebenso alle Hoffnung.

»Ich gebe zu, du hast mich überrascht. Das gelingt nicht jedem. Doch jetzt ist es an der Zeit, den törichten Widerstand aufzugeben. Komm zu mir«, befahl Batisté.

Sie schüttelte abwehrend den Kopf.

»Komm zu mir!«, wiederholte der Clanführer, wobei er jedes Wort überdeutlich betonte, als spräche er mit einem verstockten Kind.

»Nein!«

Batisté zuckte mit den Schultern. »Also gut. Ganz wie du willst.« Er gab seinen Kriegern den Befehl zu feuern.

Chris blieb nicht einmal Zeit für einen Schrei, bevor er hart auf den Boden aufschlug. Zwei Krieger waren nötig, um Larissa von seinem leblosen Körper fortzuzerren.

»Das kann unmöglich dein Ernst sein. Du kannst dort nicht hingehen.« Shawn klang noch immer erschüttert. Die Ablehnung für Daves Vorhaben stand ihm ins Gesicht geschrieben. »Noch kannst du zurück.«

Dave schüttelte den Kopf. »Das kann ich nicht. Es ist unsere letzte Möglichkeit, Chris und Larissa zu finden. Sie sind seit drei Tagen verschwunden. Lance hat zwar eine Koalition mit Larissas Vater erwirken können, doch wer weiß, ob es zu einer Audienz beim Großherrscher kommen wird. Bis dahin kann es zu spät sein. Und Kyle …« Er brach ab und zuckte mit den Schultern. »Es ist zu gefährlich. Mit etwas Pech wird er inhaftiert, sobald er sich zu erkennen gibt. Es war eine Option, als wir keine andere Möglichkeit sahen.«

»Dann lassen wir ihn orten und finden so heraus, wo sich Batisté verbirgt.«

»Der Junge hat Verantwortung hier.«

Shawn gab einen schnaubenden Laut von sich.

»Für ein Kind, das auf die Rückkehr anderer wartet und eine Frau, die gerade alt genug ist, um an eine dauerhafte Verbindung zu denken, und ihm an sexueller Erfahrung um Jahrzehnte voraus ist?«

Dave sah auf. »Er hat hier eine Familie gefunden, Shawn. Vielleicht sind sie nicht perfekt, aber zumindest Irehna gehört zu ihm. Hat dich das Leben so zynisch gemacht, dass du so etwas als unbedeutend ansiehst?«

»Was ist mit deiner Verantwortung? Du schuldest uns etwas.«

»Ich bin dabei, diese Schuld zu begleichen.«

»Indem du dich umbringen lässt? Das ist Wahnsinn, Dave. Was du vorhast, kann nicht gut gehen!"

Dave machte sich nicht die Mühe, auf Shawns Worte einzugehen, sondern legte weiter seine Ausrüstung an. Er wusste, Shawns Befürchtungen waren berechtigt. Sein Plan war so gewagt, dass er im Grunde nur schief gehen konnte. Doch womöglich würde er gerade aufgrund dessen funktionieren.

Schließlich würde kaum jemand auf den Gedanken kommen, es könne jemand wagen, sich in das Ausbildungslager der Clankrieger zu schleichen.

Bis er die Nachricht in seinem Zimmer fand, glaubte Dave ja selbst nicht, er würde so ein Wagnis jemals in Erwägung ziehen. Es standen lediglich einige Koordinaten und zwei Namen auf dem schmalen Ausdruck. Der Daves und eines Mark Henson.

Trotz Nachforschungen fand Dave nicht heraus, wer ihm diese Nachricht hinterlassen haben könnte, geschweige denn, wie dieser jemand unbemerkt in seine Räume hatte eindringen können. Seine Neugier und ein Bauchgefühl trieben ihn dazu, dennoch die Koordinaten aufzusuchen.

Selbstverständlich war er nicht so leichtsinnig gewesen, allein zu gehen, sondern in Begleitung von drei zuverlässigen Männern, die ihm den Rücken deckten.

Das Ziel erwies sich als eine kleine Wohnung im Gebiet des Niron–Clans, in der sie Hensons Leiche fanden.

Der Ortungschip des Mannes, ebenso wie der Neurotransmitter, lag in einem kleinen Kästchen neben dem Toten. Beide noch funktionstüchtig, wie Tania feststellte, nachdem Dave ihr beides zur Untersuchung überreicht hatte. Eine weitere Überraschung war der Einsatzbefehl. Mark Henson sollte in achtundvierzig Stunden seinen Dienst in der Militärbasis Batistés antreten. Wie praktisch, dass Henson Daves Größe und Statur hatte. Zuviel Zufall, wie Shawn ganz richtig angemerkt hatte.

»Weil es kein Zufall ist«, hatte Dave erwidert. »Jemand will mich genau an dieser Position.«

»Und das beunruhigt dich nicht?«

Doch, das tat es. Mehr, als er zuzugeben bereit war. Doch ihm lief die Zeit davon.

»Wir benötigten einen Zugang, nun haben wir einen.«

Seitdem stritt er mit Shawn. Eine Debatte, von der er langsam die Nase voll hatte. Er warf einen letzten Blick in den Spiegel. Sein ehemals blondes Haar war tiefschwarz gefärbt, die Augenfarbe durch implantierte Kontaktlinsen verändert. Zudem hatte er sich die Wagenknochen verstärken lassen. Eine kleine, wenn auch schmerzhafte kosmetische Änderung, die nur wenige Wochen anhalten würde, bevor die Schwellung der Knochen von selbst zurückging. Des Weiteren passte die schwarze Kampfuniform Hensons Dave so perfekt, als wäre sie eigens für ihn angefertigt worden. Das Ergebnis dieser Mühen war verblüffend. Dave ähnelt Henson so sehr, dass vermutlich nicht einmal dessen eigene Mutter einen Unterschied festgestellt hätte.

Tania hatte ihm den Ortungschip und den Neurotransmitter unter die Haut transplantiert. Das Einzige, was
Dave störte. Damit kam er sich vor wie ein Welpe, der
sich freiwillig in ein Versuchslabor begab. Daran änderte auch Tanias Versicherung nichts, er könne die Im-
plantate selbst steuern. Dazu überreichte sie ihm die
Imitation einer antiken Armbanduhr. Ein Druck auf
den winzigen Knopf an der Seite des Ziffernblattes, und
er würde wissen, welche Angaben der Transmitter
übertrug. Ein weiterer Druck, um diese Angaben anzupassen. Ein Fremdzugriff wäre nicht möglich. Falls jemand Fragen stellte, sollte er behaupten, die Uhr hätte
einem Vorfahr gehört. Ein Relikt der ursprünglichen
Erde, so wie viele Männer sie trugen. Vielleicht hätten
all diese Maßnahme Dave beruhigen sollen, aber das
taten sie nicht. Seine Unruhe wuchs mit jedem Augenblick, den er in der Rebellenbasis verbrachte.

Shawn musterte ihn nun ebenfalls. Er wirkte alles andere als zufrieden.

»Überleg es dir noch einmal«, beschwor er Dave erneut. »Wir wissen ja noch nicht einmal, wer dir die Informationen zugespielt hat. Das Ganze ist eine Falle,
glaub mir.«

»Vielleicht. Aber bisher haben sich alle Informationen
unseres geheimnisvollen Gönners als richtig erwiesen.«

»Das muss noch lange nicht bedeuten, die Krieger im
Lager wären nicht auf dein Erscheinen vorbereitet. Ich
glaube einfach nicht an diesen unbekannten Wohltäter!
Es ist viel wahrscheinlicher, dass Batisté selbst seine
Finger im Spiel hat.«

»Unsinn«, widersprach Dave heftiger, als es angemessen war. »Ein Mann wie er wird sich nicht solche Umstände machen, um ausgerechnet mich in die Finger zu bekommen. Und jetzt hör endlich mit deiner Schwarzseherei auf. Du machst mich damit nervös.«

Shawn zuckte mit den Schultern. »Wie du willst. Ich habe nur keine Lust, noch einen Freund zu verlieren. Also gib mir nicht die Schuld, wenn das hier schief geht und wir uns erst in der Hölle wiedersehen.«

Dave zwang sich zu einem Lächeln, das weit zuversichtlicher ausfiel, als er sich fühlte.

»Werde ich nicht«, versprach er. »Gib mir eine Woche, Shawn. Sieben lächerliche Tage. Wenn du bis dahin nichts von mir hörst, übernimmst du das Kommando über unsere Basis.«

»Ich kann nicht behaupten, sonderlich scharf darauf zu sein. Sieh zu, dass du heil aus dieser Sache raus kommst.«

Dave nickte nur, schnappte sich den vorbereiteten Rucksack, schob sich an Shawn vorbei und stapfte Richtung Treppe, um in den Hangar zu gelangen, wo ihn ein Hoover-Bike erwartete, das ihn zum Ausbildungslager bringen würde.

Kapitel 11

Die vergangenen Tage waren ruhig verlaufen. Der
Mann, der in der finsteren Zelle noch immer in Ketten
lag, hatte nichts gehört, außer seinen eigenem Atem,
und dem leisen Klirren seiner Fesseln, wenn er sich bewegte. Nichts gesehen, außer der Dunkelheit, die wie
eine schwere Decke auf ihm lag. Nichts gespürt, außer
Schmerz und Kälte. Nichts gerochen, außer seinem eigenen, widerwärtigen Gestank. Nichts geschmeckt, außer dem Blut auf seinen aufgerissenen Lippen.

Sein Gefängnis war eine Isolationszelle, die ihn von
allen Sinneseindrücken ausschloss. Dennoch fürchtete
er den Schlaf, denn mit ihm kamen die Träume, die ihn
an einen besseren Ort brachten. Es war das Erwachen
daraus, das ihn stetig über den Abgrund seines Verstandes schob.

Das Einzige, was ihn nach wie vor aufrecht hielt, war
die Tatsache, dass ihm noch immer kein Wort des Verrats über die Lippen gekommen war. Nicht ein einziges.
Er würde bald sterben, doch er würde es in dem Bewusstsein tun, kein Verräter zu sein.

Der Gefangenen zitterte. Batisté verschwendete keine
Energie damit, die Zellen seiner Inhaftierten zu behei-
zen. Doch das war nicht der Grund für das stete leichte
Beben des Körpers, der in der Mitte der düsteren Zelle
regelrecht präsentiert wurde.

Er war eingehüllt in eine Tetralogie aus Schmerz und Furcht, Hoffnungslosigkeit und dem Wunsch, entkommen zu können.

Er wusste, es war unmöglich. Trotzdem klammerte er sich mit aller Macht an den Gedanken seiner Flucht. Er plante sie in allen Einzelheiten. Malte sich detailliert aus, wie er seine Ketten abstreifte, sich die Kanüle aus dem Arm zog, durch die sein Körper mit Nährstoffen versorgt wurde. Dann seine Zelle verließ, die Wachen eine nach der anderen ausschaltete, bis er vor Batistés Räumen stand. Er würde hineingehen, den Clanführer auf hundert verschiedene Arten töten. Sich zurückholen, was dieser ihm gestohlen hatte, und nach Hause gehen. Nach Hause ...

Das klang nach Sicherheit, Geborgenheit und Wärme. Nach Schutz und einem Ort, an dem er seine Wunden lecken und sich erholen konnte. Um anschließend weiter zu machen, als wäre nichts geschehen. So wie er es seit Langem getan hatte. Aber nichts davon würde passieren.

Stattdessen fühlte sich der Gefangene bedingungslos ausgeliefert. Seine Handgelenke steckten in Ketten, die Arme waren über den Kopf gestreckt, seine Fußgelenke fixiert. Außerdem war er nackt, nachdem man ihn wie einen dreckigen Gebrauchsgegenstand mit eiskaltem Wasser aus einem Schlauch abgespritzt hatte.

Niemand wollte, dass der Gestank eines seit Tagen nicht gewaschenen Körpers die Nase des Clanführers beleidigte. Selbst der Gefangene hatte Linderung gespürt, als der Dreck von ihm gespült wurde. Auch wenn diese Prozedur entwürdigend gewesen war.

Die Erleichterung darüber, sich zumindest halbwegs sauber zu fühlen, war rasch in der Erkenntnis untergegangen, was diese ganze Behandlung zu bedeuten hatte.

Batisté würde kommen, und mit ihm eine erneute Welle der Pein. Die Stunden, die vor ihm lagen, versprachen ebenso qualvoll zu werden wie die vergangenen. Mit dem Schmerz konnte der Gefangene umgehen. Sicher, er war höllisch, doch er würde vergehen. Spätestens wenn sein Herz aufhörte zu schlagen. Was bald soweit sein würde. Es dauerte nur noch wenige Stunden bis zu seiner Hinrichtung. Er betete, die Zeit bis dahin möge schnell vergehen.

Als er Schritte vom Gang her hörte, die vor der Tür seiner Zelle stoppten, senkte er den Kopf und schloss die Augen. Vielleicht konnte er das, was ihn erwartete, noch ein winziges Stückchen hinauszögern.

Durch den schmalen Spalt zwischen seinen Wimpern beobachtete der Gefangene, wie Batisté, gefolgt von zwei Wachen, die Zelle betrat. Nahe, viel zu nahe vor ihm, blieb der Clanführer stehen.

»Ich weiß, du bist wach.« Diese Stimme … sanft wie eine Berührung.

Der Gefangene öffnete die Augen und hob langsam den Kopf. Er zwang sich, den harten Blick Batistés zu erwidern, ohne zu blinzeln.

Er tat es selbst dann nicht, als er bemerkte, dass der Clanführer sein Lieblingsspielzeug dabei hatte. Die geknoteten Enden der Skrompeitsche schleiften über den Boden, während Batisté mit dem Griff leicht gegen seinen Oberschenkel klopfte. Das wiederkehrende, monotone Geräusch ließ den Gefangenen schwer schlucken.

Bereits des Öfteren hatte er Bekanntschaft mit dieser Vorliebe des Clanführers gemacht. Der beißende Schmerz, den die Lederschnüre der Peitsche verursachten, wenn sie sich in seine Haut fraßen, war grausam. Die elektrische Entladung hingegen, die erfolgte, sobald die Schnüre ein Ziel gefunden hatten, vernichtend.

Batistés Lächeln war bar jeder Emotion, als er langsam anfing, ihn zu umkreisen.

Der Blick des Gefangenen folgte ihm. Er wollte es nicht. Um nichts auf der Welt wollte er sich die Blöße geben, den Kopf zu wenden, um Batisté solange wie möglich im Auge zu behalten. Aber er kam nicht gegen das Bedürfnis an, genau das zu tun. Die Schnüre der Peitsche strichen leicht über seinen Rücken. In Erwartung des Kommenden verkrampfte sich der Körper des Gefangenen. Doch der Schmerz blieb aus. Dafür erklang die Stimme des Clanführers dicht an seinem Ohr.

»Man berichtete mir, deine Schreie würden die Ruhe hier stören«, wisperte der Clanführer. »Dass du kurz davor stehst, den Verstand zu verlieren. Dabei bist du erst wenige Tage hier unten. Ich habe mir mehr von dir versprochen.«

»Ich habe Euch alles gesagt, was ich weiß«, gab der Gefangene zurück, wobei er sich bemühte, das Zittern in seiner Stimme zu unterdrücken. »Warum tötet Ihr mich nicht einfach?«

»Dich töten?« Ehrliches Erstaunen klang in diesen Worten mit. »Warum sollte ich das tun? Du missverstehst die Situation. Ich beabsichtigte zu keinem Zeitpunkt, dich zu töten. Ebenso bin ich nicht an Informationen interessiert.«

Batistés Stimme entfernte sich von seinem Ohr, während der Clanführer ihn erneut umrundete, um vor ihm stehenzubleiben. Der Ausdruck in seinen Augen war beinahe mild, als er den nackten Körper vor sich musterte.

»Einen Clan zu regieren ist ein hartes Geschäft, musst du wissen«, sagte er versonnen, während er den Kopf in den Nacken legte und ihn langsam kreisen ließ, als müsse er seine Muskeln lockern. »Tagein, tagaus kommen Menschen zu mir. Sie haben Forderungen oder sie bitten mich um etwas. Entscheidungen müssen getroffen, Bündnisse geschlossen werden. Es ödet mich an. Ein Mann sollte sich einen Ausgleich schaffen, um den harten Arbeitsalltag zu vergessen. Also suchte ich mir eine ... nennen wir es *Freizeitbeschäftigung*.«

Der kalte Glanz, der unvermittelt in die Augen Batistés trat, ließ den Gefangenen zurückzucken. Alles in ihm schrie danach, diesem Blick, dem was darin lag, zu entkommen. Aber es gab nichts, wohin er fliehen konnte.

Die Lippen des Clanführers zuckten amüsiert, als er die Reaktion des Gefangenen bemerkte. »Meine Leidenschaft liegt nicht in der Zerstörung.« Der noch immer sanfte Tonfall jagte dem Gefangenen mehr Furcht ein, als alles, was der Clanführer ihm bisher angetan hatte. »Im Gegenteil«, fuhr Batisté fort. »Ich erschaffe. Ich forme, ich gestalte neu. Dazu ist es erforderlich, zuerst zu zerstören. Bisweilen ist alles, was einen dazu bringt am Leben festzuhalten, das Wissen, wie sehr man jemandem fehlen würde. Wie sehr dich jemand vermisst. Jetzt sag mir, würdest du jemanden fehlen?«

Der Gefangene wusste nicht, woher er den Mut nahm, dem Clanführer ins Gesicht zu grinsen, während er antwortete: »Ja, das würde ich. Doch sagt Ihr mir: Gibt es auch nur einen einzigen Menschen, der Euch vermissen würde?«

Mit dem darauffolgenden Schmerz hatte er gerechnet. Nicht aber damit, was danach kam.

Nachdem Batisté seine Wut an ihm ausgetobt hatte, trat er einen Schritt zurück. Seine Brust hob und senkte sich unter seinen schnellen, fast keuchenden Atemzügen. Die Fäuste noch immer geballt, rang er um Beherrschung. Der Ausdruck auf dem Gesicht des Clanführers, das Flackern in seinen Augen, die zur Karikatur eines Lächelns verzogenen Lippen. Das war mehr als Grausamkeit. Mehr als Machtwahn. Weitaus mehr. Es war etwas, was dem Gefangenen unmissverständlich klar machte, dass er verloren war.

»Ich könnte dich dazu bringen, wie der erbärmliche Köter, der du bist, am Boden zu kriechen und aus einem Napf zu fressen«, geiferte Batisté. »Mehr noch, ich könnte dich dazu bringen, mich anzubetteln, das tun zu dürfen. Ich könnte dich ficken und dich dazu bringen, nach mehr zu winseln. Ich könnte dich, Stück für Stück, in deine Einzelteile zerlegen. Angefangen beim Glied deines kleinen Fingers, bis hin zu deinem Arm. Dennoch würdest du mich anflehen dir dein erbärmliches Leben zu lassen.«

Der Gefangene versuchte zu lachen, aber einige seiner Rippen waren gebrochen, sodass daraus nur ein schmerzerfülltes Schnaufen wurde. »Ihr überschätzt Euch«, presste er dessen ungeachtet hervor.

»Glaubst du?« Auf einen Wink des Clanführers brachten die Wachen ein Holografiedisplay in die Zelle. Einen Augenblick später erschien das Bild eines deckenhohen Metallschrankes. Ungefähr zwanzig Schubladen, jede groß genug, dass ein Mensch hinein passen würde, reihten sich neben und untereinander. Der Film, der begann, zeigte Anthony vor diesem Schrank. Er öffnete eine der Schubladen.

Was er anschließend sah, ließ den Gefangenen aufstöhnen. Ein Schädel, auf eine Kopfstütze gebettet. Der dazugehörige Körper auf einer Schwebematratze, die dafür sorgte, dass der Mann darauf sich nicht wund liegen konnte. Mann? Körper? Es war ein Rumpf, der dort lag. Medikhüllen an den Stümpfen der Arme und Beine. Dort, wo seine Augen sein sollten, befanden sich blutige Löcher. Was den Gefangenen aber absolut entsetzte und ihm die Beine taub werden ließ, war die Tatsache, dass sich der Rumpf bewegte.

Erst da bemerkte er den Infusionsbeutel, der seitlich an einer Strebe angebracht war, um den Leib mit Nährstoffen zu versorgen. Gurgelnde Laute kamen über die Lippen dieses erbarmungswürdigen Wesens.

»Einigen ließ ich die Augen.«

Der Gefangene schrie auf, als die Stimme Anthonys hinter ihm erklang. Sein Herz setzte einen Schlag aus, um anschließend doppelt so schnell in seiner Brust zu hämmern. Er hatte nicht einmal bemerkt, dass der Clanführer sich bewegt hatte. Nahe, viel zu nah, stand er hinter ihm. Er spürte die Körperwärme des Mannes im Rücken. Es war mehr, als er ertragen konnte. Aber er konnte nichts tun. Konnte der Nähe nicht ausweichen.

Konnte nicht fliehen. Konnte die Augen nicht abwenden von dem schrecklichen Bild vor ihm. Ebenso wenig konnte er die Ohren verschließen, um die nächsten Worte des Clanführers nicht hören zu müssen.

»Manchen ließ ich die Zunge«, fuhr dieser fort. »Einigen nahm ich die Stimmbänder. Je nachdem, ob sie mich verrieten, mich enttäuschten, oder sich mir in den Weg stellten. Doch ich tötete sie nicht. Auch dir ist es nicht gestattet, zu sterben.«

»Ihr werdet mich hinrichten lassen.« So sehr er es versuchte, der Gefangene konnte das Zittern seines Körpers nicht unterdrücken.

»Du wirst die Spritze bekommen«, stimmte Anthony ihm zu. »Das Gift wird sich in deinem Körper ausbreiten und es wird schmerzen. So sehr, dass du dir wünschst, endlich zu sterben. Aber das wirst du nicht. Ich werde dich hierher zurückbringen lassen. Niemand wird dich vermissen. Niemand wird nach dir suchen. Niemand außer mir wird nach dir sehen. Dann werde ich dich formen. Dich mir angleichen, bis dein Charakter dem meinem gleicht. So schenke ich dir ein neues Leben, ebenso wie ich es mit ihr tue.«

Das Bild auf dem Holoschirm wechselte und zeigte das Antlitz der Frau, für die der Gefangene alles opfern würde.

Heiße Angst schoss in ihm empor, nahm ihm den Atem und ließ seine Beine taub werden. Er fürchtete nicht länger um sich selbst, es ging nur noch um sie.

Batisté trat erneut vor ihn, strich ihm behutsam über die Wange.

Aber in den Augen des Clanführers stand weder Vorsicht noch Zuneigung. Er ergötzte sich an der seelischen Qual seines Gefangenen. Das war so deutlich zu erkennen, als würde er es laut aussprechen.

»Es gibt keinen Grund zur Verzweiflung«, raunte Anthony ihm zu. »Ich werde sie schützen, sie formen, sie neu gestalten. Und dich dabei zusehen lassen. Doch ich werde ihr kein Haar krümmen. Nicht, solange du am Leben bleibst, bereit den Preis dafür zu zahlen. Ich sagte dir doch, du wirst darum betteln, alles tun zu dürfen, was ich von dir verlange!«

Vergangenheit:
09. November 336: Ausbildungslager 10:55 Uhr

Die Sonne brannte gnadenlos auf die Krieger herab, die sich im Morgengrauen auf dem Innenhof des Ausbildungslagers versammelt hatten. Sie standen in ordentlichen Reihen zu zwanzig Mal zwanzig Mann. Bewegungslos, schweigend, warteten sie auf das Erscheinen ihres Ausbilders.

Eine Stunde verging, zwei, eine dritte. Keiner der Männer regte sich oder gab einen Laut von sich, obwohl die trockene Luft die Kehle reizte. Disziplin und Gehorsam waren ihnen über Monate eingetrichtert worden, bis sie ihnen ebenso selbstverständlich vorkamen wie das Atmen.

Endlich wurde die Tür der Kommandobaracke geöffnet und Gunnery Sergeant Sneider nahm Aufstellung vor den Kriegern.

Dave, der in der zweiten Reihe stand, hatte einen guten Blick auf den Mann. Er hatte in seinem Leben bereits einer Menge einflussreicher Männer gegenüber gestanden – und ihnen die Stirn geboten – doch Sneider gelang es mühelos, selbst ihm Respekt einzuflößen. Der Ausbilder wirkte wie die Verkörperung von Macht.

»Heute werdet ihr in euren Dienst entlassen. Härte, Disziplin, Gehorsam sind die grundlegendsten Dinge im Leben eines Clankriegers. Aber das wichtigste ist die Fähigkeit, sich seine Gefühle niemals anmerken zu lassen.«, begann er. Seine Stimme trug weit in der Stille und bewirkte, dass Daves Muskeln sich spannten.

»Ihr habt gelernt, euren Körper eurem Geist zu unterwerfen und ihn zu einer perfekten Waffe zu machen.
Ihr habt gelernt, hart zu sein. Hart gegen andere, aber
vor allem gegen euch selbst. Und ihr habt eurem künftigen Clanführer bedingungslosen Gehorsam und absolu-
te Treue geschworen.« Er machte eine kleine Pause, bei
der er die Männer in den ersten Reihen musterte. Als
sein Blick auf Dave fiel, musste dieser sich zusammenreißen, keine Miene zu verziehen. Die Augen des Ser-
geanten schienen sich direkt in seine Seele zu bohren
und jedes noch so kleine Geheimnis darin aufzuspüren.

»Euer eigenes Leben ist wertlos!«, fuhr der Ausbilder
fort und Dave, sowie einhundert weitere Krieger brüll-
ten ihre Zustimmung. »Einzig das Überleben des Clanführers zählt. Gefühle sind ein Ausdruck der Schwäche.
Skrupel, Mitleid, Liebe sind etwas für Feiglinge. Sie
zählen nicht für einen Krieger. Nur so könnt ihr garantieren die Bedürfnisse eures Clanführers über alles zu
stellen. Nichts weniger als das erwarte ich von euch!
Versagt ihr, erwartet euch dasselbe Schicksal wie diesen
erbärmlichen Nieten.«

Er trat einen Schritt zur Seite, um einen Trupp von
sieben Männern passieren zu lassen, die von vier Wachen flankiert wurden. Ihre Hinrichtung erfolgte
schnell und kompromisslos.

Vergangenheit: 10. November 336:: Flug zur Militärbasis Batisté, 05:47 Uhr

»Bitte bringen Sie Ihren Sitz in eine aufrechte Position und bereiten sich auf die Landung vor. Wir werden die Basis in wenigen Minuten erreichen.«

Dave fand, die Worte passten hervorragend zu einer äußerst attraktiven und stets lächelnden Flugbegleiterin eines Mondshuttles. Aus dem Mund des bärtigen Zweieinhalbmeterriesen, der neben ihm saß, klangen sie allerdings ziemlich deplatziert. Ebenso wie das Grinsen, das der Kerl Dave zuwarf. Sicherlich sollte es freundlich wirken, nur hatte dieser Kerl am Vorabend entweder ein Saufgelage gefeiert oder er hielt grundsätzlich nicht viel von Körperpflege.

Was nicht Daves Problem war. Er wäre bereits glücklich, unbeschadet an seinem Ziel anzukommen.

Der Pilot stank nicht nur wie eine tote Ratte, sondern schien seinen Flugschein obendrein beim Holoroulette gewonnen zu haben.

Dave war ein erfahrener Gleiterpilot, den nichts so leicht aus der Ruhe bringen konnte. Auch riskante Einsätze machten ihm in der Regel nichts aus. Doch mit Freuden wäre er mit den anderen acht Frischlingen in den Laderaum gestiegen, anstatt auf dem Sitz des Kopiloten Platz zu nehmen, hätte er gewusst, was sein Nebenmann mit diesem Gleiter anstellte. Dieser Wahnsinnige schreckte nicht davor zurück, den Gleiter mit Höchstgeschwindigkeit abrupt absinken zu lassen. Offensichtlich genoss es der Pilot zuzusehen, wie Daves Gesicht immer bleicher wurde.

So sehr Dave seine Augen anstrengte, er konnte weder durch die gepanzerten Scheiben des Cockpits, noch auf den Anzeigen des Gleiters etwas erkennen, was entfernte Ähnlichkeit mit einem Gebäude hatte. Alles was er sah, war das verwaschene Grün–Braun der dschungelähnlichen Landschaft, die sich unter ihnen erstreckte und den Schatten eines Berges am Horizont.

»Und wir landen wo genau?«, erkundigte er sich daher bei dem Piloten, wobei er fest entschlossen war, diesen eigenhändig aus dem Gleiter zu werfen, sollte er nochmal eines seiner waghalsigen Flugmanöver planen.

Der Mann grinste nur und bedachte Dave erneut mit einem Schwall seines übel riechenden Atems. »Wenn man die Basis sehen könnte, wäre sie kaum so lange geheim gewesen, oder?«

Dass der Pilot nicht mehr alle Gleiter im Hangar hatte, wurde in den folgenden Minuten immer offensichtlicher. Er nahm direkten Kurs auf den Berg, bei dem es sich laut Anzeigen des Coms um einen aktiven Vulkan handelte. Als wäre das noch nicht genug, lenkte dieser Irrsinnige den Gleiter direkt in den Krater hinein.

Daves Herz setzte für einen Augenblick aus, um dann mit doppelter Macht gegen seine Rippen zu schlagen, während sie direkt auf den tödlichen See aus brodelnder Lava zurasten. Der Gleiter tauchte in die Lava ein und glitt hindurch.

Mit breitem Grinsen sah der Pilot Dave an. »Du kannst den Mund wieder zu machen«, spottete er. »Wir haben soeben den Schutzschild der Clanbasis durchquert.«

»Schutzschild?«, echote Dave fassungslos, wobei er ernsthaft überlegte, ob er seinem Nebenmann den Schädel einschlagen sollte, bevor dieser ihn noch völlig in den Wahnsinn trieb.

Der Pilot schien zu spüren, was in Dave vorging und bequemte sich zu einer Erklärung. Wobei er allerdings nicht einmal den Versuch unternahm, zu verbergen, wie sehr er es genoss, einem Clankrieger etwas vorauszuhaben.

»Dieser erloschene Vulkan wird von einem Schutzschild umgeben, der die Basis vor der Ortung verbirgt. Nicht, was sich hinter der Lavaillusion befindet, existiert für die Ortungsgeräte.«

Dave war plötzlich interessiert. »Na toll«, murmelte er jedoch gleichgültig. »Und was geschieht, wenn man zufällig in dieses Schild hineingerät?«

Das Grinsen des Piloten wurde noch breiter. »Molekulare Auflösung.«

»Ich glaube das einfach nicht«, murmelte Dave. »Das ist ...«

»Genial? Phantastisch? Perfekt?«, half der Pilot aus, als Dave abbrach und die Lippen aufeinanderpresste.

Dave hatte entschieden andere Worte im Sinn, doch er nickte.

»Lord Batisté hat an alles gedacht. Er ist verdammt gerissen.« Unverkennbare Bewunderung lag in der Stimme des Piloten.

Da war Dave anderer Meinung, sagte aber: »Deshalb ist er ja auch so mächtig.«

»Du musst stolz sein, gerade diesem Clanführer dienen zu dürfen.«

Wieder nickte Dave nur. Seine Gedanken beschäftigten sich mit etwas anderem.

Bisher hatte er etwa zwei Dutzend Blasterkanonen entdeckt, die alle auf das Hologramm des Lavasees gerichtet waren, um jede Lebensform zu vernichten, die versuchte, den Schutzschild ohne Erlaubnis zu überwinden. Die Wände des angeblichen Vulkans, in denen in unregelmäßigen Abständen mehrere Schleusentore eingelassen waren, schienen zudem mit einer massiven Berylliumlegierung gesichert zu sein, wie Dave an der graublauen Färbung erkannte.

Langsam dämmerte es Dave, dass sein Vorhaben gefährlicher war als bisher geahnt. Auf Hilfe von außen konnte er unter diesen Umständen nicht zählen.

Vergangenheit: 12. November 336: Militärbasis Batisté – Unterkunft der Clankrieger 22.17 Uhr

Dave ließ sich bäuchlings auf die schmale Pritsche fallen, ohne sich die Mühe zu machen, vorher die Stiefel auszuziehen. Es lohnte ohnehin kaum.

Acht Stunden Dienst, acht Stunden Pause, wieder acht Stunden Dienst im stetigen Wechsel. Keine Zeit, um dem Körper ausreichend Ruhe zu gönnen oder gar Freizeit zu genießen. Wobei dieser *Genuss* aus Besuchen im Aufenthaltsraum bestand, wo die Krieger Holokarten spielten, würfelten oder eine der eigens für sie zu Verfügung gestellten Prostituierten besuchten.

Dave war sicher, die Frauen kamen dieser Aufgabe keinesfalls freiwillig nach. Was keinen der Krieger störte. Der Dienst laugte sie nicht unbedingt körperlich aus und ließ nur Platz für die grundlegenden Bedürfnisse. Essen, trinken, schlafen, Sex. Dennoch betrachteten es viele der Männer als Ehre, im Clansitz dienen zu dürfen. Trotz der *Säuberungsaktionen*, die regelmäßig durchgeführt wurden. So wie die, von der er soeben kam.

Es überraschte Dave, bereits einen Tag nach seiner Ankunft dazu abkommandiert zu werden. Rasch begriff er, es handelte sich dabei um eine weitere Prüfung, bei der die Neulinge ihre Entschlossenheit beweisen sollten. Er war dankbar gewesen, den Neurotransmitter über die Uhr steuern zu können, denn was den jungen Kriegern abverlangt wurde, hätte er niemals leisten können. Er wäre sofort aufgeflogen, wären seine Daten übertragen worden.

Der Auftrag lautete ein Dorf zu ernten, dessen Bewohner mit den Abgaben im Rückstand waren. Die Einwohner der Ortschaft, im Grunde nur eine kümmerliche Ansammlung von ärmlichen Häusern, hatten nicht die geringste Chance gegen die Krieger.

Dave sah mit an, wie fliehenden Menschen ohne ein Wort der Warnung in den Rücken geschossen wurde. Beobachtete, wie sich Frauen und Kinder unter der Qual des grünen Feuers wandten, dass ihre Muskeln krampfen ließ.

Härte, hämmerte Sneiders Stimme hinter seiner Stirn. *Keine Gefühle, keine Skrupel und keine Gnade.*

Antrainierte Bewegungsabläufe seiner Jugend, die er seit langer Zeit unterdrückte, erwachten brüllend zum Leben. Er lief durch die Nacht, brüllte, schoss – wenn auch nur zum Schein – auf flüchtende Menschen. Schreie um ihn herum, der Geruch von Blut und Feuer, weinende Kinder, verrenkte Körper, tote Augen.

Was da vor sich gegangen war, war kein Kampf, keine Eroberung. Es war ein Massaker.

Es dauerte nicht lang bis die Krieger das Dorf eingenommen und die überlebenden Einwohner zum Landeplatz des Gleiters getrieben hatten.

Dave versuchte die Erinnerung an das, was mit ihnen geschehen war, mit aller Gewalt zurückzudrängen. Ebenso hätte er versuchen können, einen Wasserfall mit bloßen Händen zu stoppen.

Die Krieger durchsuchten jedes Haus, rafften alles, was nur irgendwie von Wert sein könnte, an sich und trieben auch noch die letzten Menschen zusammen, die sich noch hatten verstecken können.

So lange wie möglich hielt Dave sich in einem der heruntergekommenen Häuser auf. Es graute ihm davor, wieder hinauszugehen. Er wollte nicht sehen, was dort vor sich ging. Die Schreie der Frauen und das raue Gelächter der Krieger sagten ihm genug.

Die Gewissheit, er hätte diese Ernte verhindern können, fraß sich wie ein ausgehungertes Tier durch seine Eingeweide.

Es hätte ihn lediglich einen Funkspruch gekostet, all diese Menschen zu retten. Einen lausigen Funkspruch – und vielleicht das Leben von Chris und Larissa. Waren zwei Menschenleben wirklich mehr wert als das von Hundert anderen? Konnte man das überhaupt gegeneinander aufrechnen?

Dave wünschte, er könne diese Fragen mit einem klaren 'Nein' beantworten. Doch das konnte er nicht. Mit einem Seufzen vergrub er den Kopf in den Armen.

Wenigstens hatte jeder Krieger ein Zimmer für sich allein, gerade groß genug für das schmale Bett, den Spind und einen kleinen Tisch mit zwei Stühlen. Hier erlaubte Dave es sich, die Maske des Kriegers fallenzulassen. Auch wenn er dabei sein Gesicht verbarg. Ein unkontrollierter Bereich für einen Krieger ... Das klang zu gut, als das er dem trauen würde.

Zudem hatte er noch immer keine wirkliche Spur zu Chris oder Larissa. Irgendwo auf der Gefangenenebene, so weit war es klar. Aber die war riesig, und bisher hatte Dave keinen Zutritt dorthin. Etwas, das sich in wenigen Stunden ändern sollte, sobald sein Dienst in der Kommunikationsebene begann.

Wer auch immer sich die Mühe gemacht hatte, ihn in den Clan zu schleusen, war gut informiert gewesen. Es könnte ein Zufall sein, dass ausgerechnet Dave, beziehungsweise Henson, für den Dienst in der Kommunikation eingeteilt war und somit eingeschränkte Zugangsberechtigungen auf den Com der Basis hatte. Nur glaubte Dave nicht an Zufälle.

Unablässig kreisten seine Gedanken darum, wer dieser geheimnisvolle Gönner sein konnte, ohne das er zu einem Ergebnis gelangte, was ihn in einen Zustand permanenter Anspannung versetzte.

Zumindest versuchte er sich einzureden, seine verspannten Schultern und die daraus resultierenden Kopfschmerzen wären das Resultat dieser Unsicherheit. Denn wie unprofessionell wäre es, würde es daran liegen, dass er einfach nicht über die Auslese der Ernte nachdenken wollte, die am nächsten Nachmittag stattfand?

Er wollte nicht dorthin. Wollte nicht zusehen, wie über die Schicksale der Menschen entschieden wurde, als wären sie nur Figuren auf einem Spielbrett. Doch es herrschte Anwesenheitspflicht für die neuen Krieger. Ein weiterer Test ihrer Ergebenheit und Härte. Tat ein Krieger Dienst in einem Clansitz, entging er der Gedächtnislöschung. Doch er zahlte einen hohen Preis dafür.

Dave war sich bewusst, er sollte dringend schlafen. Aber wie, mit diesen Bildern im Kopf? Mit den Schreien im Ohr und dem Wissen um die Auslese, das sein Herz zerfraß?

Er richtete sich auf, bewegte den Kopf, um die Verspannungen in seinem Nacken zu lösen, bevor er aufstand um die winzige Hygienezelle seines Zimmers aufzusuchen. Er duschte, wobei er sich insgeheim der irrsinnigen Hoffnung hingab, zusammen mit dem Schweiß würde auch die Erinnerung weggespült. Welche Überraschung, dass es nicht funktionierte.

Als er die Armbanduhr wieder umlegte, erwog er, in den Aufenthaltsraum zu gehen, um dort Ablenkung zu finden. Doch er unterließ es. Sein Instinkt hatte ihm verraten, Henson wäre kein Mann, der große Kontakte zu anderen pflegte, und so war es auch. Seine *Kameraden* grüßten ihn, wenn er ihnen begegnete, ließen ihn aber ansonsten in Ruhe. Dennoch verspürte er keine Lust, ihren Gesprächen zuzuhören. Sie würden ihren Sieg feiern, gegenseitig mit ihren Taten prahlen, bis die Erzählungen immer grausamer werden würden, weil jeder den anderen übertrumpfen wollte.

Vermisst du es?, fragte die Stimme in seinem Kopf. *Du hast jahrelang dazugehört. Warst ebenso stolz auf deine Heldentaten. Wie oft hast du einer Frau das Kind aus den Armen gerissen, obwohl du wusstest, es hätte Suzannah ebenso ergehen können? Wie oft triebst du Menschen in einen Clangleiter, in dem Wissen, was mit ihnen geschehen würde? So wie heute, nicht wahr? Du glaubtest, es hinter dir gelassen zu haben, doch du bist noch genauso wie früher. Noch immer denkst du zuerst an dich und deine Bedürfnisse. Sei ehrlich, warum bist du hier? Um Chris und Larissa zu befreien, oder weil du es nicht erträgst, sie ebenfalls zu verlieren? Was bedeuten da schon andere? Kleine Bauernopfer, die dir im Weg sind, um dein Ziel zu erreichen. Nichts hat sich geändert. Du am wenigsten.*

Dave schüttelte den Kopf, versuchte, den Gedanken abzuschütteln. Sein Blick fiel auf den Spind. Er wusste um den Inhalator mit Xenongas, der ihm dort zur Verfügung stand. Es wäre so einfach. Zwei, dreimal einatmen und das Gas würde die NMDA-Rezeptoren blockieren, die sein Gedächtnis steuerten. Bisher hatte er sich geweigert, seine Erinnerungen fortzuwischen wie die Angehörigen der Oberschicht ihre Falten, indem sie sich Nervengift unter die Haut spritzen. Es würde nicht unbemerkt bleiben, außerdem mehr Aufmerksamkeit auf ihn ziehen, als er gebrauchen konnte. Dennoch, er musste fokussiert bleiben, um diesen Auftrag durchführen zu können.

Langsam ging er zum Spind und öffnete die Tür.

Gegenwart: 13. November 336: Militärbasis Batisté – Technikraum 13:27 Uhr

Zielstrebig flogen seine Finger über die Tastatur des Coms. Ein weiterer Vorteil des Xenons. Es dämpfte nicht nur seine Erinnerungen und verhalf zu einem traumloses Schlaf, sondern steigerte auch die Aufmerksamkeit. Die leichte Übelkeit, mit der er erwacht war, betrachtete er als geringen Preis dafür. Zumal seine Reflexe ebenfalls gesteigert, seine Skrupel vermindert schienen.

Dank der Zugangsberechtigung hatte er problemlos die Wanze in den Com der Basis einschleusen können. Nun musste er darauf hoffen, die Daten würden durch die Abschirmung dringen.

Kurzentschlossen rief er die Dateien über die Gefangenenebene auf. Etwas, das nicht zu seinen aktuellen Aufgaben gehörte und was er unter normalen Umständen nicht gewagt hätte.

Doch die beiden Krieger, die sich mit ihm im Technikraum befanden, starrten konzentriert auf ihre Monitore. In Anbetracht der Vorbereitung für die Auswahl, die sie von hier aus erledigten kam Dave das Risiko gering vor. Falls man ihn ertappte, konnte er immer noch behaupten, sich nur einen Überblick zur Orientierung verschaffen zu wollen.

Wo er bereits dabei war, konnte er sich auch das Verteidigungssystem der Basis ansehen. Es brachte ihn nicht weiter, zu wissen wo er Chris fand, ohne die Möglichkeit, ihn hier auch herauszuschaffen.

Es gelang ihm relativ schnell, sich Zugang zu der Datenbank zu verschaffen. Doch an die Informationen heranzukommen, die er benötigte, erwies sich nahezu unmöglich.

Dave war ohne weiteres imstande, einige Sicherheitscodes zu umgehen, doch er kam einfach nicht an die Hauptcodierung des Verteidigungssystems heran. Alle Angaben, die diese Informationen betrafen, waren doppelt und dreifach gesichert. Er hatte nicht genug Zeit zur Verfügung, um dieses Labyrinth aus Datenfallen, Codierungen und falschen Hinweisen zu entschlüsseln. Ohne Identifizierungscode würde er nicht weiterkommen.

Wieder warf er einen verstohlenen Blick auf seine Kameraden. Einer von ihnen verfügte mit Sicherheit über eine Codekarte. Unter Umständen könnte er sich den Code verschaffen, indem er den Mann betrunken genug machte, um sich die Karte *auszuleihen*. Somit stand die Abendplanung.

Doch Moment. Das hier war interessant. Nach einer erneuten Eingabe erschienen Diagramme und Zahlenreihen auf dem Bildschirm. Dave benötigte nur einen kurzen Blick, um zu wissen, wie brisant diese Informationen waren.

Offenbar verfügte Batisté über mehr Macht, als Dave – und vermutlich jeder andere auf Terra – bisher angenommen hatte. Aus den Informationen des Coms ging eindeutig hervor, wer alles auf der Gehaltsliste des Clanführers stand. Führer der SUT ebenso wie Mitglieder des Senats. Auch verfügte Batisté über zwei Protoziliszminen auf dem zweiten Mond Terras.

Ein überaus seltenes Material, was nach der Bearbeitung Aramidfasern ähnelte. Allerdings war die Widerstandsfähigkeit des Protozilisz ungleich höher.

Eine der Minen lag in unmittelbarer Nähe von Atlantis 2, dem offiziellen Sitz des Großherrschers. Beunruhigender Weise entwickelte Batistés Forschungsabteilung für diese Mine ein Verteidigungssystem, das alles übertraf, was bislang existierte. Soweit Dave es einschätzen konnte, genügten wenige Änderungen, um dieses System auch für Angriffe nutzen zu können. Bereits die Vorstellung, was eine solche Waffe in den Händen des Clanführers anrichten konnte, trieb Dave einen Schauer über den Rücken.

»Henson, was tun Sie da?« Einer der beiden Männer war aufmerksam geworden und machte Anstalten, zu ihm zu kommen.

Rasch legte Dave die Spiegeldatei über die, die er sich angesehen hatte. »Zuordnung der Neuankömmlinge, Sir«, erwiderte er, wobei es ihm leichter fiel als gewöhnlich, alle Emotionen aus seiner Stimme herauszuhalten.

»Schließen Sie diese Arbeit ab. Sie werden in dreißig Minuten auf Ebene drei zur Auswahl erwartet.«

Dave bestätigte, verwischte seine Spuren und beendete das Programm. Wenig später machte er sich auf den Weg zur dritten Ebene.

Dort angekommen, atmete er tief ein. Die Luft schien zum Schneiden dick. Eine Fläche, etwa dreimal so groß wie ein Fußballfeld, quoll über vor Menschen in zerrissener schäbiger Kleidung.

Männer, Frauen, Kinder aller Altersstufen warteten darauf, zu erfahren, was mit ihnen geschehen sollte.

Etwa vier Dutzend Clankrieger hielten die Menge in Schach, obwohl nicht mit Auseinandersetzungen zu rechnen war. Es war üblich, den Gefangenen vor ihrer Verurteilung eine Droge zu verabreichen, die sie ruhigstellte. Dave beobachtete, wie Familien auseinandergetrieben, Kinder aus den Armen ihrer Mütter gerissen wurden, während der Oberbefehlshaber der Clankrieger, General Slauther, eine Person nach den anderen aus der Menge zog und aburteilte.

»Spielstraße ... Mine ... Fabrik ... Verkauf«, peitschte die Stimme Slauthers durch die unnatürliche Stille. Er sagte nur diese vier Worte, wieder und wieder, und zerstörte dadurch hunderte von Existenzen.

Etwa die Hälfte der Menschen war bereits verteilt und fortgeschafft worden. Es waren noch längst nicht alle. Dave wusste, noch einmal so viele Personen warteten in den Kerkern auf ihre Verurteilung.

Als General Slauther nun ein etwa dreizehnjähriges Mädchen aus der Menge zog, sie anzüglich angrinste, bevor er einen Krieger anwies, sie in seine Räume zu bringen, damit er sich mit ihr vergnügen konnte, wankte der Nebel aus Gleichgültigkeit, der Dave noch immer einhüllte. Er war drauf und dran einzugreifen, obwohl ihm klar war, damit das Schicksal des Mädchens nicht ändern zu können. Aber diese Entscheidung wurde ihm von dem jungen Krieger abgenommen, an den Slauther das Mädchen übergeben hatte. Auch der Mann zögerte, den Befehl auszuführen.

»Was ist«, herrschte Slauther ihn an, »bist du taub?«

Der Krieger schüttelte den Kopf. »Sie ist noch ein halbes Kind«, wagte er zu bemerken.

Eine fast greifbare Spannung legte sich über das Feld. Alle Augen richteten sich auf den jungen Krieger und Slauther. Dessen Augen verengten sich. Kalt fixierte der General den Mann vor sich.

»Was geht es dich an?«

Der Krieger schien zu ahnen, dass er zu weit gegangen war und suchte nach einer Möglichkeit, seinen Kopf aus der Schlinge zu ziehen. »Was Ihr tut, geht mich selbstverständlich nichts an«, beeilte er sich zu versichern. »Ich dachte nur, eine der Frauen könnte Euren Ansprüchen vielleicht besser gerecht werden.«

»Du dachtest? Wer hat dir erlaubt, zu denken? Deine einzige Aufgabe besteht darin, meine Befehle auszuführen, nicht diese infrage zu stellen. Du bist neu?«

»Ja Sir. Ich traf vor zwei Tagen ein.«

Der General lächelte. »Gut, sorgen wir dafür, dass du von Anfang an deine Lektionen lernst.« Slauther gab zwei anderen Kriegern ein Zeichen. »Ergreift ihn und schafft diesen Narren hier raus. Überprüft seinen Neurotransmitter. Dessen ungeachtet werde ich ihm heute Abend beibringen, meinen Befehlen widerspruchslos zu folgen. Ich erwarte die Anwesenheit aller Frischlinge. Ich werde euch eine Lektion erteilen, die ihr nicht so schnell vergessen werdet.«

Kapitel 12

Gegenwart: 13. November 336: Militärbasis Batisté – Gefangenenebene 19:05 Uhr

Lara unterdrückte den Wunsch, sich die Ohren zuzuhalten und einfach aus dem Raum zu fliehen. Die Schreie des Mannes hallten, einem boshaften Echo gleich, in ihrem Kopf wieder. Doch sie war gezwungen zu bleiben. Als Geschädigte war es ihre Aufgabe Zeugin der Hinrichtung zu sein.

Außer ihr befanden sich noch Anthony, der Verurteilte, Joshua, Hunter und zwei weitere Krieger in diesem Raum.

Lara war sich bewusst, Anthony war kein Mann für die Zuschauerbank. Dass er das Urteil persönlich vollziehen wollte, zeigte zum einen seine Entschlossenheit. Zum anderen ließ es ihr den Atem stocken. Hinrichtungen, so begriff sie, waren für ihn mehr als Bestrafungen.

Er genoss sie, zog sie in die Länge und präsentierte sich, als wolle er sein Publikum durch seine Handlungen warnen. Er war gut darin. Viel zu gut.

Tief im Inneren hatte Lara geahnt, es würde schwer sein, ihrem Entführer noch einmal gegenüberzutreten. Doch auf die Empfindungen, die sie durchfuhren, während sie ihn schreien hörte, war sie nicht gefasst.

Sie hatte sich eingeredet, für ihn nicht mehr als Hass und Abscheu zu empfinden. Aber sie hatte sich geirrt. Wirre Bilder schwirrten durch ihre Gedanken. Flüchtige Erinnerungen an eine Zeit, in der sie glücklich war.

Nebulös, unmöglich zu fassen, um sie näher zu betrachten. Nur die Befürchtung, dass es falsch war diesen Mann Anthonys Brutalität zu überlassen, wuchs. Der Verurteilte war nicht ihr Feind. Er war … Sie wusste es nicht.

Je mehr Lara versuchte, die Erinnerungsfetzen festzuhalten, sich darüber klar zu werden, was sie empfand, desto größer wurde das Gefühl des Verlustes.

Ohne Vorwarnung raste der mittlerweile vertraute Schmerz durch ihren Kopf. Laras Hand tastete zu dem kleinen Kästchen mit den Tabletten. Hastig nahm sie zwei heraus, würgte sie trocken hinunter. Fast sofort ließ das Stechen nach und Lara wandte sich erneut, diesmal mit unbeteiligter Miene, Anthony und dem Gefangenen zu.

Der Blick des Mannes lag unverwandt auf ihr, ließ sie zusammenzucken durch seine Eindringlichkeit.

Es gelang ihr nicht, diesem Blick standzuhalten. Sie trat einen Schritt zurück, hob die Hände, um sich die Schläfen zu massieren, auf denen noch immer ein unangenehmer Druck lag und bemerkte, wie ihre Finger zitterten. Kurz blickte sie auf. Er sah sie noch immer an. Derart intensiv, dass Wärme in ihren Oberkörper floss und sie bemerkte, wie sich ihre Wangen röteten. Das Gefühl der Scham und Schuld war ihr unverständlich.

Sie drückte den Rücken durch und zwang sich, Anthony anzusehen. Die Methoden, die er anwandte, waren nicht so schlimm, wie sie erwartet hatte. Sie waren bei Weitem schlimmer.

Der Clanführer hatte seinen Gefangenen auf eine Art Bahre schnallen lassen, die in eine aufrechte Position gebracht worden war. Hand – und Fußgelenke wurden von metallenen Schellen umklammert, die so eng anlagen, dass bereits ein Zusammenzucken der Muskeln sich als schmerzhaft erweisen musste. Auch Kopf und Taille waren auf diese Weise umspannt, sodass der Mann zu völliger Bewegungsunfähigkeit verurteilt war. Das Einzige, was er in seiner jetzigen Lage noch zu tun imstande war, war reden. Anthony bestand auf einem Geständnis, um es öffentlich zu übertragen.

Für einen winzigen Moment fragte sich Lara, warum ihm das so wichtig war. Das Urteil war bestätigt. Mit oder ohne Geständnis.

Doch als sie dem Clanführer ins Gesicht sah, wusste sie es. Nie hatte sie ihn so entspannt gesehen. Die Augen leuchtend, die Lippen zu einem Lächeln verzogen, so voll unpassender Begeisterung.

Nun begann der Clanführer damit, dünne Nadeln in die verschiedenen Nervenaustrittspunkte des wehrlosen Körpers, der vor ihm lag, einzuführen.

»Mach es dir nicht so schwer. Ein einfaches Eingeständnis reicht mir.«

Anthony lächelte auf diese charmante Art, mit der er Lara von der ersten Minute an für sich eingenommen hatte. Jetzt trieb ihr diese Mimik einen eisigen Schauer über den Rücken.

Gemächlich machte er sich an einem der Regler auf dem Pult zu schaffen. Langsam drehte er daran. »Du nahmst mir meine Frau aus niederen Gründen. Sag es.«

Selbst wenn der Gefangene gewollt hätte, er wäre nicht imstande gewesen, zu sprechen. Jeder Muskel spannte sich, als Strom durch ihn hindurch jagte. Seine Kiefer traten scharf hervor, die nackte Brust hob und senkte sich viel zu schnell.

Nichts davon schien Anthony wahrzunehmen. Falls er es doch tat, ignorierte er es.

»Bislang schonte ich dich. Doch zeigst du dich weiterhin so uneinsichtig, zwingst du mich, dir deine Grenzen aufzuzeigen. Also, wie möchtest du sterben. Ehrenhaft oder schreiend?«, erkundigte sich Anthony süffisant und drehte den Regler zurück in Ausgangsposition.

»Jetzt sagt nur noch, ich soll Euch für Eure Zurückhaltung dankbar sein«, krächzte der Gefangene, sobald er Kraft geschöpft hatte.

Anthony lachte. »Früher oder später wirst du gestehen. Wieso zwingst du mich, dir Schmerzen zuzufügen? Glaubst du denn, mir macht das hier Spaß?«.

»Ihr werdet mich nicht töten, nicht heute. Wenn Euch diese teuflische Quälerei Freude bereitet – gut.« Erneut suchte der Blick des Mannes Lara »Aber Ihr werdet mich nicht dazu bringen, die Frau zu verraten, die ich liebe.«

»Deine Zerstörung ist gewiss, genau wie ich es dir prophezeite.« Anthonys Stimme war um eine Nuance schärfer geworden. »Sie glaubt dir nicht mehr, so wie es in Kürze niemand mehr tun wird. Es ist an der Zeit, deine Verbrechen vor dem Volk zu gestehen.«

Ohne weitere Vorwarnung drehte Anthony erneut den Regler auf.

Dieses Mal schrie der Gefangene. Sein Körper verfiel in unkontrollierbare Zuckungen. Er versuchte, sich aufzubäumen, doch seine Fesseln hielten ihn unerbittlich an seinem Platz. Die völlige Bewegungsunfähigkeit machte alles noch schlimmer.

Erst nach einer Ewigkeit, wie es Lara erschien, erschlaffte sein Körper wieder.

Sie konnte kaum noch atmen. Der Raum begann sich um sie herum zu drehen. Dennoch versuchte sie, aufrecht stehen zu bleiben. Sie durfte Anthony nicht enttäuschen. Nicht bei dieser Sache. Hatte sie doch selbst darauf gedrängt, bei dieser Hinrichtung anwesend zu sein. Nur hatte sie nicht geglaubt, dass es *so* sein würde. Eine Injektion, schnell und schmerzlos, so hatte sie es sich vorgestellt. Doch das hier übertraf alles, was sie bisher bei Anthony gelernt hatte.

»Gestehe!«, peitschte seine Stimme durch den dichten Vorhang des Schreckens, der ihr Bewusstsein umgab.

Sie zwang sich, weiter zuzusehen. Nicht, um Anthony zu gefallen, wie ihr unvermittelt klar wurde. Sondern um den Mut des Gefangenen zu ehren.

»Niemals«, keuchte er, während er sich darum bemühte, wieder zu Atem zu kommen.

»Deine Verstocktheit ist bedauerlich. Für dich.«

Mit diesen Worten jagte Anthony eine weitere Schmerzwelle durch den wehrlosen Körper. Erneut brüllte der Mann auf, minutenlang diesmal. Allem Anschein nach hatte Anthony die Schmerzdosis verstärkt.

»Es reicht!« Lara war außerstande länger zu schweigen. »Hör auf, ich bitte dich.«

Anthony wirbelte herum, starrte sie an. Sein Gesicht wutverzerrt, das Misstrauen darin galt ihr.

Sie prallte zurück. Selten hatte sie einen derartigen Hass in den Augen eines Menschen gesehen. Sie verstand nicht, warum er sie so ansah. Ebenso wenig, was sie getan hatte, um eine solche Reaktion hervorzurufen.

»Halt du dich hier raus«, warnte er sie. »Oder ich werde ernsthaft darüber nachdenken, dich mit dem Bastard den Platz tauschen lassen.«

Lara wusste nicht, woher sie den Mut nahm, aber sie zwang sich, Anthonys kaltem Blick standzuhalten.

»Worum geht es hier wirklich? Es ist unsinnig, ein Geständnis zu fordern für eine Tat, die bereits erwiesen ist. Ich kenne dich. Du tust niemals etwas Unsinniges. Also, warum das Ganze?«

»Du kennst ihn nicht.« Die Worte mussten den Gefangenen Kraft kosten, denn sie kamen ihm deutlich über die Lippen. »Er testet dich.«

Lara bemerkte die Qual in seinen Augen, die er so erfolgreich vor Anthony hatte verbergen können. Eine Qual, die nicht von der Folter hervorgerufen wurde, sondern … von ihrem Anblick?

Während sie in diese unergründlichen grünen Augen sah, das bleiche, vom Schmerz gezeichnete Gesicht erstmals bewusst wahrnahm, geschah etwas in ihr.

Der Hass schwand. Stattdessen fühlte sie eine unerwartet heftige Zuneigung in sich aufsteigen. Ein dicker Kloß saß schlagartig in ihrer Kehle, schien sie ersticken zu wollen. Ihr war übel, entsetzlich übel, ohne dass sie wusste weswegen.

Ihre Stimme klang brüchig, verriet deutlich, in welchem Aufruhr ihre Gefühle geraten waren. »Wer bist du?«

Sie ignorierte Anthony, der sich hinter ihren Rücken spannte und sah unverwandt den Gefangenen an.

»Erinnere dich«, beschwor er sie. »Batisté wird mich nicht töten. Das hier dient nur dazu, uns ...«

»Ich weiß nicht, ob ich deine Widerstandskraft bewundern oder deine Dummheit bedauern soll. Gestern Nacht versprach ich dir etwas. Erinnerst du dich, was ich dir zeigte? Was ich mit meinen Feinden tue? Ich machte dir einen Vorschlag, den du heute ablehntest. Nun wirst du die Konsequenz erfahren.«

Anthony drehte die Regler des Schmerzmodus bis zum Anschlag hoch.

Der Gefangene riss die Augen weit auf, sein Körper erbebte unter den unkontrollierten Zuckungen. Er öffnete den Mund zu einem Schrei, doch kein Laut kam aus seiner Kehle.

Dafür war es Lara, die schrie. Sie wusste, das was sie sah, war ein Todeskampf.

Mit einem weiteren Aufschrei stürzte sie auf Anthony zu, versuchte, an die Regler des Schmerzmoduls zu gelangen, um Chris zu helfen.

Anthony fing sie mit einer harten Bewegung ab und schleuderte sie in die Arme Hunters, der sie mit eisernem Griff festhielt.

So etwas wie Bedauern lag in dem Blick des Clanführers, als er sie ansah.

»Du enttäuschst mich, Lara. Zusammen hätten wir es weit bringen können. Joshua, kümmere dich um sie.«

Entsetzt starrte sie Anthony an. *Lara?* Nur er nannte sie so. *Nein, nicht Lara.*

Sie krümmte sich unter dem Schmerz, der urplötzlich durch ihren Körper fuhr. *Nicht Lara!*

Mit aller Kraft klammerte sie sich an diesen Gedanken. Selbst als sie den Einstich spürte und ihre Sinne zu schwinden begannen.

Nicht Lara, sondern Larissa.

Larissa kämpfte gegen die monotone Stimme in ihrem Kopf, die ihr einreden wollte, Chris wäre ihr Feind. Sie wollte sich zusammenkrümmen, sich die Ohren zuzuhalten, war jedoch unfähig, sich zu bewegen. Es hätte ohnehin nichts genutzt. Nicht gegen diese verfluchte Stimme in ihrem Kopf oder die wirren Bilder, die sich in ihr Hirn bohrten und an ihrem Verstand zerrten.

Larissa *sah*, wie Chris sie zwang, in diese dunkle Grube zu steigen. *Hörte* ihn lachen und konnte das raue Holz der Leiter unter ihren Händen *fühlen*. Ihr war bewusst, nichts davon war real, doch konnte eine Illusion derart realistisch sein?

Sie sah sich selbst die Leiter herabsteigen. Tiefer und tiefer in die Dunkelheit hinab. Blickte nach oben und sah Chris.

Er hatte sich breitbeinig vor dem dunklen Loch aufgebaut und hielt noch immer die Peitsche in der Hand, mit der er sie verprügelt hatte. Lässig schlug er sie gegen den Schaft seiner Stiefel. Das Geräusch, das dabei entstand, klang genauso wie das, was zu hören war, wenn sich das Leder in ihre Haut fraß.

»Bitte«, flehte sie, »schick mich nicht dort runter. Ich wollte dich nicht …«

»Zu spät«, unterbrach er sie hart. »Niemand widersetzt sich mir ungestraft. Runter mit dir.«

Er trat nach ihr.

In dem Versuch, ihm auszuweichen, verlor sie den Halt und stürzte in die Tiefe.

Hart schlug sie auf dem Boden auf. Der Aufprall presste ihr die Luft aus den Lungen. Sie konnte nicht atmen, war für einen Moment blind in der plötzlichen Dämmerung.

Etwas streifte ihr Bein. Kalter Schweiß sammelte sich auf ihrer Stirn, lief ihr in die Augen, brannte in den frischen Striemen auf ihrer Wange. Dann erst realisierte sie die Ratte, die über ihre Beine lief und schrie auf.

Chris beantwortete das mit einem Lachen.

»Deine neuen Freunde sind sehr anhänglich«, rief er zu ihr herab. »Und hungrig. Wusstest du, dass der Geruch von frischem Blut sie zur Raserei treiben kann?«

Seine Stimme schien die vierbeinigen Bewohner der Grube aufzuschrecken. Rund um Larissa herum ertönte leises Rascheln.

Sie erschauderte und wich zurück, bis sie mit dem Rücken gegen eine feuchte Wand stieß.

Eine besonders fette Ratte löste sich zuerst vom Rudel, lief auf Larissa zu, die ihren Ekel überwand und zutrat. Laut quiekend flüchtete das Tier daraufhin zu den anderen zurück. Verzweifelt sah Larissa sich um, suchte nach einer Waffe, um sich die Viecher vom Leib halten zu können. Ihr Blick fiel auf ein massives Stück Holz, das nicht weit von ihr an der Wand lehnte. Rasch griff sie danach und schwang es drohend gegen die Ratten. Ebenso schnell ließ sie das Holz wieder fallen.

Etwas hatte ihre Finger berührt, huschte über ihre Hand. Larissa zwang sich auf ihren Arm hinab zu sehen. Ihre Nackenhaare sträubten sich. Eine fast handteller große Spinne hockte auf ihrem Oberarm.

Larissa konnte nicht einmal schreien. Wenn es etwas gab, vor dem sie sich fürchtete, dann diese Tiere. Schon als kleines Kind war sie panisch zu ihrem Kindermädchen gelaufen, sobald sie auch nur eine winzige Spinne erblickte. Mit den Jahren war aus dieser Abneigung eine regelrechte Phobie geworden. Und Chris wusste von dieser Angst.

Larissa sprang auf, fegte die Spinne von ihrem Arm herunter, doch schon fühlte sie etwas an ihrem Bein. Auf ihrer Schulter, selbst in ihrem Haar schien Bewegung zu sein. Sie schrie, schlug sich auf die Beine, drehte sich hilflos um die eigene Achse, aber es war zu finster, um Genaueres sehen zu können.

»Wie ich höre, haben dich deine anderen Freunde bereits gefunden«, ertönte erneut Chris' Stimme.

Larissas Kopf flog in die Höhe. »Hol mich hier raus!«

Seine Antwort bestand aus Gelächter, das langsam leiser wurde, je weiter sich seine Schritte entfernten.

Noch einmal gelang es Larissas Verstand, die Oberhand zu gewinnen. Ihre Kehle schmerzte, ihre Glieder zitterten unkontrolliert, dennoch zwang sie sich, an den anderen Chris zu denken. An den Mann aus ihrer Erinnerung, der ihr Zuflucht und Schutz gewährte, bei dem sie sich sicher gefühlt hatte.

Nicht Chris, hämmerte sie sich ein. *Nicht Chris, nicht Chris, nicht Chris …*

Damit begannen die Schmerzen. Ein Druck, der von ihrem Kopf aus, feurigen Linien gleich, durch ihren Körper kroch und jegliches Gefühl, jeden Gedanken auslöschte.

Nicht Chris, nicht Chris ... Chris? Chris nicht ... Nein!

Immer mehr Bilder rasten auf sie zu, prügelten ihrem Verstand ein, wogegen sie sich zu wehren versuchte.

Chris, der sie schlug, Chris der sie missbrauchte, Chris, der nur lachte, als sie zerschunden und blutend vor ihm lag.

Larissas Widerstand wurde schwächer. Sie versuchte, die Stimmen und Bilder aus ihrem Kopf zu verbannen, aber sie kam nicht gegen ihre Gefühle an. Sie *spürte* jede Berührung, jeden Schlag. Ihr Blick für die Realität schwand.

Erst als sie ihren Widerstand aufgab – nur für einen Moment um Atem zu schöpfen – klang der Schmerz ab. Um stärker als zuvor wieder aufzuflammen, sobald sie ihren Kampf wieder aufzunehmen versuchte.

Nicht Chris. Aber ... wer dann? Wer, wenn nicht Anthony? Nicht Anthony! Sie klammerte sich mit aller Kraft an diesen einen Gedanken. *Nicht Anthony. Niemals Anthony. Wer dann?*

Als sie es endlich zuließ, ebbte der Schmerz endgültig ab. Dafür stieg Hass in ihr auf, zerrte an ihr. Larissa kämpfte nicht länger gegen dieses Gefühl an, sondern ließ sich darauf ein. Es war einfach, so einfach ...

Kapitel 13

Gegenwart: 13. November 336: Militärbasis Batisté – Krankenstation 19:55 Uhr

Larissas Körper wurde von Krämpfen geschüttelt, sie konnte nicht denken, nicht atmen, sich nicht rühren. Alles, was sie empfand, war Bestürzung und Schuld. Dennoch riss sie die Augen auf, um sich zu überzeugen, nicht länger in dieser Grube zu sein. War sie überhaupt je dort gewesen?

Als sie Joshua erkannte, der auf sie herabblickte, schluchzte sie auf. Erst dann sah sie das Injektionsgerät in seinen Händen.

»Ich werde dir jetzt ein Beruhigungsmittel verabreichen,« erklärte er in einem Ton, der keinen Widerspruch duldete. »Bald wird alles wieder in Ordnung sein.«

»Nein! Bitte Joshua, Sie dürfen das nicht.«

»Es ist zu deinem eigenen Besten. Du verspürtest keine Angst in den vergangenen Tagen, oder? Du hast weder Lord Batisté gefürchtet noch das, was er mit dir tat.«

Abermals schossen Larissa Bilder durch den Kopf. Anthony, der sie berührte, wie sie um seine Anerkennung und Zuneigung rang, anfing, sich ihm anzupassen, indem sie die Untergebenen bei kleinen Fehlern bestrafen ließ.

Sie würgte, Übelkeit schoss ihr die Kehle empor. Mehrmals musste sie schlucken, um ihren Magen unter Kontrolle zu halten.

Mentalsuggestion. Glasklar entstand dieses Wort in ihrem Kopf. Joshua hatte ihren Verstand genommen, ihre Erinnerungen, hatte beides manipuliert, bis er etwas gänzlich anderes erschaffen hatte.

»Wie konnten Sie das tun?«, stieß sie heiser hervor. »Sie sind Arzt. Sie haben einen Eid geschworen, Menschen zu helfen.«

»Das ist wahr. Und ich half dir, indem ich dafür sorgte, dass du vergisst und mit dem Leben konntest, was Lord Batisté mit dir machte. Wolltest du das erleben mit dem Wissen, wer du bist?«

»Sie sorgten dafür, dass ich mich selbst vergaß! Nahmen mir die Erinnerungen an die, die ich liebe.«

»Liebe?« Die Stimme des Arztes bekam einen ätzenden Ton. »Hier gibt es keinen Platz für Liebe. Sie macht dich lediglich erpressbar und verletzlich! Als du glaubtest, Lord Batisté hätte deinen jungen Freund erschießen lassen, wurdest du hysterisch. Zwei Krieger waren nötig, um dich zu bändigen und zu mir zu bringen. Diese Erinnerung wolltest du behalten? Dieses Leid mit dir herumtragen?«

»Sie glauben tatsächlich, Sie haben mir geholfen?« Fassungslos schüttelte Larissa den Kopf. »Was ist mit Chris? Sie nahmen mir das Leid und übergaben es an ihn.«

»Im Gegensatz zu dir kann er es ertragen. Dazu wurde er ausgebildet!«

Larissa blinzelte. Sie bemerkte, wie ihr Mund aufklappte, doch es dauerte einige Sekunden, bis sie in der Lage war zu sprechen. »Woher ...«

»Ich bin nicht senil, nur weil ich alt bin.« Er senkte seine Stimme zu einem Flüstern. »Noch kann ich die Fakten zusammenzählen. Ebenso wie Lord Batisté. Unterschätze ihn nicht, nur weil er dich nicht in seine Pläne einweiht. Ich half deinem Freund, so gut ich es vermochte. Was denkst du, wäre passiert, hätte ich ihm tatsächlich ein Wahrheitsserum verabreicht? Ich *schützte* euch und tue es selbst jetzt noch«

Mit einer harschen Geste wies er zur Seite. Erst jetzt nahm Larissa den schweren Vorhang wahr, der um ihr Bett herum gezogen war.

»Das Blei darin verhindert die Überwachung. Doch ich bin nicht bereit, mich für euch umzubringen zu lassen. Sich offen gegen seine Lordschaft zu stellen käme einem Selbstmord gleich. Also erfülle ich seine Forderungen.« Er setzte Larissa die Injektion an den Hals an. »Bald ist es überstanden.«

Larissas Muskulatur verkrampfte sich.

»Nein!« Ihr Schrei vermischte sich mit dem zischenden Geräusch der Tür, die geöffnet wurde. Joshua fluchte, fuhr herum und riss den Vorhang zur Seite. Zwei Krieger waren herein gekommen. Zwischen sich einen bewusstlosen Mann, dessen Arme um ihre Schultern lag.

Chris! Rücksichtslos schleiften sie ihn voran, legten ihn auf ein weiteres Biobett und schnallten ihn darauf fest.

»Sie ist noch bei Bewusstsein?«

Anthonys Stimme jagte Larissa eine Gänsehaut über den Körper, dennoch verschwendete sie keinen Blick an ihn.

Ihre Augen blieben auf Chris gerichtet. Wären die eingefallenen Wangen nicht, die dunklen Ringe unter seinen Augen, diese unnatürliche Blässe, man hätte meinen können, er schliefe.

Atmet er? Oh Gott, lass ihn atmen, flehte sie stumm.

Unwillkürlich streckte sie die Hand nach ihm aus, so dringend war das Verlangen, ihn zu berühren.

»Ich wollte soeben mit ihrer Behandlung anfangen.« Joshuas Worte drangen gedämpft zu Larissa durch. Zu laut war das Rauschen ihres Pulses in ihren Ohren.

»Warte noch. Kümmere dich zuerst um den Aufrührer.«

Anthony trat neben Larissa und unterbrach so den Blick auf Chris.

»Deine Besorgnis um diesen Mann ist ebenso nutzlos wie töricht.«

»Du hast ihn am Leben gelassen?«

Das Lächeln Anthonys hatte etwas Bedrohliches. »Die Welt hält ihn für tot. Die Übertragung seiner Hinrichtung läuft in diesem Moment. Doch ich benötige ihn noch.«

Larissa spürte, wie sich eine einzelne Träne aus ihrem Augenwinkel löste. Sie schloss die Augen, um den Triumph Anthonys nicht länger sehen zu müssen.

»Was muss ich tun, damit du ihn weiterleben lässt?«

Ihre Kapitulation war endgültig.

Noch einmal mitansehen zu müssen, wie Anthony Chris folterte, zu glauben, seinen Todeskampf zu erleben, würde sie nicht überstehen.

Sie reagierte nicht, als Batisté ihr über die Wange strich. »Du, Lara, warst mein Meisterstück. Wir hätten es zusammen weit bringen können. Das können wir immer noch, nicht wahr? Zuerst wirst du deinen Vater kontaktieren und ihn zu unserer Eheschließung einladen. Bereits nächste Woche wird die Feierlichkeit öffentlich übertragen. Selbst wenn wir laut Ehevertrag dann bereits zehn Tage verheiratet sind, hat das Volk das Recht auf eine solche Darbietung.«

»Seit wann interessieren dich die Rechte des Volkes?«

»Ihnen Unterhaltung zu bieten, wird die Menschen ablenken und bei Laune halten. Vor allem bei einer so glücklichen Braut wie dir.«

»Ich werde mich dir nicht widersetzen. Aber verlange nicht, dass ich ihnen Glück vorspiele.«

»Du? Sicher nicht. Doch Lara wird es tun. Dabei wird sie nicht einmal schauspielern müssen. Die Wahrheit ist: Lara war glücklich an meiner Seite. So begierig darauf, zu lernen wie es ist, zu herrschen.« Er wandte sich an Joshua. »Sorg für ihre Fügsamkeit, während sie mit ihrem Vater spricht. Im Anschluss bereite sie auf eine weitere Behandlung vor.«

»Es wäre besser, ihr einige Stunden Ruhe zu gönnen, bevor ich ihr weitere Medikamente verabreiche«, erwiderte der Arzt, ohne mit der Behandlung von Chris innezuhalten oder aufzusehen. »Die Mittel, die ich ihr verabreichen muss, haben äußerst unangenehme Nebenwirkungen, zu denen auch ein plötzlicher Herzstillstand gehört. Ich nehme doch an, Ihr wollt Euch noch ein wenig an ihr erfreuen?«

Anthony verzog unwillig das Gesicht. »Nur solange, bis die Ehe öffentlich bestätigt ist. Eventuell zeuge ich mit ihr einen Erben. Zur Aufzucht benötige ich sie allerdings nicht.«

»Dann solltet Ihr auf weitere Medikamente verzichten.«

»Das werde ich. Nach der Empfängnis. Um die Bruthülle meines Sohnes zu werden, ist es nicht notwendig, sie beweglich zu halten.« Kurz wurde seine Miene weich, während er Larissa ansah. »Es wäre mir lieber, ich müsste sie nicht unbeobachtet lassen.«

»Das ist sie nicht. Ich werde auf sie achtgeben.«

Der Clanführer nickte, wobei er Larissa ein weiteres Mal über die Wange strich. Sanft, beinahe zärtlich war seine Berührung.

»Sollte das Experiment glücken, wer weiß, vielleicht lasse ich Lara weiter existieren. Sie ist überaus faszinierend. Möglicherweise die einzige Frau, die mir ebenbürtig sein könnte. Es würde mir schwerfallen, sie zu vernichten.«

Mit einem letzten Blick auf Larissa wandte er sich abrupt ab und verließ das Zimmer, gefolgt von seinen Kriegern.

Joshua atmete erleichtert auf, als sich die Tür hinter dem Clanführer schloss. Erst jetzt, da er seine Anspannung nicht länger unterdrücken musste, verstärkte sich das Zittern seiner Hände.

Er trat zu seinem Schreibtisch und aktivierte den Störsender, den er unter der Arbeitsplatte angebracht hatte. Sein Blick lag dabei fest auf Chris.

Er hatte verdammt viel für den Jungen riskiert. Solange er ihn weiterhin am Leben halten konnte, bestand keine Gefahr für seine Mission. Er *durfte* nicht abbrechen. Nicht, wo er so dicht davor war ...

Dennoch brauchte er ein paar Minuten, in denen er sicher sein konnte nicht beobachtet zu werden, um sich zu fangen. Die Situation drohte ihm zu entgleiten. Warum nur hatte er sich so gegen eine Mentalsugesstion bei sich selbst gewehrt? Nun wäre sie von Vorteil gewesen.

Weil du nicht vertrauen kannst, beantwortete er sich diese Frage gleich selbst. *Weil du nicht daran glaubst, dass ER sein Wort hält und dich trotzdem auf diesen Wahnsinn eingelassen hast ...*

Er seufzte, scannte erneut die Körperfunktionen seines Schützlings. Zeit, das Anabolische Protoplast zu verwenden, um die inneren und äußeren Wunden durch das Kraftfeld zu versiegeln. Kurz erwog er, seinem Patienten ein Bioimplantat einzusetzen. Die kybernetischen Nanoimplantate würden fehlende organische Moleküle im Körper des Patienten synthetisieren. Der Junge würde weiß Gott alle Hilfe benötigen, sobald der Lord ihn sich erneut vornahm. Daran, dass Batisté das tun würde, hegte Joshua keinen Zweifel.

»Warum behandeln Sie ihn, wo Sie wissen, Anthony wird ihn nicht in Ruhe lassen?«

Larissa Frage machte Joshua klar, dass er zumindest die letzten Gedanken laut ausgesprochen hatte. Erneut seufzte er, antwortete aber nicht, sondern ging zu der jungen Frau.

»Schwöre mir bei seinem Leben, nichts Unvernünftiges zu tun, und ich löse deine Fesseln.«

»Warum?«

Sie traute ihm nicht, hatte keinen Grund dazu, dennoch störte es ihn.

»Ich verschaffte dir soeben ein paar Stunden Frieden und will dir Gelegenheit geben, dich von deinen Freund angemessen zu verabschieden«, brummte er unwillig. »Ist ein schlichtes 'Danke' da zu viel verlangt?«

»Dafür, dass du mich unter Drogen gesetzt hast?«

Joshua fuhr zurück, ihre Worte trafen. Für eine Sekunde überlegte er, sie zu strafen, indem er ihre Fesseln nicht löste. Als ihm klar wurde, was er da dachte, erschrak er.

Du denkst bereits wie er. Wie ist das möglich, dass er sogar auf deine Gedanken Einfluss nimmt?

Rasch beugte er sich vor und befreite Larissa von den metallenen Schellen, die ihre Handgelenke umspannten.

»Versuchst du irgendwelchen Blödsinn, hast du schneller eine Injektion im Körper, als du das Wort 'Flucht' denken kannst«, warnte er sie.

Sie schien etwas sagen zu wollen, die Augen noch immer dunkel vor Zorn, doch da wurde die Tür zum Behandlungsraum erneut geöffnet.

Joshua fuhr herum, sein Herz sprang ihm bis in den Hals. Wenn Lord Batisté ...Doch es war nur ein weiterer Krieger. Es musste einer der Neuen sein, denn Joshua konnte ihn nicht zuordnen.

Halb tragend, halb mit sich schleifend, brachte dieser Krieger einen zweiten Mann mit sich, der mehr bewusstlos als wach war.

»Brachte man dir nicht bei anzuklopfen, bevor du ein Zimmer betrittst?«, schnauzte er den hereingekommenen Krieger an, um seine Erleichterung zu verbergen.

»Gilt das auch für einen Notfall?«

Unbeeindruckt erwiderte der Krieger den Blick Joshuas.

Bis er Larissa sah. Für den Bruchteil einer Sekunde weiteten sich die Augen des Unbekannten.

Doch er hatte sich so schnell wieder im Griff, sodass Joshua nicht sicher war, es wirklich gesehen zu haben.

Selbst wenn, war der Anblick dieser Frau etwas, was einen Krieger zu einem unangemessenen Blick verleiten konnte.

Lord Batisté hielt sie aus gutem Grund fern von anderen Menschen. Nur einige ausgewählte Bedienstete, seine Leibwache und Hunter hatten Umgang mit ihr haben dürfen.

»Was ist passiert?«, erkundigte er sich daher knapp, um die Aufmerksamkeit des Mannes von ihr abzulenken.

»Befehlsverweigerung.«

»Mal was Neues. Kommt nicht oft vor, dass ich einen von euch zusammen flicken muss. Meistens landen bei mir die Reste derjenigen, die euch in die Hände fallen.« Joshua versuchte nicht, seine Befriedigung zu verbergen.

Dem schwarzhaarigen Krieger schien das nicht zu gefallen. Nachdem er seine Last behutsam auf einem der Biobetten abgeladen hatte, baute er sich drohend vor dem Arzt auf.

»Dieser Junge versuchte ein junges Mädchen, noch ein halbes Kind, vor einer Vergewaltigung zu bewahren. Dafür hat Slauther ihn solange mit einer Skrompeitsche bearbeitet, bis er sein Rückgrat beinahe freigelegt hat. Und zwar mit dem Hinweis, bewusst angewandte Härte hätte nichts mit Grausamkeit zu tun, sondern fördere lediglich die Disziplin der Untergebenen. Ich bin nach all dem nicht mehr in der Stimmung, zu streiten. Also entweder hilfst du ihm jetzt oder ich prügle dir den letzten Rest Verstand aus deinem knochigen Leib.«

Irgendetwas an diesem Krieger kam Joshua sonderbar vertraut vor. Seine Art zu sprechen und sich zu bewegen, erinnerte ihn an jemanden. Doch erst als der Mann Chris erblickte und mitten in der Bewegung verharrte, kam er darauf. Lautlos fluchte er in sich hinein. Dieser Mann hätte niemals hier sein dürfen.

So wie auch die anderen beiden nicht, zischte ihm sein Gewissen gehässig zu. *Willst du hier ebenfalls nur zusehen? Alles opfern für diese Mission, von der du nicht einmal weißt, ob sie erfolgreich sein wird? Hast du nicht bereits genug aufgegeben?*

Der zweite Krieger hatte sich inzwischen Chris und Larissa zugewandt.

»Ich habe ihn sterben sehen.«

Dem Krieger war die Erschütterung anzusehen. Sein Blick irrte von Chris zu Larissa, die Chris' Hand umklammert hielt.

»Dreh deinen Kameraden auf den Bauch und hilf mir, ihn zu fixieren«, wies Joshua den Mann barsch an. Er konnte nicht riskieren, dass die Situation eskalierte. *Nicht jetzt! Nicht heute!*

Der Krieger reagierte nicht. Nach wie vor starrte er Chris an. »Was ist mit ihm?«

»Es geht ihm gut. Sorg dich lieber um deinen Kampfgenossen.«

Larissa schnaubte, während der Krieger zu Joshua herumfuhr.

»Das tue ich! Also, was ist mit ihm?«

»Nach den Angaben des Medikscanners hat er innere Verletzungen, doch sie heilen bereits«, erwiderte Larissa an Joshuas Stelle.

Sie sah nicht auf, während sie sprach und ihre Stimme klang monoton. Ganz so, als brauche sie irgendetwas, auf das sie ihre Gedanken lenken konnte. »Er ist zu Tode erschöpft, am Ende seiner psychischen und physischen Kraftreserven. Dennoch ist sein Zustand stabil. Aber das kann nicht sein. Nachdem Anthony ihn an diesen Apparat angeschlossen hat, müsste er sich in Lebensgefahr befinden. Ich habe gesehen, was dieses Gerät anrichtet. Herz, Puls, Kreislauf … Sein gesamter Körper war überlastet.«

»Er hatte Glück.« Ohne sich noch weiter um sie zu kümmern, wandte Joshua sich ab und verlagerte seine Aufmerksamkeit auf den verletzten Krieger. Die Bewegungsabläufe der Untersuchung führte er automatisch aus.

Reiß dich zusammen, fuhr ihn sein Selbsterhaltungstrieb an. *Es ist zu früh. Viel zu früh.*

Larissa überzeugte sich rasch davon, dass der Arzt sie nicht weiter beachtete. Auch der Krieger stand noch immer inmitten des Raumes, als wüsste er nicht, was er tun sollte.

Ein reiner Befehlsempfänger, unfähig eigene Entscheidungen zu treffen.

Langsam tastete sie sich an das Laserskalpell heran, das auf dem Tisch neben ihr lag. Innerlich war sie längst nicht so ruhig, wie sie nach außen hin zeigte. Trauer, Schuld und Zorn tobten in ihr.

Anthony hatte ihr einen Teil ihrer selbst genommen. Der Clanführer würde dafür büßen, was er Chris und ihr angetan hatte. Irgendwann würde ihn jemand zur Rechenschaft ziehen. Doch das lag nicht in ihrer Hand. Für sie gab es nur eines zu tun. Ihre Finger schlossen sich um den Griff des Skalpells.

Ein Schatten fiel über sie. Larissa zuckte zusammen, versuchte das Operationsmesser mit ihrer Hand zu verdecken doch es war zu spät.

»Ich an deiner Stelle würde das nicht tun.« Die Worte des Clankriegers waren nicht unfreundlich, auch hatte er sehr leise gesprochen, offenbar um Joshua nicht auf sie aufmerksam zu machen.

Als Larissa aufsah, erkannte sie weder Ärger noch Zorn in seinen Augen.

Dennoch erwiderte sie den Blick des Hünen mit kalter Entschlossenheit. Ihre Finger schlossen sich enger um den Griff des Skalpells. Sie würde sich nicht aufhalten lassen. Jetzt nicht mehr.

»Nicht Prinzessin, es wird nicht mehr lange dauern.«

Larissa erstarrte, ihr Körper fühlte sich mit einem mal taub an. Außer ihrem Herzen, das so schnell gegen die Rippen hämmerte, dass sie befürchtete, es müsse zu hören sein.

»Dave?«, formte sie mit ihren Lippen.

Er nickte fast unmerklich und warf einen bedeutsamen Blick auf Joshua.

»Halt durch.« Seine Worte waren kaum zu hören.

Wie sollte sie? Wie lange würde sie noch sie selbst sein? Wie lange sich daran erinnern, nicht freiwillig hier zu sein? Seine Hand legte sich über ihre, löste sacht die Finger von der Waffe. Seine Berührung schenkte ihr Kraft. Neuer Mut stieg in ihr auf, der sie schlagartig verließ, als die Tür erneut geöffnet wurde.

Hunter, in Begleitung von zwei Kriegern, betrat das Zimmer. Dave ließ sie augenblicklich los und trat einen Schritt zurück und auch Joshua fuhr zusammen.

»Was ist das heute?«, murrte er. »Das hier ist eine Krankenstation, kein verfluchter Raumhafen, wo jeder kommen und gehen kann, wie es ihm beliebt.«

»Ich bin nicht jeder«, knurrte Anthonys Adjutant, während er Larissa mit einem finsteren Blick maß. »Warum ist sie nicht angekettet?«

»Weil ihr mir das Pflegepersonal gekürzt habt. Sie macht sich nützlich.«

»Das ist nicht ihre Aufgabe.«

»Ich leite die Krankenstation, also bestimme ich, was sie für Aufgaben hat.«

Hunters Augen verengten sich. »Ich frage mich, ob seine Lordschaft es ebenso sieht.«

»Dann geh und erkundige dich.«

Mit einem Schritt war Hunter bei dem Arzt und umklammerte seinen Oberarm. »Irgendwann wird dir deine Arroganz zum Verhängnis werden, alter Mann.«

»Irgendwann vielleicht.« Joshua blieb gelassen. »Aber nicht, solange ich der Einzige bin, der eine Mentalsuggestion durchführen kann, bei der die Patientin überlebt, ohne hinterher als hilfloses, sabberndes Bündel dahinzuvegetieren.«

Der Ausdruck auf Hunters Gesicht war nur als verächtlich zu bezeichnen. Doch er ließ den Arm des Arztes los und gab den beiden Kriegern ein Zeichen. »Nehmt die Frau in Gewahrsam.«

Unwillkürlich wich Larissa zurück, bis sie an die Kante des Biobettes stieß, auf dem Chris lag. Es kostete sie ihre ganze Willenskraft, nicht in Daves Richtung zu blicken. Dennoch half ihr seine Anwesenheit, das Zittern ihrer Glieder unter Kontrolle zu bringen. *Bald* hatte er gesagt. Solange würde sie durchhalten. Durchhalten müssen. Sie zwang sich, die Schultern zu straffen und trat beherrscht zwischen die Krieger.

Hunter quittierte das mit einem Lächeln so kalt wie Trockeneis. »Ist das der Kerl, der sich Slauthers Befehl widersetzte?«, erkundigte er sich mit einem abfälligen Blick auf den bewusstlosen Krieger. »Wieso vergeudest du deine Zeit, ihm zu helfen?«

»Weil er an seinen Verletzungen sterben wird, wenn ich es nicht tue.« Joshuas Stimme klang eisig.

»Dein Mitgefühl ist wirklich rührend«, spottete Hunter. »Wenn er draufgeht, erspart er sich die Anklage wegen Befehlsverweigerung. Also, töte ihn.«

»Was?«

Hunter hob die Braue. »Stimmt, ich vergaß. Du erhältst die Leute ja lieber am Leben.«, Er sah Dave an, als würde er dessen Anwesenheit erst jetzt bemerken. »Ein Clankrieger hat zum Glück keine derartigen Skrupel, nicht wahr? Töte diesen Verräter.«

Dave schüttelte langsam den Kopf. »Ich brachte den Mann hierher, um ihm zu helfen, nicht um ihn zu ermorden.«

Hunter Augen verengten sich. Sein Blick fiel auf das Namensschild auf Daves Uniformjacke. »Ich kann mich irren, Henson aber es sieht ganz so aus, als wärst du scharf auf eine Anklage wegen Befehlsverweigerung.«

Larissa beobachtete, wie sich Daves Rechte langsam zur Faust ballte. Die Spannung im Raum hätte ein mehrstöckiges Haus mit Energie versorgen können. Auch bei ihr schrillten die Alarmglocken. Hunters Auftreten, verriet deutlich, er ahnte etwas.

»Es gab einen unautorisierten Zugriff auf das Verteidigungssystem dieser Basis«, bestätigten Hunters Worte Larissas Befürchtung. »Moody hier«, er deutete auf den besinnungslosen Clankrieger, »ist neu eingetroffen und tat Dienst in der Technikabteilung. Wir wissen, der Zugriff fand von dort aus statt. Was wir nicht wissen ist, ob er einen Komplizen hat. Nachdem uns sein Ortungschip verriet, er ist auf der Krankenstation, obwohl er unfähig sein dürfte, sich fortzubewegen, dachte ich, ich sehe nach. Zumal die Ortung außer Moody nur drei weitere Personen in diesem Raum anzeigte. Den Arzt, die Frau und den Aufrührer. Die Frage ist nun, Henson: Warum wirst du nicht angezeigt?«

Zeit zu handeln, beschloss Larissa.

»Nimm deine Finger von mir«, schrie sie den Krieger links neben sich an. »Anthony wird dir die Haut in Streifen abziehen, sobald ich ihm sage, du wagtest es, mich anzufassen.«

»Ich ...«

Hunters leises Lachen ließ den Krieger verstummen. »Wirklich clever«, spottete er. »Ich nehme eher an, Lord Batisté wird sich eingehend mit dir beschäftigen, sobald er erfährt, wie du versuchtest, diesen Mann zu schützen. Was verbindet dich mit ihm?«

»Ich weiß nicht, wovon du redest.«

»Natürlich nicht.« Hunter nickte den beiden Kriegern zu. »Ergreift ihn. Er wird sich vor seiner Lordschaft zu verantworten haben. Er wird der Befehlsverweigerung und des Hochverrats beschuldigt. Ich denke ...«

Dave gab Hunter keine Gelegenheit, seine Gedankengänge zu erläutern. Mit einer beinahe unmöglich anmutenden Bewegung stieß er sich ab, sprang auf Hunter zu und rammte ihm sein ausgestrecktes Bein in den Magen.

Anthonys Adjutant grunzte und klappte zusammen, was Dave dazu nutzte, das Kinn des Mannes mit seiner Faust bekannt zu machen.

Daraufhin verdrehte Hunter die Augen und sackte vollends zu Boden.

Die beiden Krieger zogen ihre Blaster. Mit einem Schrei stürzte Larissa vor und schlug einem der Beiden die Hand zur Seite. Ein Schusswechsel hier könnte Chris treffen.

Durch ihren Schrei gewarnt, wirbelte Dave herum. Er entging um Haaresbreite einem Treffer durch die Waffe des zweiten Kriegers und entwaffnete diesen durch einen weiteren Tritt. Damit endete seine Glückssträhne.

Dave sah die Bewegung aus den Augenwinkeln, versuchte zu reagieren, spürte, dass er nicht schnell genug war. Ein harter Hieb traf seinen Hinterkopf.

Wäre er der Held eines dieser Actionfilme, hätte er jetzt gegrinst und die Wirkung dieses Schlages einfach weggesteckt. So aber stolperte er zwei Schritte zurück und brach auf die Knie.

Er wäre verloren gewesen, hätte Larissa nicht den ersten Krieger außer Gefecht gesetzt, indem sie ihm wuchtig zwischen die Beine trat.

Als Dave endlich wieder halbwegs klar sehen konnte, zielte der andere Krieger, der ihm den Hieb verpasst hatte, auf ihn. Dave zögerte keine Sekunde. Mit einer blitzschnellen Bewegung hob er den Arm und – steckte seinen ausgestreckten Zeigefinger in den Lauf des Blasters. Die Augen des Kriegers weiteten sich, während Dave sich umständlich bemühte, auf die Beine zu kommen. Dabei hielt er seinen Finger noch immer fest im Lauf der Waffe.

»Ich würde jetzt nicht abdrücken«, sagte er freundlich. »Es sei denn, du willst riskieren demnächst ohne deine rechte Hand auszukommen.«

Der Krieger schien kein Anhänger der Auge-um-Auges, Zahn-um-Zahn-Philosophie zu sein. Er verzichtete darauf, Dave die Hand wegzuschießen – und dabei den Verlust seiner eigenen in Kauf zu nehmen, sondern starrte ihn nur ungläubig an.

Eventuell machte ihn auch nur Daves Unverschämtheit sprachlos. Egal, Dave hatte keine Zeit, darüber nachzudenken. Das Geräusch hinter ihm klang verdächtig nach einem Fluch Hunters.

Auch Larissa schien es gehört zu haben, denn sie sprang vor und entwand dem ersten Krieger den Blaster.

Dave hingegen ließ sich zur Seite fallen, machte eine halbe Drehung und ergriff den erstbesten Gegenstand, den er zwischen die Finger bekam. Er betrachtete es als persönliches Pech des Kriegers, dass es sich dabei um das Laserskalpell handelte, das er Larissa erst wenige Minuten zuvor abgenommen hatte.

Ohne zu zögern verwandelte Dave das Instrument in eine tödliche Waffe und trennte seinen Widersacher die Kehle durch. Mit einer zweiten Drehung versuchte er, sich von dem Mann zu entfernen, während sich der Zeigefinger des Kriegers reflexartig um den Abzug seiner Waffe krümmte. Diesen Moment suchte sich Daves Schutzengel aus, um eine Pause einzulegen. Er spürte, wie etwas Heißes an seiner Schläfe entlang raste, wusste, er war getroffen. Ihm blieben noch etwa zwanzig Sekunden, bis er den Schmerz spüren würde. Nun, wenn es darauf ankam, konnte das eine verdammt lange Zeit sein. Dave überzeugte sich mit einem schnellen Blick davon, dass Larissa ohne ihn auskam und wandte sich Hunter zu, der gerade wieder auf die Füße kam. Mit einem erneuten Tritt sorgte Dave dafür, dass das nicht lange so blieb und rammte Hunter drei, viermal hintereinander die Faust ins Gesicht.

Er erkannte seinen Fehler sofort. Batistés Adjutant schüttelte sich und hieb Dave sein Knie zwischen die Beine.

Mit einem misstönenden *Uffhh* klappte der zusammen.

Verdammte Neurotransmitter, konnte er noch denken, bevor sich auch die Schmerzen durch die Schussverletzung bemerkbar machten.

Möglicherweise wäre das endgültig das Ende gewesen, hätte Joshua sich nicht endlich entschieden, auf wessen Seite er stand. Der Arzt griff nach einem Briefbeschwerer, der auf seinem Schreibtisch lag und hieb ihn Hunter über den Schädel.

Hunter zuckte noch einmal, bevor er still lag. Die allmählich immer größer werdende Blutlache, die unter seinem Kopf hervortrat, verriet die Wucht hinter Joshuas Schlag.

Larissa war es mittlerweile gelungen, ihrem Gegner den Blaster abzunehmen und ihn damit außer Gefecht zu setzen. Schwer atmend stand sie da, versuchte, die unerwartete Wendung der Ereignisse zu begreifen.

»Joshua.«

Dave bekam ihren Ruf wie aus weiter Ferne mit, doch nur wenige Sekunden später kniete der Arzt neben ihm nieder und half ihm sich aufzurichten.

»Mir fehlt nichts«, behauptete er und machte eine abwehrende Kopfbewegung, um seinen Worten mehr Gewicht zu verleihen.

Im gleichen Moment bedauerte er es, denn die Bewegung ließ eine Welle von Übelkeit in ihm aufsteigen. Für eine Sekunde wurde ihm schwarz vor Augen.

Jemand schien ein Dutzend Zwerge angeheuert zu haben, die seinen Kopf im Akkord mit winzigen Hämmern bearbeiteten. »Nur ein Kratzer«, sagte er trotzdem.

»Ein Kratzer, soso«, murmelt Joshua, schüttelte missbilligend den Kopf, während er die Wunde an Daves Schläfe versorgte. Fast genau in dem Augenblick, in dem er damit fertig war, ertönte aus dem Kommunikator an der Wand ein leises Piepen.

Dave glaubte zu wissen, wer den Arzt sprechen wollte und sollte Recht behalten.

Als Joshua endlich zu dem Kommunikator ging, um sich zu melden, ertönte Batistés Stimme aus dem Gerät.

»Was zum Teufel ist bei Euch los?« Selbst durch das Gerät war deutlich zu hören, wie wütend der Clanführer war. »Hunters Auftrag lautete, den Verräter auszuschalten, nicht ein Kaffeekränzchen abzuhalten.«

»Es gab hier eine ... kleine Meinungsverschiedenheit hinsichtlich des Kriegers«, erklärte Joshua unsicher.

»Er wird sich kaum gewehrt haben!«

»Nein, es ist schon erledigt« Joshua log nicht besonders überzeugend angesichts der drei Toten im Raum. Was Batisté offenbar nicht entging.

»Gib mir Hunter«, befahl er.

»Das ist nicht möglich«, erwiderte der Arzt, was der Wahrheit entsprach. »Er ist bereits auf dem Weg zu Euch.«

»Warum antwortet er dann nicht über seinen ...«

Die Worte endeten in einem schrillen Krächzen. Dave hatte der Unterhaltung ein abruptes Ende bereitet, indem er den Kommunikator in Stücke schoss.

»Na großartig«, kommentierte Larissa trocken. »Damit hast du uns sämtliche Krieger dieser Basis auf den Hals gehetzt.«

Dave zuckte die Achseln. »Wir sitzen sowieso bis zum Hals in der Scheiße«, entgegnete er mit einem Seitenblick auf Hunter.

»Somit wäre es an der Zeit, hier zu verschwinden, oder?« Sie warf Joshua einen auffordernden Blick zu. »Weck Chris auf.«

»Ich schätze, wir haben ein Problem«, schaltete Dave sich ein, bevor der Arzt antworten konnte.

Larissa verdrehte die Augen. »Nur eins? Optimist.«

Dave ignorierte ihren Sarkasmus. Das, was er ihr sagen musste, würde die Situation nicht verbessern.

»Wir können hier nicht verschwinden. Die Basis ist von einem Schutzschild umgeben. Bevor der nicht ausgeschaltet ist, kommen wir hier nicht raus.«

Larissa erbleichte. »Dann ist unser Leben keinen lausigen Credit mehr wert. Gibt es keine Möglichkeit, den Schutzschild auszuschalten?«

»Ich habe es versucht. Ohne Zugangscode ist es so gut wie unmöglich.«

»Es gibt einen Weg«, schaltete Joshua sich ein. »Ich kenne den Code, der den Schild zeitweise außer Betrieb setzt. Ebenso wie das Verteidigungssystem der Basis. Ich werde euch hier raus helfen. Unter einer Bedingung.«

»Die wäre?«

»Ich komme mit euch.«

»Denkst du wirklich, wir würden dich mitnehmen, nach dem, was du getan hast?«, fauchte Larissa und sprach damit auch Daves Gedanken aus.

»Dann viel Vergnügen bei dem Versuch, Lord Batisté zu erklären, was hier geschah.«

»Fuck!« Dave machte kein Hehl daraus, dass ihm das Abkommen nicht gefiel. Doch welche Wahl blieb ihm? Er traute dem Arzt nicht, wollte aber auch nicht derjenige sein, der den Tod des alten Mannes zu verantworten hatte, indem er ihn zurückließ und damit Batistés Zorn auslieferte.

»Weck Chris auf, dann sehen wir weiter«, knurrte er.

»Bisher dachte ich, du wärst ein Mann, der in der Lage ist, eigenständig Entscheidungen zu treffen.« Joshua gab nicht nach. »Sobald ich dein Wort habe ...«

»Vergiss es. Wir brauchen ihn dafür nicht.« Larissa ging zu dem Biobett, indem Chris lag. »Ich wecke ihn selbst.«

»Es dauert eine, vielleicht zwei Stunden, bis er in der Lage sein wird, eigenständig zu laufen. Hast du so viel Zeit?« Joshua verschränkte die Arme vor der Brust und machte so klar, dass er ihr nicht helfen würde.

Larissa warf ihm einen bösen Blick zu. »Ich lasse ihn nicht hier.«

»Nein, du bist dumm genug, eher deine eigene Sicherheit zu riskieren, anstatt das zu tun.« Joshua seufzte. »Es ist möglich, deinen jungen Freund fit zu machen. Doch das ist gefährlich.«

»So gefährlich wie hierzubleiben? Mach schon.« Dave nahm Larissa die Entscheidung ab.

Er gab es nicht gerne zu, doch Dave wusste, er hatte nicht genug Kraft, um Chris während der gesamten Flucht zu tragen.

»Ich begleite euch.«

»Ja doch.«

»Gut. Entfernt eure Ortungschips.«

»Nicht nötig. Meiner liegt im Bett meines Zimmers. Ich hab ihn dort gelassen, als ich Moody holte und herbrachte.«

»Leichtsinnig.«

»Besser, als wenn mich jemand auf der Krankenstation geortet hätte.«

»Hat ja wunderbar geklappt, nicht wahr?«

»Du fängst an, mir auf die Nerven zu gehen, alter Mann.«

»Zumindest bin ich klug genug, meinen Chip stets bei mir zu tragen. Wenn auch außerhalb meines Körpers.«

»Können wir die Debatte, wer von euch klüger ist, auf später vertagen?« Larissa strich ihr Haar zurück und präsentierte Dave ihren Nacken. »Schneid ihn raus. Ich will weg sein, bevor Anthony hier auftaucht.«

»Er ist nicht in deinem Nacken.« Joshua vermied es, Larissa anzusehen. »Der Chip befindet sich in deinem Brustansatz. Lord Batisté wollte ihn spüren können, wenn er dich … berührt.«

Larissa stieß einen undamenhaften Fluch aus und entriss Dave das Laserskalpell, das er bereits in der Hand hielt.

»Das kann ich selbst«, schnappte sie. »Kümmert euch um Chris.«

»Ich entferne die Ortung.« Joshua zögerte nicht länger. »Aber jemand sollte ihn festhalten, wenn ich den Neural-Stimulator einsetzte. Wie gesagt, ich weiß nicht, wie er reagieren wird, wenn er aufwacht.«

Dave nickte, stellte sich neben das Bett und half Joshua Chris umzudrehen, damit der Arzt den Ortungschip entfernen konnte. Der Alte ging erstaunlich geschickt dabei vor. In weniger als einer Minute hatte er ihn entfernt und legte die winzige Kugel in einen kleinen Behälter. Er nahm sich nicht die Zeit, die Wunde zu verschließen, sondern setzte Chris sofort den Neural-Stimulator an die Schläfe.

Zuerst geschah nichts. Dann bäumte Chris sich auf, stieß einen Schrei aus, zuckte einmal, lag dann still.

Beunruhigt kam Larissa zu ihnen und griff nach dem Medikscanner, um Chris' Lebenswerte zu überprüfen.

»Er scheint noch immer bewusstlos zu sein. Herzschlag ebenso wie sein Puls sind zu schnell, aber seine Atmung ist normal.« Sie nickte Dave zu, der Chris' Handgelenke umklammerte. »Du kannst ihn loslassen.«

Kaum hatte Dave seinen Griff gelöst, schnellte Chris in die Höhe.

Mit einer Bewegung, die zu schnell war, um sie wirklich zu sehen, geschweige denn darauf zu reagieren, schoss sein Arm vor. Seine Hand fand zielsicher Daves Kehle, drückte mit mörderischer Kraft zu. Chris' Augen waren weit geöffnet, aber so verdreht, dass nur das Weiße darin sichtbar war. I

n dem Versuch, den Würgegriff zu sprengen bog Dave Chris Finger zurück. Ohne Ergebnis. Chris schien es nicht einmal wahrzunehmen.

Daves Lungen drohten zu bersten. Rote Schleier führten einen bizarren Tanz vor seinen Augen auf. Obwohl Chris nur mit der linken Hand zudrückte, würde es nicht mehr lange dauern, bis er den Kehlkopf zerquetscht haben würde.

Dave röchelte. Chris registrierte diesen Laut mit einem animalischen Knurren.

Larissas Entsetzensschrei nahm Dave nur noch am Rand seines Bewusstseins war.

Sie sprang vor, zerrte an Chris' Arm, doch genauso gut hätte sie versuchen können einen wilden Stier mit bloßen Händen aufzuhalten.

Chris stieß erneut ein wütendes Grollen aus, schleuderte Dave mit einer fast spielerisch anmutenden Bewegung zur Seite und wandte sich seinem neuen Gegner zu.

Larissa bemerkte im letzten Moment die Gefahr und brachte sich mit einem raschen Sprung außer Reichweite. Chris' zupackende, zu einer Klaue gekrümmte Hand verfehlte ihre Kehle nur um Haaresbreite.

»Chris, Stopp!«

Vielleicht war es ihre Stimme, vielleicht die Verzweiflung, die ihre Worte begleitete, die ihn mitten in der Bewegung verharren ließ. Sein Gesicht verzerrte sich, er schien gegen irgendetwas anzukämpfen und – verlor.

Als er seine Beine aus dem Bett schwang, griff Dave ein. Er war hinter Chris gelangt, griff nach den Armen seines Freundes, drehte sie hart auf den Rücken.

»Ich verstehe das nicht«, stieß Joshua hervor. »Die Dosis, die ich ihm verabreicht habe, sollte ihn nur aufwecken. Nicht in einen tollwütigen Irren verwandeln.«

»Ist mir scheißegal«, knurrte Dave gereizt. »Sieh zu, dass du ihn dazu bringst, hier rauszumarschieren, ohne einen von uns in Stücke zu reißen.«

»Was ich tun werde, hältst du mich weiterhin fest.« Chris klang schwach, was die Wirkung seiner Worte nicht schmälerte.

Dave ließ ihn so abrupt los, als stünde er in Flammen.

»Kannst du mich verstehen? Weißt du, wer ich bin?« Vorsichtig näherte sich Larissa ihm wieder. Sie wartete nicht auf seine Antwort, sondern griff erneut nach dem Medikscanner, den sie fallengelassen hatte, und begann, ihn zu untersuchen. Das Ergebnis war beruhigend normal.

Chris sah sie verwirrt an. »Natürlich weiß ich das. Nur hast du in der Wahl deiner Freunde schon besseren Geschmack bewiesen.« Ein unmissverständlicher Blick traf Dave.

»Noch so ein Spruch und ich sorge dafür, dass du dich wieder schlafen legst, Partner«, erwiderte dieser. Sein Grinsen nahm seinen Worten die Schärfe und zeigte deutlich, wie erleichtert er war.

Chris blinzelte. »Dave? Steckst du in dieser geschmacklosen Verkleidung?«

»Irgendwie musste ich ja zu euch kommen. Fühlst du dich kräftig genug, um zu laufen?«

Chris schien zu spüren, dass jetzt nicht der geeignete Moment für Fragen oder langwierige Erklärungen war. Er nickte, wankte und wäre gefallen, hätte Dave nicht blitzschnell zugegriffen.

»Alles in Ordnung?« Besorgt musterte Larissa ihn.

Er nickte erneut. Dieses Mal bedeutend vorsichtiger.

»Glaubst du, du hältst durch, bis wir ... Runter!«

Das letzte Wort schrie Dave, als ein halbes Dutzend Clankrieger den Raum stürmen wollten.

Dave reagierte mit fast übermenschlicher Schnelligkeit. Er stieß Larissa zurück, die ihrerseits Joshua mit sich zog, und riss dann Chris zu Boden. Noch in der Bewegung zog er seinen Blaster und eröffnete das Feuer auf die Krieger. Aus dem Augenwinkel nahm er wahr, dass Larissa die Waffe eines der toten Krieger an sich riss und ebenfalls feuerte. Gemeinsam gelang es ihnen, die Sturmtruppe daran zu hindern, in den Raum zu gelangen. Als die ersten beiden Krieger tödlich getroffen zu Boden gingen, zogen die anderen sich zurück, um im Gang Deckung zu suchen. Bei aller Hingabe schienen sie nicht bereit zu sein, bei dem Versuch Chris, Dave und Larissa festzunehmen, ihr Leben zu riskieren. Das hatten sie auch nicht nötig, mussten sie doch nur abwarten, bis sich die Waffen ihrer Gegner überhitzten.

Was Dave ebenso klar war. Früher oder später würden sie durch die pure zahlenmäßige Überlegenheit der Clankrieger überrannt werden.

In diesem Zimmer saßen sie in der Falle. Seine Gedanken rotierten, während er nach einem Ausweg suchte. Er fand keinen, der ihm sonderlich gefiel. Dennoch stellte er das Feuer auf die Krieger ein, nahm stattdessen die Öffnungsautomatik der Tür unter Beschuss. Mit einem protestierenden Kreischen schloss diese sich. Das würde die Krieger wenigstens für den Moment aufhalten.

»Verdammt, schaltest du nicht mal dein Gehirn ein, bevor du etwas tust.« Joshua klang eher frustriert als wütend. »Das war wirklich ein hervorragender Einfall, den einzigen Ausgang zu blockieren. Jetzt sitzen wir in diesem Rattenloch fest.«

»Vielleicht auch nicht.« Larissa deutete auf ein Gitter, das in Decke eingelassen war. »Das müsste der Lüftungsschacht sein. Mit etwas Glück können wir versuchen, durch die Belüftungsanlage zu verschwinden.«

»Damit Anthony uns wie Ungeziefer ausräuchert? Er braucht die Anlage nur mit Gas zu fluten.« Joshuas Einwand verhallte unbeachtet.

»Versuchen wir es. Uns bleibt keine andere Wahl.« Dave hatte bereits einen Tisch an die Wand geschoben und versuchte, das Gitter aus seiner Verankerung zu brechen. Schließlich hatte er es geschafft und bedeutete den anderen, zu ihm hinauf zu kommen. »Erst Larissa, dann Chris. Joshua wird euch den Weg zum Sicherheitsraum weisen. Ich decke den Rückzug.«

Sich durch den schmalen Schacht zu schieben, war anstrengend. Vor allem Chris blieb immer wieder für einen Moment liegen. Doch irgendwann lag der Sicherheitsraum unter ihnen. Und – was sie kaum zu hoffen gewagt hatten, es hielten sich lediglich zwei Krieger darin auf.

»Hey!«

Die Köpfe der Männer fuhren in die Höhe. Das Letzte, was sie sahen, war Larissas Gesicht und den Lauf eines Blasters, der durch das Gitter geschoben war.

Dann erst entriegelte Larissa die Öffnung des Schachtes und ließ sich daraus herabgleiten. Die anderen folgten auf dieselbe Weise.

Unter Joshuas Anleitung dauerte es nicht lange, bis Dave den Schutzschild der Basis ausgeschaltet hatte. Am liebsten hätte er auch dafür gesorgt, dass das so blieb, indem er den Datenspeicher des Hauptcoms durch einige gezielte Schüsse in seine Einzelteile zerlegte. Joshua wies ihn gerade noch rechtzeitig auf die schützende Berylliumlegierung hin.

»Jetzt raus hier. Ich hab die Nase voll von Batistés Gastfreundschaft.« Chris sprach aus, was alle dachten.

»Wieder durch den Belüftungsschacht?« Larissa machte sich bereit hinaufzusteigen.

»Nein«, hielt Joshua sie zurück. »Wir müssen zu den Gleitern. Die Schächte führen nicht bis zum Hangar hinauf.« Er ging zur Tür. Doch Dave zögerte.

»Es befinden sich noch über dreihundert Menschen in Batistés Gefangenschaft. Wir können sie nicht einfach hier zurücklassen.«

»Sämtliche Krieger dieser Basis jagen uns, und du willst freiwillig runter in die Gefängnisebene.« Joshua klang, als stünde er kurz vor einem Herzanfall. »Wir können diesen Menschen nicht helfen. Die Wachen würden uns eliminieren, noch bevor wir die erste Ebene erreicht haben. Abgesehen davon wird dein Freund höchstens die Hälfte des Weges schaffen, bis er vor Erschöpfung zusammenbricht.«

»Blödsinn«, widersprach Chris heftig. »Ich bin allemal in der Lage, den Weg zu schaffen.«

»Wir werden alle in der Gefängnisebene landen, wenn ihr so weitermacht«, zischte Larissa. »Glaubt ihr, ihr könnt diesen Menschen helfen, indem ihr eine erneute Gefangennahme riskiert? Lasst uns verschwinden und mit Verstärkung zurückkommen.«

Sie hatte Recht, wie Dave zugeben musste. Chris war kaum noch in der Lage, sich auf den Beinen zu halten und Joshua wäre bestenfalls eine nicht einzuschätzende Belastung. Dennoch, er dachte an das Versprechen, das er sich gegeben hatte. Kurzentschlossen wandte er sich an Joshua. »Bring Chris und Larissa zum Hangar. Dort versucht, einen der Gleiter zu entern. Verstärkung zu schicken nutzt nur, wenn jemand hier ist, der sie auch hineinlassen kann. Wenn alles gut geht, sehen wir uns in der Basis. Wenn nicht, in der Hölle.«

»Dein Vorhaben grenzt an Selbstmord.« Auch Chris hatte eingesehen, wie gefährlich Daves Vorhaben war.

»Ich weiß.« Dave grinste. »Aber wie heißt es so schön? Gott hasst Feiglinge.«

Mit diesen Worten öffnete er die Tür, spähte vorsichtig in den Gang und war verschwunden, noch bevor ihn jemand aufhalten konnte.

»Das geht nicht gut. Das *kann* gar nicht gut gehen«, murmelte Joshua nun bereits zum dritten Mal.

Chris brachte ihn mit einem drohenden Blick zum Schweigen und konzentrierte sich wieder auf den Hangar. Zusammen mit Larissa und dem Arzt lag er bäuchlings unter einer Entlademaschine, die mit weiteren Geräten in der Nähe des Hangars abgestellt war.

Auf dem Weg hierher hatten sie sich mehrfach den Weg frei geschossen, Dutzende von Umwegen in Kauf genommen, um am Ende beinahe doch noch einer Gruppe von Kriegern in die Arme zu laufen. Trotzdem war es einfacher gewesen, den Hangar zu erreichen als gedacht. Den Gleiter zu entern würde ungleich schwieriger werden.

Chris stimmte Joshua insgeheim zu. Es würde ihnen nie gelingen, sich unbemerkt einem dem Transporter zu nähern.

In dem Hangar wimmelte es von Kriegern, Piloten, Technikern. Ständig rannten Männer umher, Befehle wurden gebrüllt, Gleiter voller Menschen entladen. Frisch eingetroffene Ware für den Markt des Clanführers.

Chris' Blick ruhte auf ihnen. Vielleicht lag darin ihre Chance. Wenn sie sich unter diese Leute mischen könnten, würden sie möglicherweise nicht auffallen.

»Wir könnten versuchen, die Krieger abzulenken«, schlug Joshua vor.

Chris warf ihm einen raschen Seitenblick zu. »Kein Problem. Besorg mir ein halbes Dutzend Männer, jeder mit zwei, drei Blaster bewaffnet, dazu eine Handvoll Granaten und schon sind wir hier weg.«

Joshua verdrehte die Augen. »Ich wäre dir dankbar, wenn du deine dummen Sprüche auf einen späteren Zeitpunkt verschieben würdest. Vielleicht lache ich dann darüber.«

»Eventuell sollten wir …«

»… endlich etwas tun, anstatt dumme Reden zu halten«, unterbrach Joshua Chris schroff.

Bevor Chris reagieren konnte, entstand an einem der Gleiter ein Tumult. Offenbar waren die Menschen darin nicht bereit, sich kampflos zu ergeben. Eine beachtliche Anzahl Krieger wandte sich dem Unruheherd zu. Unter ihnen auch die, die den Eingangsbereich des Hangars bewachten.

»Los jetzt, diese Chance schickt uns der Himmel!« Geduld war anscheinend nicht Joshuas Stärke.

»Ja, oder Batisté.« Chris hielt den Alten zurück, der bereits unter der Maschine hervor klettern wollte. »Bist du wahnsinnig? Wenn nur einer der Krieger hier herüberblickt, sind wir alle geliefert.«

»Willst du warten, bis Lord Batisté dich persönlich zu einer Spritztour einlädt? So eine Gelegenheit bekommen wir kein zweites Mal.«

»Ich habe nicht vor, hier Wurzeln zu schlagen. Aber ich habe auch keine Lust, mich abknallen zu lassen. Wir nehmen den anderen Weg.« Chris deutete auf die lange Reihe von Maschinen. »Dort entlang.«

Joshua wirkte nicht glücklich über diesen Vorschlag, folgte Chris aber wortlos, der bereits begonnen hatte, unter den Maschinen hindurchzukriechen.

Chris' geschundener Körper reagierte darauf mit einer erneuten Welle aus Erschöpfung. Er verzog das Gesicht, kämpfte den Drang nieder, einfach liegenzubleiben und zwang sich weiter vorwärts. Endlich hatten sie das Ende der Maschinenreihe erreicht. Nur eine offene Betonfläche trennte sie noch von dem ersten Gleiter.

Chris suchte vergeblich nach einer Möglichkeit, diese ungesehen zu überqueren. Er überzeugte sich mit einem raschen Blick davon, dass niemand in ihre Richtung sah, kroch dann, dicht gefolgt von Larissa und Joshua, unter der Maschine hervor. Ohne zu zögern, liefen sie auf den Gleiter zu. Diese letzten zehn Meter machten ihm erneut den Unterschied zwischen verletzt und gesund klar. Jedes Mal, wenn er einatmete, protestierten seine Rippen mit einem schmerzhaften Stechen. Sein Herz raste, das Blut rauschte in seinen Ohren, während seine Knie aus Gummi zu bestehen schienen. Dennoch lief er unbeirrt weiter, angetrieben von der Erinnerung an die Bilder von säuberlich in Stücke zerlegter Menschen ohne Stimmbänder, die in Schubladen aufbewahrt wurden. Er würde eher sterben als so zu enden. Kurz fragte er sich, inwieweit Joshua für diese Barbarei verantwortlich war, schob den Gedanken aber zur Seite. Später...

Zitternd vor Erschöpfung presste Chris sich schließlich an die Außenwand des Gleiters. Sah nur einer der Krieger zu ihnen herüber, war alles aus.

Mit äußerster Vorsicht betraten sie den Gleiter. Der Laderaum war vollgestopft mit Kisten, Säcken und anderen Gütern, doch er schien menschenleer zu sein.

Chris bedeutete Joshua und Larissa, sie sollten sich im hinteren Teil des Gleiters umsehen, während er sich dem Cockpit näherte. Er war schon fast überzeugt, der Gleiter wäre unbemannt, da wuchs ein Schatten neben ihm empor.

Chris sprang zurück, versuchte seine Waffe hochzureißen, doch seine Reaktion war viel zu langsam. Eine Stiefelspitze traf den Blaster, prellte ihm die Waffe aus der Hand. Eine ins riesenhafte vergrößerte Faust landete zielsicher in seinem Gesicht, ließ ihn zurücktaumeln. Den nächsten Schlag konnte Chris abblocken. Er landete ebenfalls zwei Treffer in den ungedeckten Magen des Kriegers, der ihn angegriffen hatte.

Dieser grinste nur, schüttelte sich und schlug erneut zu. Chris krachte in einige Kartons, die an der Wand aufgestapelt waren. Der Aufprall trieb ihn die Luft aus der Lunge, nahm ihm für einige Sekunden die Orientierung. Unbeirrt stapfte der Krieger auf ihn zu. Das Aufblitzen einer Plasmaladung stoppte den Mann. Chris fuhr herum, doch es war nur Larissa, die ihm grimmig zunickte.

»Kannst du dieses Ding fliegen?«, erkundigte sie sich, als sie zu ihm kam.

Mühsam rappelte er sich auf. »Mit verbundenen Augen, wenn nötig.« Er hoffte, es auch mit dem Schwindel tun zu können, der unaufhaltsam in ihm aufstieg und sein Sichtfeld einschränkte.

Er lief zum Cockpit und ließ sich auf den Pilotensitz nieder. Joshua war innerhalb von Sekunden auf dem Platz des Kopiloten neben ihm.

Mit einem lauten Brüllen erwachte der Antrieb zum Leben. Ein Zittern durchlief die Maschine, als sie entsetzlich langsam vom Boden abhob, um auf das Schleusentor zuzusteuern, das sich zu schließen begann. Der Com des Gleiters zeigte Chris, dass zwei Blasterkanonen auf sie gerichtet wurden.

»Feindliche Angriffsformation ermittelt«, teilte die emotionslose Stimme des Coms Chris mit. »Wünschen Sie Zerstörung der Formation?«

»Na was glaubst du denn?«

»Unkorrekte Eingabe. Wünschen Sie Zerstörung der Formation?«

»Positiv. Zerstörung der Angriffsobjekte einleiten.«

»Zielobjekte erfasst.«

»Feuer.«

Die Kanonen des Gleiters spuckten zerstörende Energie. »Angriffsobjekte zerstört.«

»Feuer einstellen und günstigsten Anflugwinkel auf das Schleusentor errechnen.«

»Automatische Steuerung nicht möglich. Umschalten auf manuelle Bedienung.«

Genau so etwas hatte Chris befürchtet. Seine Hände verkrampften sich um die Steuerung. Kleine Schweißtropfen kitzelten seine Schläfen, als er auf das Tor zusteuerte. Als wolle das Schicksal ihnen in letzter Sekunde noch einen Streich spielen und ihre Flucht doch noch scheitern lassen, hatten sich die Torflügel schon fast zur Hälfte geschlossen.

Larissa schrie, Joshua fluchte, Chris sandte ein Stoßgebet zu allen ihm bekannten Göttern und erhöhte die Geschwindigkeit des Gleiters noch einmal.

Sie schossen so dicht an den Torflügeln vorbei, dass Chris glaubte, das Geräusch des daran entlang schrammenden Metalls zu hören.

Er erlaubte sich ein erleichtertes Aufatmen, bevor er sich wieder auf die weitere Flugroute konzentrierte.

»Schleusentor unter Beschuss nehmen«, wies er den Com an.

Das würde ihnen für den Anfang lästige Verfolger vom Hals halten. Doch erst, als der Vulkankrater weit hinter ihnen lag, stieg ein befreites Lachen in seiner Kehle auf. Nur eines trübte ihre Freude über die Flucht.

Dave.

»Wir werden zurück kommen«, schwor er. »Nun, da wir die Positionsdaten der Clanbasis kennen, kommen wir zurück und holen dich da raus.«

ENDE

Leseprobe

Die Macht der Clans III

Chris' bandagierte Hand schmerzte, so fest umklammerte er die Steuerkonsole des Gleiters. Er spürte es kaum, hatte auch nicht die Zeit sich darum zu kümmern. Die Finger seiner linken flogen nur so über das Anzeigenpult.

»Verfolger auf Position 18/12.« Joshuas Stimme klang angespannt.

»Ich sehe ihn«, schrie Chris. »Larissa, anschnallen!«

Sie nickte, blass, angespannt, was ihm erneut bewusst machte, dass sie vermutlich noch nie einen Kampfgleiter gesessen hatte. Erst recht nicht in einem, der unter Beschuss stand.

Eine Erschütterung, der das Aufheulen des überlasteten Schutzschildes folgte, zwang seine Aufmerksamkeit zurück auf die Anzeigen. Der Clangleiter war ihnen zu nahe gekommen und hatte das Feuer eröffnet.

Chris fluchte und ließ den Gleiter in einem trudelnden Sturzflug absinken. Hoffte, ihr Gegner würde vermuten der Treffer hätte ihnen geschadet. Brachte ihn dann, als sich der feindliche Gleiter direkt hinter ihnen befand, wieder in die Waagerechte und ließ ihn kreisen.

»Joshua, jetzt!«

Eine Sekunde später verwandelte sich das gegnerische Flugobjekt in einen gleißenden Feuerball.

Erledigt, ebenso, wie die anderen zwei Gleiter, die Batisté ihnen hinterher geschickt hatte.

Chris erlaubte es sich für eine Sekunde die Augen zu schließen und durchzuatmen. Nun, da die unmittelbare Gefahr gebannt war, setzte das Zittern seiner Muskeln ein. Ein leichtes, kaum wahrnehmbares Beben, das er nicht unterdrücken konnte. Nachwirkungen seiner Gefangenschaft der letzten Wochen, ebenso wie die mörderischen Kopfschmerzen, die seine Sicht verschwimmen ließ.

Egal! Er musste nur noch eine Stunde durchhalten. Sechzig lächerliche Minuten, bis er Larissa in Sicherheit gebracht hatte. Vorher der Schwäche nachzugeben war keine Option, über die er auch nur nachdenken wollte.

Er wagte es, einen kurzen Blick mit ihr zu tauschen.

Blass, angespannt, mit tiefen Ringen unter den Augen, saß sie neben ihm. Aber sie atmete. Ihre Seele mochte Schaden genommen haben, so wie seine eigene, doch beide hatten sie etwas geschafft, was bisher kaum jemanden gelungen war. Sie waren Batisté entkommen.

Larissa sagte nichts, schwieg, schon seit dem Moment, in dem ihre verzweifelte Flucht begonnen hatte, doch ihre Mundwinkel hoben sich zu einer Andeutung eines Lächelns. So zaghaft es auch war, nach allem, was sie hatte ertragen müssen, nach allem was Bastisté ihm durch eine Liveübertragung in seine Zelle hatte miterleben lassen, hatte er nicht geglaubt, die je wieder lächeln zu sehen.

Joshua zerstörte den flüchtigen Moment des Friedens mit einem einzigen Satz. »Das war zu einfach.«

Chris Kopf schoss herum, bis er in das markante, von tiefen Furchen durchzogene Gesicht des alten Arztes blicken konnte. Für einen Augenblick erschien ihm etwas darin erschreckend vertraut, doch seine schwindende Sicht hinderte ihn daran, zu erfassen, was es war.

»Zu einfach?«, wiederholte er stattdessen ungläubig. »Sie haben uns beinahe vom Himmel gefegt.«

Die Flugmanöver, mit denen sie ihre Verfolger abgeschüttelt hatten, waren waghalsig gewesen. Zweimal hatte er befürchtet, die Gewalt über den Kampfgleiter zu verlieren. Dass er die Maschine immer wieder unter ihre Kontrolle bekommen hatte, kam ihm im Nachhinein wie ein Wunder vor. Es war Glück. Nichts weiter. Pures, unverschämtes Glück.

»Nein«, sagte Joshua ernst. »Das war kein Glück. Das war beabsichtigt.“

Es dauerte einen Augenblick, bis Chris begriff, dass er zumindest den letzten Gedanken laut ausgesprochen hatte. Aber erst nach einer weiteren Minute wurde ihr bewusst, was Joshuas Worte bedeuteten.

»Anthony wollte uns entkommen lassen?«

Joshua nickte. »Das grade war nichts weiter, als ein bewusstes Opfer.«

Nina Döllerer

Zessalonn: Die Legende der Samerier Teil 1

Viele Jahre lang hat der neunzehnjährige Nareth unter der Grausamkeit seines Vaters gelitten. Als er den Mut aufbringt zu fliehen, reist er in die Goldene Stadt – Zessalonn. In den Reihen der Soldaten kann er endlich das Leben führen, das er sich immer erträumt hat.

Währenddessen rüstet Artharion – der Herrscher des Nordreiches – zum Angriff auf die Goldene Stadt.

Als sich herausstellt, dass Nareth das Erbe eines alten Volkes in sich trägt, muss er ein Schicksal annehmen, das ihn auf eine harte Probe stellt.

Bald führt er nicht nur einen Kampf gegen die Nordländer, sondern auch gegen sich selbst.

Dann bricht Nareths Vergangenheit über ihn herein und alles, woran er geglaubt hat gerät aus den Fugen.

ISBN: 978-3000499630